W0253124

ro
ro
ro

rororo

Pauline
Harmange

Bis zum Frühling

Roman

Aus dem Französischen
von Anja Malich

Rowohlt Taschenbuch Verlag

Die Originalausgabe erschien 2021
unter dem Titel «Aux endroits brisés»
bei Éditions Fayard, Paris.

Deutsche Erstausgabe
Veröffentlicht im Rowohlt Taschenbuch Verlag,
Hamburg, Oktober 2022
Copyright © 2022 by Rowohlt Verlag GmbH,
Hamburg
«Aux endroits brisés» Copyright © 2021 by
Pauline Harmange
Redaktion Heike Brillmann-Ede
Covergestaltung Cordula Schmidt Design,
Hamburg
Coverabbildung Julia Hoße
Satz aus der Portada
bei Pinkuin Satz und Datentechnik, Berlin
Druck und Bindung GGP Media GmbH,
Pößneck, Germany
ISBN 978-3-499-00771-2

Bis zum Frühling

Das Tattoo

(vorher)

Ich fuhr in einem klapprigen Clio mit einem klapprigen alten Paar, das sich auf den Weg an die Loire gemacht hatte, um einige Dinge wieder in Ordnung zu bringen, vielleicht auch nur, um der Karosserie eine neue Lackschicht zu verpassen. Ich musste Bruchstücke aus meinem Leben mit ihnen teilen, aber vor allem teilten sie welche aus ihrem Leben mit mir. Nach fünfzig Kilometern hatten sie die Tragweite des Problems erkannt: Ich rede nicht gern.

Als ich in Tours ankam, schien die Sonne. Es war Sommer, ein sich unverschämt einschmeichelnder Sommer. Mir war zu warm, und ich schwitzte am ganzen Körper – wegen der hohen Temperaturen und der in mir aufsteigenden Angst, die mich jeden Moment zu überwältigen drohte. Das alte Paar hatte mich, schonungslos liebenswürdig, wie es war, direkt vor dem Studio abgesetzt, das sich, zehn Minuten von der Loire und vom Stadtzentrum entfernt, dezent in einer Gasse mit Kopfsteinpflaster versteckte. Ein prächtiger Baum blühte dort, aber kein Schwein war zu sehen – ein Mensch übrigens auch nicht. Ich wartete. Wie verhielt man sich in so einer Situation? Sollte ich reingehen und sagen, dass ich schon da war? Doch ich blieb wie bestellt und nicht abgeholt nervös draußen stehen, bis irgendwann die Glocke im nahe gelegenen Kirchturm läutete. Am liebsten wäre ich auf der Stelle weggerannt. Um mich in der Loire zu ertränken. Doch es war zu spät, es gab kein Zurück mehr.

Ich betrat das Studio, in dem drei Bartträger an Architektentischen zeichneten. Meine verhuschte Gestalt und mein verlorener Blick schienen sie nicht zu überraschen.

«Ich suche Yvain ...»

Meine Stimme klang falsch, was außer mir aber niemand merkte. Einer von ihnen deutete in Richtung Treppe, die spiralförmig so steil in die Tiefe führte, dass meine Mutter mir verboten hätte, sie zu benutzen. Doch ich war nicht bis nach Tours gefahren, um mich von der schrillen halluzinatorischen Stimme meiner Mutter tyrannisieren zu lassen.

Der Tätowierer erwartete mich bereits. Er lächelte und sah ziemlich gut aus, wie ich fand. *Genau mein Typ* würde ich ihn später meiner Schwester gegenüber beschreiben. Er hatte dunkles Haar, und wenn er lächelte, bildete sich auf seiner linken Wange ein Grübchen. Er lächelte viel.

«Ich warte auf Anaïs, bist du das?»

Mit einem kurzen, aber kontrollierten Kopfnicken bestätigte ich: Ja, ich bin Anaïs.

Yvain gefiel mir auf Anhieb. Lange hatte ich mit mir gerungen, ob ich mich wirklich über mehrere Stunden mit einem Unbekannten in einem Keller aufhalten wollte, in dem es bestimmt keinen Netzempfang gab, aber als ich vor ihm stand, war ich plötzlich ganz ruhig. Es ging mir gut.

Die Schablone war fertig. Als der Tätowierer sie mir seitlich auf die Rippen legte, stellte sich jedes einzelne Haar an meinem Körper auf. Er zog das Papier ab und die violetten Umrisse der Daphne hoben sich von meiner milchigen Haut ab, ich erschauderte. So eine war ich also? Oder könnte ich sein, wenn ich es mir erlaubte? Mir fiel es schwer, daran zu glauben. Insgeheim flehte ich Yvain an, endlich anzufangen. Ich war entschlossen, mich zu verwandeln.

Der Wunsch nach einem Tattoo hat etwas Masochistisches, leicht Wahnsinniges. Ich wusste genau, dass es tierisch wehtun würde. Ich wusste auch, dass ich den Schmerz klaglos ertragen würde. Der Grund für diese Wette mit mir selbst war der hauchfeine, aber hartnäckige Wille, ihn, den Schmerz, zu kontrollieren. Denn meinem Körper geht es alles andere als gut, ihn plagen alle möglichen Beschwerden, von denen ich natürlich keine zu kontrollieren imstande bin – selbst meine Ohren wurden in einem so zarten Alter durchstochen, dass es nicht freiwillig geschehen sein konnte. Eine bleierne Müdigkeit, verbunden mit einer unterschwelligen Wut, hatte mich, eine junge Frau von untadeligem Ruf, dazu gebracht, mich nun bewusst den mit einem Tattoo verbundenen Schmerzen auszusetzen.

Sobald ich mit sorgfältig ausgewählter Musik recht bequem lag, schloss ich die Augen und erwartete ihn. Das Tätowiergerät fing dumpf an zu brummen. Als Yvains Hände, über die er schwarze Handschuhe gestreift hatte, meine Haut berührten, musste ich mich beherrschen, nicht zusammenzuzucken, ehe mich der samtige Jazz aus den im Gebälk verborgenen Boxen in einen Trancezustand versetzte. Jenseits von Zeit und Raum trieb ich dahin, in diesem Moment und in den folgenden Stunden war ich zu einem unvollkommenen Marmorblock geworden, in den ein Schicksal eingemeißelt wurde, das nicht mehr mein eigenes war.

Unter meinen geschlossenen Lidern sah ich das Gesicht

des Tätowierers mit dem Grübchenlächeln vor mir, während sich seine nach Gelegenheitsraucher klingende, tiefe und ein wenig raue Stimme in meinem Ohr mit Chet Bakers Trompete vermischte.

Seine Berührungen waren sanft. Wie er wohl als Liebhaber war? Eine dumme Frage, wenn es so etwas gibt, aber frei von jeglichem Verlangen. Eigentlich war es reine Neugier, die sich im Wesentlichen aufs Körperliche bezog, immerhin drückte er gerade die gespannte Haut meines Brustkorbs zusammen, und zwar so feinfühlig, wie man es Männern und ihrer Männlichkeit nur selten zuschreibt. Wenn er mit einer Fremden so achtsam umging, wie behandelte er dann erst eine Frau, die er liebte? Ich dachte an die wenigen Männer, deren Hände mich berührt hatten, an die eisige Kälte, die meine Haut hatte blau werden lassen, an meine abgekauten Nägel. Die Hände des Tätowierers ritzten unter den Panzer, der meinen Körper umgab, Fragmente der Ewigkeit, mit meinen Schwächen verziert. Einen Moment lang stand ich schwankend am Rande des Abgrunds, als mir klar wurde, dass die Tätowierung mein Bewusstsein überleben wird. Wenn ich zum allerletzten Mal die Augen schließe, wird die Daphne, die Yvain dicht über meinen Knochen einfräste, für immer weiter in die Ferne blicken.

Die Geschichte der Daphne ist tragisch und steht für die antike Faszination der erzwungenen Liebe. Eros, Gott der Kupplerinnen und der Liebe auf den ersten Blick, schießt mit einem Pfeil auf Apollon, den man sich gemeinhin nicht gerade hässlich und klumpfüßig vorstellt, worauf sich dieser Hals über Kopf in Daphne verliebt. Was zur göttlichsten aller romantischen Komödien hätte werden können, nimmt schnell eine bittere Wendung, da Eros nicht auf Spaß, sondern auf Rache aus war. Daphne trifft er ebenfalls mit einem Pfeil, was in ihrem Fall bewirkt, dass sie sich für immer von der Liebe abwendet. Apollon, dem es wie jedem Gott und vielleicht jedem Mann schwerfällt, ein Nein zu akzeptieren, bedrängt sie stürmisch. Erschöpft von der Flucht über Berg und Tal, um ihrem Stalker zu entkommen, bittet Daphne ihren Vater um Hilfe. Der Kerl hätte alle Möglichkeiten gehabt – kaum etwas kann ihn aufhalten, schließlich ist er selbst ein Gott –, doch er beschließt, seine eigene Tochter in einen Baum zu verwandeln. In einen Lorbeerbaum, damit sie stets einen angenehmen Duft verströmt. Man könnte meinen, die bis hierhin schon wenig erfreuliche Geschichte würde damit enden. Jedes normal entwickelte und wohlerzogene Wesen würde seine Eroberungsversuche einstellen, sobald sich das Objekt der Begierde in grünes Laubwerk verwandelt hätte. Nicht so Apollon. Als guter griechischer Gott beschließt er angesichts des monumentalen *Neins* der wurzelschlagenden Daphne, den Lorbeer zu seinem Lieblingsbaum und zum Symbol des Triumphs zu machen. Des *Triumphs*. Ein besseres Schnippchen kann man niemandem schlagen.

Liebesgeschichten und deren Ausgang faszinieren mich. Geschichten von Frauen, die Nein sagten und daraufhin zu hören kriegten, «deine Meinung zählt nicht», machen mich wütend und regen mich auf. Als ich auf die Zeichnung und die dazugehörige Geschichte stieß, musste ich an all die Mythen denken, in denen Frauen vorkommen, die verscherbelt, verschoben, verschleppt und verfolgt werden, und sagte mir – Drama im Drama –, dieser Mythos steht den anderen in nichts nach und soll zu meinem werden.

Während ich in meine inneren Gespräche vertieft war, verwandelte Yvain meinen Körper. Halten sich Tätowierer eigentlich für Pygmalions? Mir würde es zu Kopf steigen, wenn die Leute vor meiner Tür Schlange stünden, weil sie meine Werke auf ihren Körpern tragen wollen. Mein Tätowierer (ein wenig ist er in dem Moment zu meinem geworden, in dem ich bereitwillig vor ihm meine Kleidung abgelegt habe) macht eigentlich einen recht bodenständigen Eindruck.

Nach einer Weile waren wir uns einig, dass Zeit für eine Pause war. Er bot mir Kaffee an und war so nett, nicht zum Rauchen rauszugehen, sodass ich nicht einsam und fröstelnd in dem Kellerraum mit der niedrigen Decke zurückbleiben musste. Ich war müde, und auch unter seinen dunklen Augen hatten sich violette Ringe gebildet. Ich weiß nicht mehr, worüber wir redeten, aber sehr wohl noch, dass ich überrascht war, wie leicht es mir fiel, mich mit ihm zu unterhalten – mir, die ich sonst immer herumstammele, die sich verhaspelt und zu lange nach den richtigen Worten sucht. Unser Verhältnis war von einer ergreifenden Schlichtheit – flüchtig und unvergänglich zugleich. Die ohne Handschuhe eleganten und kräftigen Hände des Tätowierers umfassten die Kaffeetasse wie eine Boje. Ich stellte mir vor, wie er nachts um Schlaf kämpfte. Er kaute nicht an den Nägeln. Sie waren sorgfältig sehr kurz gefeilt, und die Glieder seiner Finger waren mit unzähligen Kreisen aus Tinte ohne erkennbares Muster beringt. Von unserem Gespräch blieb mir nichts Greifbares im Gedächtnis, kein längerer Dialog, den ich mir im Nachhinein hätte notieren können, nur einen einzigen Satz behielt ich, der sich mir dafür aber einprägte, als hätte er ihn mir in den Haaransatz tätowiert.

«Limoges ist eine Stadt zum Sterben.»

Er sagte ihn in dem schleppenden Tonfall seines gutmütigen Humors und wollte damit wohl zum Ausdruck bringen, dass Limoges hässlich und tot war und nur klapprige Alte freiwillig in Limoges haltmachen und die Stadt nie wieder verlassen wollen, es sei denn mit den Füßen zuerst. Weder er noch ich hatten Limoges jemals gesehen.

Er tätowierte weiter, und bald brachten die andauernden Vibrationen auf meinen Rippen meinen Willen, hart zu bleiben, gehörig ins Wanken. Ich fühlte mich gegerbt wie altes Leder, denn einen verrenkten Rücken, einen verstimmten Magen und ziehende Brüste war ich gewohnt, aber nun kamen noch geschickt gesetzte Nadeln hinzu und damit ein neuer, bisher unbekannter Schmerz. Ich biss die Zähne zusammen, als er aber die leeren Flächen mit schwarzer Tinte aufzufüllen begann, hatte ich große Lust, alles zu beenden. Ich litt wie ein Hund, selbst wenn es nichts war im Vergleich zu vielen anderen Qualen, ich hätte immerhin die Möglichkeit, Stopp zu sagen, auf Halt zu drücken. Zwar wäre es total blöd gewesen, mit einer halben Daphne zu gehen, die Hälfte des Muts aufgebracht zu haben, aber möglich war es, und die Vorstellung berauschte mich. Kurz spielte ich mit dem Gedanken, die andere Hälfte des Muts, die weniger ruhmreiche, nicht aufzubringen und halb verwandelt nach Hause zu gehen. Die Versuchung war groß.

Ich entspannte den Kiefer.

«Dauert nicht mehr lang, versprochen», sagte Yvain mit besorgter Miene.

Ich lächelte tapfer und atmete tief, aber sehr vorsichtig ein, damit sich mein Brustkorb nicht allzu stark hob. Der epidermale Schmerz war interessant und anders, weshalb ich ihm eingehender nachspürte. So wie es nicht nur eine Geschichte der Gewalt gibt, nicht nur eine Geschichte Frankreichs und nicht nur eine Geschichte der Welt, fertigte ich im

Kopf Bilder an, eine Geschichte des Schmerzes, ich stufte ein und kartografierte Territorien, die mir immer vertrauter wurden. Und mit diesem Wahnsinn, zu dem ich mich bekenne und der mich bis hierher gebracht hatte, wuchs auch die Neugier, neue Landschaften zu entdecken und mit neuen Reliefs zu experimentieren.

Es dauerte tatsächlich nicht mehr lange, bis der Kunsthandwerker sein Werk beendet hatte und der Künstler das Ergebnis bewunderte, während er es gewissenhaft abtupfte. Jeder Quadratzentimeter Haut, den er berührte, war empfindlich, jedes Wischen mit dem in Lotion getränkten Tuch Qual und Segen zugleich. Mein Körper war äußerlich verletzt, ich hatte auf einer Länge von fünfzehn Zentimetern kleine offene Wunden, aus denen Lymphe und Blut sickerten und die Yvain jetzt unverzüglich in blasslila Frischhaltefolie wickelte. Ich freute mich, fühlte mich wie lebendig gehäutet.

Er schüttelte mir ruhig und fest die Hand, bedankte sich, und jetzt fehlten mir die Worte, die kraftvoll und schön genug gewesen wären, um zum Ausdruck zu bringen, was er für mich getan hatte. *Danke, dass du mich verwandelt hast*, hätte ich gern zu ihm gesagt. Tätowierer sind keine Psychiater, dachte ich bei mir. Wenn er gewollt hätte, dass ich ihm Ursprünge und Umstände erläutere, die zu diesem zugleich innerlichen wie äußerlichen Akt geführt haben, hätte er danach gefragt. Schlagartig wird mir bewusst, wie seltsam die Situation war: auf der einen Seite ich, verwandelt, nach wie vor dieselbe und doch ganz neu, und auf der anderen Seite er, für den es ein ganz normaler Arbeitstag war – vielleicht hatte er sich sogar zwingen müssen herzukommen.

Ich bezahlte, ich lächelte, ich bedankte mich, und dann ging ich, wie ich gekommen war. Es war 19:00 Uhr, und mir blieb eine halbe Stunde, um den Ort zu finden, an dem mich eine andere Klapperkiste einsammeln sollte, die mich in mein normales Leben zurückzubringen würde. Das Leben von Anaïs Nollet, Topf- und Küchenmaschinenverkäuferin, eine kleine unbedeutende Frau mit verblassten Träumen und begrenzten Ambitionen, die ständig aus dem letzten Loch pfiff. Beim Gehen dachte ich über mögliche Reaktionen von anderen nach, die in Filmen und Serien das Handeln der Helden befeuern oder durchkreuzen. Und über den verdutzten Blick meines Freundes – von dem ich anfangs dachte, er wäre mein Typ, der nun aber sein Leben mit mir teilte –, als ich ihm von diesem Vorhaben erzählte. Ich fragte mich, wie lange das flüchtige Gefühl, etwas Besonderes erlebt zu haben, das mich umgab wie verdunstender Alkohol, wohl anhalten würde.

Ein Ereignis hat nur so viel Bedeutung, wie man ihm beimisst. Von diesem Nachmittag blieben mir eine Lorbeerfrau, die sich an mich schmiegte, und, wenn ich sie betrachtete, die gelegentliche Einbildung, nach wie vor Yvains mit Gummi überzogene Finger zu spüren, wie sie meine Haut straff zogen, ehe er in sie hineinstach. Außerdem dieser eine Satz, der mich nicht mehr losließ: *Limoges ist eine Stadt zum Sterben.* Wie ein albernes Mantra, das mich daran erinnerte, wie stark mein heimlicher Todeswunsch war.

Es sind schon dümmere Dinge für weniger als diese kurzen Worte getan worden.

Familie

Ich gebe auf. Der Tag hat gerade erst angefangen, aber ich gebe bereits auf, ich werde niemals fertig. Immer liegt noch irgendwo ein Spielzeug herum und ein angekautes Stück Karotte klebt unter dem Tischchen des Hochstuhls. Ich hole tief Luft und lasse den Blick durch das Zimmer schweifen, in dem ich steif und erschöpft stehe. Mit dem Ausatmen versuche ich, den Stress, der mich seit dem Aufstehen lähmt, aus mir herausströmen zu lassen. Meine Tochter zieht an meiner Hose und holt mich damit aus der geistesabwesenden Starre, ein schriller Schrei durchdringt die Stille. Als ich Mutter wurde, musste ich lernen, dass nicht jeder schrille Schrei Gefahr bedeutet, ich habe sogar gelernt, es manchmal zu genießen, wenn mein Trommelfell wegen eines lautstarken Freudengeheuls vibriert. Ich bücke mich und pflücke mein Töchterchen vom Boden, das noch nicht genug Kraft hat, um sich meinen erdrückenden Liebesbekundungen zu entziehen. Die Kleine riecht nach Milch, Schlaf und Baby. Sie ist ein Jahr alt.

Meiner Ninon ist es schnurz, ob noch Wollmäuse unter dem Sofa liegen und dass meine Bluse nicht gebügelt ist. Mit der Faust im Mund, neben der ihr der Speichel übers Kinn läuft, sieht sie mich aus großen noch blauen Augen an. Wir wissen beide genau, sie und ich, dass sie in einigen Stunden von oben bis unten mit Essen beschmiert sein wird und alle es entzückend finden werden. Ich beruhige mich – ein bisschen zumindest. Ich senke die Schultern, und mein Gesicht entspannt sich, ich drücke sie an mich und atme abermals ihren Duft der Sorglosigkeit ein.

Von einer Last befreit, dringt mir der Geruch des bevorstehenden Mittagessens in die Nase und die Melodie ins Ohr, die Marc mit seiner tiefen Stimme in der Küche summt. Hier und jetzt. Mit unserem Kind im Arm gehe ich zu ihm und küsse ihn auf die frisch rasierte Wange, er riecht nach Aftershave und unterschwellig nach Seife.

«Es wird schon laufen, Camille», sagt er ruhig und zuversichtlich wie immer.

Tapfer nicke ich. Ninon lacht, und in dem Moment klingelt es.

Ich muss mich mit aller Kraft zusammenreißen, um nicht einen letzten Blick in den Spiegel zu werfen – ich hätte nur Falten, fettige Haare und einen schiefen Kragen gesehen –, bevor ich die Wohnungstür öffne.

*

Axel klopft lächelnd im Rhythmus des Popsongs, der den Innenraum des Autos erfüllt, mit den Fingern aufs Lenkrad. Die Heizung ist zu warm, mir ist übel, ich habe Bauchschmerzen und würde am liebsten umdrehen. Ich seufze.

«Es wird schon laufen», sagt er, und seine Stimme ahmt die Tonschwankungen des Liedes nach. Ich gebe ein nicht überzeugtes Murren von mir. Jetzt ist es an ihm zu seufzen.

«Aber gib dir wenigstens ein bisschen Mühe», schiebt er etwas ungeduldig hinterher.

Ah ja. Ich soll mir also Mühe geben. Es stimmt, dass mir

diese Gabe oft fehlt – versöhnlich zu sein, im richtigen Moment zu lächeln, klein beizugeben. Dennoch verkneife ich mir, trocken zu erwidern, dass er gut reden hat. Schließlich ist er nicht die Tochter meiner Mutter. Er kann in aller Ruhe atmen, ohne befürchten zu müssen, dass man ihm den Sauerstoff unter der Nase wegsaugt.

Ich bringe mich nicht in die beste Ausgangslage, das gebe ich zu. Schweigend beobachte ich, wie die Stadtlandschaft an den Fenstern vorbeirauscht. Es ist mehr als nur eine schlechte Phase.

Irgendwann bremst Axel und parkt ein. Mit klopfendem Herzen schlage ich die Tür zu. Unter meinen Achseln bilden sich Schweißflecken, meine Hände werden feucht. Eigentlich sollte man vor einem Familientreffen besser drauf sein als vor einem Vorstellungsgespräch. Plötzlich ruft mich jemand von hinten.

«Anaïs, hallo!»

Ich bleibe so abrupt stehen, dass ich fast gestolpert wäre, und halte mich an Axels Arm fest, der sich gerade umdreht und bereits ein strahlendes Lächeln aufgesetzt hat. Er braucht sich nicht einmal zu bemühen, echt unfair. Er schiebt seine Hand in meine, ich klammere mich daran und nehme all meinen Mut zusammen. Meine Eltern sind da. Mein Vater, die Hände in den Taschen und den Blick in die Ferne gerichtet, tut er so, als würde es ihn nicht geben. Er nickt und sagt keinen Ton. Auch er hat wahrscheinlich schon genug davon, hier zu sein. Meine Mutter trägt zu ihrer blonden fest gesprayten Helmfrisur ein korallenfarbiges Seidentuch, das elegant um ihren nahezu faltenlosen Hals geknotet ist, und mustert mich von oben bis unten und von unten bis oben. Schulterzuckend drückt sie ihre Wange an meine.

«Hast du etwa deine Mutter nicht wiedererkannt?»

«Ich wusste nicht, dass ihr schon da seid. Seid ihr zusammen gekommen?», frage ich scheinheilig.

Die von Mascara beschwerten Wimpern flattern träge. Sie weiß, dass ich nach ihrem zweiten Mann Ausschau halte, der nie zu den bei meiner Schwester stattfindenden Familienessen erscheint, weil «sich das nicht gehört». Sie lässt sich jedoch nicht aus der Ruhe bringen und antwortet gut gelaunt: «Dein Vater hat mich abgeholt. Du weißt ja, er ist und bleibt ein Gentleman.»

Dieser lacht vielsagend hinter ihr. Das ist meine Mutter: seit fünfzehn Jahren geschieden, sorgt sich aber immer noch, was wohl die Nachbarn sagen – und nicht einmal ihre eigenen. Immerhin kann man meinen Eltern nicht vorwerfen, einen Rosenkrieg veranstaltet zu haben. Sie hakt sich bei meinem Vater unter, der sich ein wenig gerader hinstellt, nach wie vor stolz, eine so schöne Frau an seiner Seite zu haben. Sie gehen los und lassen uns stehen. Aus mir entweicht die Luft wie aus einem Ballon, der Knoten, der sich in meinem Bauch gebildet hatte, lockert sich ein wenig. Axel schiebt seine Finger zwischen meine, um mir zu zeigen, dass er mich unterstützt. Vielleicht wird es dieses Mal gar nicht so schlimm.

*

Es läuft. Nicht unbedingt gut, aber zumindest ohne Zwischenfälle. Vielleicht sind wir wegen des Geburtstags unseres gemeinsamen kleinen Lieblingsmenschen alle drei entschlossen, nicht diejenige zu sein, die den fragilen Status unseres Waffenstillstands zerstört. Unsere Mutter ritt nicht auf der Unordnung herum, die ich zu verbergen versuchte, Anaïs seufzte nicht, als Axel langatmig die Eleganz eines japanischen Drucks, der im Flur hängt, pries und dabei sein Wissen über Hokusai zum Besten gab, und ich widerstand der Versuchung, sie zur Seite zu nehmen, um sie zu bitten, uns die Anwesenheit ihres Freundes in Zukunft zu ersparen.

Solange Ninon im Mittelpunkt steht, habe ich meine Ruhe. Da sich alle nur für sie interessieren und niemand dafür, was Marc und ich mit ihr machen, erlaube ich mir, meinen Gin Tonic zu genießen und dann den Wein, während ich mit leerem Blick das Stimmengewirr wahrnehme. Beim Aperitif fiel mir auf, dass Axel seine riesige Pranke auf Anaïs' Knie gelegt hatte. Er fühlte sich sichtlich wohl in seiner Haut und freute sich dazuzugehören. Er machte unserer Mutter Komplimente, woraufhin diese entzückt gluckste. Als meine Schwester ihren Kopf auf Axels Schulter legte, wandte ich mich irritiert ab, weil ich das Gefühl hatte, Zeuge einer Verletzlichkeit zu sein, die ich nicht sehen sollte. Intimität ist Privatsache.

Das Essen neigt sich glatt wie ein Babypopo in der Frühlingssonne dem Ende zu. Während die Gäste noch mit ihrem Stück Käse beschäftigt sind, ehe wir gleich zum Dessert übergehen, zu dem Kuchen mit der einen Kerze, die Ninon mit ihrer kleinen Lunge nicht wird auspusten können, betrachte ich jeden Einzelnen und sage mir: Eine Familie zu sein, bedeutet auch, bewusst die Harmonie über die Spannungen zu stellen, die außerhalb dieser Klammer auf dem Verhältnis lasten. Wenn wir alle zusammen sind, versuchen wir, weniger grob und verbittert miteinander umzugehen. Wie mühsam das allerdings für uns ist, lässt mich nachdenklich werden. Nicht zum ersten Mal frage ich mich, ob es bei allen Familien unter der glatten Oberfläche brodelt.

*

Axels Anwesenheit erlaubt mir, mich zurückzuziehen. Ihm fällt es überhaupt nicht schwer, meinen Platz einzunehmen, die Leere auszufüllen und das Schweigen zu überbrücken. Ich verschwinde hinter seiner Stimme, mache mich ganz klein und verkrieche mich tief in mir selbst. Ich weiß nicht, wie ich es sonst machen soll, schlimmer noch, ich verstecke mich gern auf diese Weise und freue mich, dass sich die prüfenden, erwartungsvollen Blicke im Laufe der Mahlzeit von mir abwenden. Er erfüllt die Erwartungen für mich. Er redet gut und weiß, sich zu bewegen, ohne Ecken und Kanten. Wenn er da ist, hat meine Mutter nur Augen für ihn und verzeiht mir alles, sogar meine Farblosigkeit. Ich habe nicht viel erreicht, bin weder eine bekannte Violinistin noch Architektin geworden, habe aber wenigstens eine gute Partie gemacht.

Er ist meine Entschuldigung, mein Fels in der Brandung. Auf ihm, seiner Ausdrucksfähigkeit und seinen Manieren, kann ich mich ausruhen. Den Kopf auf seine Schulter gelegt, seufze ich fast zufrieden. Es läuft. Gut.

*

Ninon schiebt sich ein kleines Stück Kuchen mit dem Löffel in den Mund, dann noch eins. «Jamm, jamm!», ruft sie. Es ist eine üppige Biskuittorte mit einer Ganache, Sahne und ihrem Namen darauf. Die Kerze auszupusten, ist ihr nicht gelungen, aber das war auch besser so, weil sich auf diese Weise ein perfekt komponiertes Bild in meinem Gedächtnis einprägen konnte: das blond gelockte Kind und sein Vater mit leuchtenden grünen Augen und wirrem Haar, beide mit aufgeblasenen

Backen über die spiegelglatte Glasur gebeugt. Das Licht der kleinen Flamme verleiht ihnen einen goldenen Glanz. Gold ist die Farbe der Liebe.

Anschließend wurde der Kuchen verteilt, und so, wie Ninon ihr Stück verschlingt, sieht sie aus wie ein gefräßiges Huhn. Erst als sie ihr drittes Geschenk auspackt – unglaublich, wie viele neue Spielzeuge ein so kleiner Mensch auf einmal bekommen kann –, nimmt das Drama lautstark seinen Lauf. Unvermittelt hält die Kleine in der Bewegung inne und fasst sich auf das kugelrunde Bäuchlein. Sie beginnt zu wimmern, hat Schmerzen, ihr Gesicht ist gerötet und die Stirn feucht. Im nächsten Augenblick übergibt sie sich auf den Teppich.

Plötzlich hat sie nichts mehr von dem vergnügt brabbelnden Baby, das sie eben noch war. Auf einmal habe ich ein gequältes, brüllendes Wesen vor mir, das sich in seinem eigenen kaum verdauten Essen wälzt. Meine Mutter starrt Ninon mit weit aufgerissenen Augen an – und tut was? Dem kranken Kind zu Hilfe eilen, wie es der Instinkt der beschützenden Großmutter verlangt? Oder versucht sie, so viel Distanz wie möglich zwischen sich und die übel riechende dickflüssige Masse zu bringen, die sich nun schon zum zweiten Mal wie ein Schwall aus dem noch fast zahnlosen Kindermund ergießt? Ninon schluchzt. Ninon weint. Die Überraschung über die Wendung, die die Feier genommen hat, ist schnell verflogen, ich springe auf, der Alkohol in meinem Blut spielt keine Rolle mehr, Adrenalin und Cortisol haben ihn weggeschwemmt. Marc ist ebenfalls aufgestanden, und gemeinsam nehmen wir uns, gut funktionierende Eltern, wie wir sind, der Sache an. Wortlos verlassen wir den Raum, das besudelte Kind an das feine bestickte Hemd seines Vaters gedrückt.

*

«Sie hätte nicht so viel Kuchen essen dürfen», sagt meine Mutter missbilligend in die Stille hinein.

«Es ist ihr Geburtstag, Mama», erwidere ich so sachlich wie möglich.

«Zum Glück habe ich nicht zugelassen, dass ihr euch an euren Geburtstagen hemmungslos vollstopft, kann ich dazu nur sagen.»

Ich hebe den Blick gen Zimmerdecke und mein Hinterteil im selben Moment vom Sofa, weil die toxische Nähe meiner Mutter plötzlich nicht mehr von Axels unerschütterlicher Präsenz neutralisiert wird. Er wirkt angespannt und starrt angewidert auf den orangen stinkenden Fleck, der bereits zu trocknen beginnt und auf dem Teppich eine Kruste bildet. Er mag Kinder nicht besonders, das habe ich ziemlich schnell kapiert. Zu laut, zu dreckig, und die Batterien lassen sich nicht rausnehmen, wenn man keine Lust mehr auf sie hat. Bei Ninon hat er immer versucht, es zu verbergen, aber ich bin mir ziemlich sicher, dass Camille ihn durchschaut. Er hätte sich die Feier des ersten Geburtstags eines Kindes, das ihm egal ist, nicht antun müssen, doch das hätte nicht zu seinem Bestreben gepasst – das ein bisschen auch das meine ist –, in den Augen meiner Eltern absolut fehlerlos zu sein.

Mein Vater seufzt und verkündet dann: «Gut, ich geh dann mal eine rauchen.» Matt und schwer lässt er die Hände auf seine Oberschenkel klatschen. Nur allzu gern würde ich ihn begleiten. Wir könnten gemeinsam unter dem Vorbau rauchen und dabei vielleicht sogar mehr als zwei Worte wechseln. Doch ich bemerke den wütenden, enttäuschten Blick meiner Mutter in Richtung des Rückens meines Vaters, während dieser das Päckchen Zigaretten aus der Tasche seiner Jeans angelt. Mit Sicherheit spürt er diesen Blick, ignoriert ihn aber einfach. Das ist die Freiheit, die er sich mit der Scheidung erkauft hat. Würde ich ihm folgen, ließe mich meine Mutter für den doppelten Abgang büßen, und ich müsste mir Vorwürfe anhören, die sie gern ihrem Ex-Mann gemacht hätte, der nie mit dem Rauchen aufhören wollte, der ihre gemeinsame Tochter mit seiner ordinären Sucht angesteckt hat und der sich das Recht anmaßte, dass es ihm egal war. Von seiner Mutter kann man sich nicht scheiden lassen. Also beherrsche ich mich. Die Stille wird immer drückender, aus der oberen Etage dringen gedämpft Ninons kaum nachlassendes Wimmern und die hilflosen Floskeln ihrer Eltern nach unten, die versuchen, ruhig zu bleiben, aber gleichzeitig fieberhaft herausfinden wollen, was los ist.

Während ich an die mehr als verdiente Zigarette denke, die mich zu Hause erwartet, und gedankenverloren durch das Fenster in den Garten schaue, reibe ich mir die Seite, weil es dort juckt.

«Anaïs, hör auf, dich zu kratzen», fährt Axel mich an.

Ich halte inne. Er hat recht. Ich will mein Tattoo nicht beschädigen, das gerade dick eingecremt unter dem Baumwollstoff meiner Bluse vernarbt. Sofort ergreift meine Mutter die Gelegenheit für ein Gespräch.

«Was hast du denn, Liebes? Immer noch Neurodermitis?»

«Ich habe schon seit zehn Jahren keine Neurodermitis mehr, Mama ...»

«Solche Sachen verschwinden nie ganz ...», erwidert sie.

Ich drehe mich um, und als ich ihre wie Akzente hochgezogenen Augenbrauen sehe, muss ich lächeln. Ich öffne den Mund, um sie zu beruhigen, aber Axel kommt mir zuvor.

«Das ist keine Neurodermitis, Catherine, das ist ihr frisch gestochenes Tattoo!»

Ich erstarre zur Salzsäule. Die sorgfältig geschminkten Lippen meiner Mutter bilden ein von kleinen Fältchen umgebenes O – ihre Züge verzerren sich zu einer Maske des Grauens.

Axel setzt eine verlegene Miene auf. «Oh, habe ich jetzt was verraten?»

*

Ich schließe gerade den Body meiner Tochter, als Marc die Zimmertür öffnet und hereinstürmt. Kurz höre ich laute aufgebrachte Stimmen, ehe der Lärm wieder ausgesperrt wird. Ninon ist erschöpft eingeschlafen, ihr kleiner fiebriger Körper wird immer wieder von einem gespenstischen Schluchzen geschüttelt.

«Zwei Dinge», verkündet Marc mit ruhiger Stimme, das Handy noch in der Hand. Ich nicke und hebe vorsichtig meine Tochter hoch, um sie in ihr Bettchen zu legen.

«Erstens, wir können gleich morgen früh mit der Kleinen zum Arzt kommen ...»

«... ich habe morgen Vormittag Probe», werfe ich bedauernd ein.

Marc sieht mich an und scheint nicht zu verstehen, was ich damit sagen will.

«Ich kann die Probe nicht versäumen, Schatz.»

«Aber Camille, ich kann doch mit ihr zum Arzt gehen.»

Erstaunt, dass ich darauf nicht selbst gekommen bin, zucke ich zusammen. Ich nicke wieder, um zu sagen, ja klar, wie dumm von mir.

«Zweitens», fährt er unbeirrt fort, «proben deine Schwester und deine Mutter im Wohnzimmer gerade den Kalten Krieg, das klingt wie die Invasion in der Schweinebucht.»

*

Axel weicht meinem giftigen Blick krampfhaft aus. Könnte er unschuldig pfeifen wie in einem Cartoon, täte er es. Mein Vater hatte nur kurz den Kopf ins Wohnzimmer gestreckt und sich dann gleich wieder zurückgezogen, unter dem Vorwand, dringend aufs Klo zu müssen. Ich versuchte, cool zu bleiben, aber es funktionierte nicht.

«Du hast mir nicht gesagt, dass es ein Geheimnis ist!», verteidigt sich der Verräter an meiner Seite und lacht, ohne zu bemerken, dass sich mein Teint immer röter verfärbt.

Meine Mutter blickt entgeistert zwischen uns hin und her. Schließlich findet sie ihre Worte wieder. «Ein Tattoo, in deinem Alter.»

Hätte ich wetten müssen, auf diese Reaktion hätte ich mein Vermögen nicht gesetzt. Ich fühle mich überrumpelt. Der offen spöttische Ton ist eine kühne Entscheidung.

«Welches Alter wäre denn passender, Mama?»

«So was wie siebzehn, wenn Jugendliche typischerweise in der Krise stecken. Aber stimmt, da steckst du ja noch immer mittendrin.»

Axel gibt einen Laut von sich, der sich zu einem wenig überzeugenden Husten entwickelt. Ich glaube fast, er hat gelacht.

«Hätte ich mich mit siebzehn tätowieren lassen, hättest du vielleicht einen Herzinfarkt erlitten. Die Chance habe ich eindeutig verpasst.»

Sie nimmt einen empörten Gesichtsausdruck an, und ich verdrehe die Augen. Nachdem mein Vater festgestellt hat, dass bislang niemand die Messer gezogen hat, wagt er sich vorsichtig wieder in den Raum.

«Deine Tochter hat sich tätowieren lassen, Philippe.»

Einen Moment lang sagt er gar nichts, scheint seine Entscheidung zurückzukommen aber bereits zu bereuen, jedenfalls wendet er den Blick in Richtung Garten, wo unter dem Vorbau der Aschenbecher steht.

«Sie ist volljährig, Catherine ...»

«Ah, danke!», rufe ich triumphierend.

Langsam nervt mich Axels Miene. Man könnte meinen, für ihn gäbe es nichts Unterhaltsameres als diesen Streit, der sich vor seinen Augen abspielt.

«Na ja, es gibt intelligentere Arten, sein Geld auszugeben, meinst du nicht?», setzt mein Vater nach.

Einmal mehr bin ich überrascht ob des gewählten Angriffswinkels. Meine Mutter nickt zustimmend mit fast königlicher Verachtung.

Mir fehlen die Worte. «Ich ... aber hä, was?»

Als meine beiden Eltern gerade wieder loslegen wollen, naht Rettung in letzter Minute. Camille und Marc betreten den Raum und schließen unendlich behutsam die Tür hinter sich.

*

«Pssst ...» Marc legt den Zeigefinger auf den Mund, um seine lautmalerische Aussage noch zu unterstreichen. «Ninon schläft jetzt.»

Meine Schwester kocht vor Wut, unsere Mutter ist empört,

unser Vater stellt seine typisch herablassende Haltung zur Schau, die er immer annimmt, wenn es um Geld geht. Axel mimt den Unbeteiligten, die von außen kommende neutrale Person, die mit alldem nichts zu tun hat und betrübt ist, Zeuge dieser schamlosen Offenlegung zu sein. Er wirft mir einen übertrieben entschuldigenden Blick zu. Ohne auf ihn einzugehen, wende ich mich fassungslos Anaïs zu.

«Was ist hier los?»

«Ich, äh ... habe erwähnt, dass Anaïs ein Tattoo hat», funkt Axel dazwischen. «Ein kleiner Schnitzer meinerseits, ich wusste nicht, dass das so ein heikles Thema ist.»

Ich kehre ihm jetzt demonstrativ den Rücken zu. Ich hatte nicht mit ihm gesprochen.

«Die wollen mir hier alle den Kopf abreißen, das ist los», bricht es verzweifelt aus Anaïs heraus. Unsere Mutter gibt einen entrüsteten Laut von sich.

«Anaïs, jetzt hör aber auf!», murrt unser Vater.

Mir reicht's. Ich stemme die Hände in die Hüften und herrsche meine Verwandtschaft unwillkürlich in dem gleichen Tonfall an, in dem ich mit Ninon schimpfe: «Eure Streitigkeiten könnt ihr später und woanders regeln. Unter meinem Dach reißt niemand dem anderen den Kopf ab und am Geburtstag meiner Tochter schon gar nicht.»

«Aber ...», beginnt meine Schwester.

Ich sehe sie eindringlich und flehend an. Ich kann nicht mehr, ich sorge mich um Ninon, und es ist mir vollkommen egal, ob sie beleidigt ist, dass ihr albernes kleines Geheimnis gelüftet wurde.

«Anaïs», sage ich nur.

*

Ich begreife es. Ich begreife, dass die Zeit, als meine Schwester bei meinen jugendlichen Streitigkeiten mit unseren Eltern für mich Partei ergriffen hat, lange vorbei ist. Als ich nach besonders heftigen Auseinandersetzungen in ihr Zimmer kommen und all meinen Frust bei ihr loswerden konnte, als sie mich während meiner Schimpftiraden mit einem «Das verstehe ich» bestätigte, was mich jedes Mal ein bisschen ruhiger werden ließ. Sie war die Lieblingstochter, perfekt in jeglicher Hinsicht, aber sie war meine Verbündete.

Diese Verbündete habe ich verloren, als Camille Mutter wurde. Plötzlich wurde ihr Ruhe sehr wichtig. Damit sich die Kleine nicht ängstigt; um die Kleine nicht aufzuwecken; um bei ihr keine Migräne auszulösen. Seitdem darf man unter keinen Umständen auch nur ein bisschen lauter werden.

Ich verstehe das, ja natürlich. Ich kann mir vorstellen, dass es normal ist. Doch kaum dass mich meine Schwester mit ihrer vollen und autoritären Stimme angewiesen hat, den Mund zu halten, und ich denselben gehorsam geschlossen habe, war sie meinem Blick ausgewichen. Deshalb durchzuckt mich unweigerlich und ein wenig bösartig der Gedanke, dass Camille, seit sie selbst Mutter ist, angefangen hat, wie unsere Mutter zu denken, und plötzlich auch meint, dass ich es immer zu weit treibe.

Ich schweige. Axel kommt zu mir und will einen Arm um mich legen – ich wehre ihn mit der Schulter ab. Er bläst hörbar Luft aus und murmelt etwas. Ich übertreibe.

Meine Mutter räuspert sich und dann ändert sich ihr Gesichtsausdruck, formt sich neu wie weiches Wachs. Auf einmal gibt sie sich versöhnlich. Ja natürlich, wie dumm, wir sind hier, um zu feiern und nicht um zu streiten! Ich beiße die Zähne zusammen. Mein Vater tritt einen Schritt zur Seite, entschlossen, noch einmal aufs Geld zurückzukommen, doch Marc kann ihn gerade noch rechtzeitig auf ein weniger heikles Thema umlenken und zwinkert mir zu.

Nachdem Camille den Fleck auf dem Teppich begutachtet und entschieden hat, sich später darum zu kümmern, tritt sie zu mir und flüstert: «Echt jetzt ... ein Tattoo?»

Ich entferne mich schulterzuckend. Ich werde meine Zigarette doch jetzt rauchen.

Neustart

Als heute Morgen der Wecker klingelte, war ich noch schläfrig und ungekämmt, aber ich hatte eine Arbeit. Heute Abend habe ich trotz eines noch ordentlich gebundenen Pferdeschwanzes keine mehr. Wie ungerecht das alles ist, war noch gar nicht richtig zu mir durchgedrungen. Genauso wenig wie die Tatsache, dass ich es hätte kommen sehen können.

Es gibt interessante und weniger interessante Jobs. Einige Leute fühlen sich zu etwas berufen, und die Arbeit gibt ihrem Leben einen Sinn, und dann gibt es andere, wie mich, die arbeiten, um Geld zu verdienen, damit sie einigermaßen vernünftig leben und sich ein paar Luftschlösser bauen können – ohne sich dann dafür einzusetzen, sie wahr werden zu lassen. Ich mag meine Arbeit nicht besonders. Sparschäler und Kuchenrollen verkauft man nicht aus Leidenschaft. Man muss kein besonders guter Mensch sein, um das zu tun, und vielleicht habe ich mir die Arbeit genau deswegen ausgesucht – oder sie hat sich mich ausgesucht.

Dennoch war heute Morgen noch alles in Ordnung. Als mein Wecker klingelte, war Axel bereits aufgestanden, und der Duft von frischem Kaffee drang mir in die Nase. Wir haben eine stille Übereinkunft, dass vor acht Uhr niemand den Mund öffnet. Es war sieben Uhr achtundvierzig, vor mir lagen also noch zwölf Minuten wunderbarer und vollkommener Stille, genug, um meinen Kaffee und die Zigarette zu genießen, die ich mir jeden Morgen am Wohnzimmerfenster genehmige.

«Drinnen rauche ich *nie*», behaupte ich gegenüber jedem, der es hören will, als würde allein durch das Aussprechen aufgehoben werden, dass es hemmungslos gelogen ist. Ich rauche *jeden Morgen* drinnen am Wohnzimmerfenster. Ob es regnet, stürmt oder schneit, ich bin zu faul – sowohl auf die Straße runterzugehen als auch mit dem Rauchen aufzuhören. Axel hat drei-, vielleicht auch zehnmal gemeckert, es dann aber aufgegeben. Jetzt meidet er das Wohnzimmer morgens vor acht Uhr.

Bevor ich gegangen bin, haben wir uns kurz umarmt. Ich war angenehm überrascht, weil es selten geworden ist. Ich glaube, man nennt das *Beziehungsprobleme*.

Ich habe mich in letzter Zeit keineswegs vorbildlich verhalten. Die Endometriose, die in meinem Unterleib ihr Unwesen trieb, war wieder aufgeflammt. Ich war nicht in der Lage gewesen, das Bett zu verlassen, geschweige denn, mich auf den Beinen zu halten. Ich ließ mich krankschreiben. Es war nicht das erste Mal, bei Weitem nicht. Mir war durchaus bewusst, dass ich ziemlich häufig bei der Arbeit fehlte und mir den Luxus nicht mehr oft leisten konnte. Gern sagen sich die Leute, danach ist Schluss, das ist die letzte Zigarette, das letzte Glas Wein, die letzte Line Koks ... Mein Laster sind Krankschreibungen. Mein Arzt, ein gutmütiger Kerl, sieht mich jedes Mal ein wenig bedauernd an, dass er sonst nichts für mich tun kann. Dann füllt er das Formular aus, ohne auch nur eine Sekunde darüber nachzudenken, er merkt, wie viel Überwindung es mich gekostet hat, mich in seine schäbige Praxis zu bewegen. Mein Chef ist ein anderes Kaliber, und ich kann ihn verstehen.

Außerdem erhöhen die ständigen Krisen die Spannung zwischen Axel und mir. Neuerdings wirft er mir vor, dass ich mich nicht genug bemühe, was ich mir nicht gern sagen lasse, weil ich mich frage, wie ich mehr tun könnte. Von seiner Beziehung kann man sich nicht krankschreiben lassen.

Den ganzen Tag lang war ich die Angestellte, die ich zu sein imstande bin. Ich lächelte viel, habe verkauft, so viel ich konnte, und mit Feingefühl eine Menge Haushaltsunfälle verhindert – es war nicht der allerbeste Tag, und ich war nicht die allerbeste Verkäuferin, aber ich habe mein Bestes gegeben.

Am Nachmittag, als ich mich kurz in den Hinterhof zurückzog, um in Ruhe eine Zigarette zu rauchen, kam eine Kollegin zu mir. Leise und ohne mir in die Augen zu sehen, teilte sie mir mit, dass ich ins Büro des Chefs kommen solle. Sofort wurde mir klar, dass etwas im Busch war. Wie scharfsinnig von mir.

«Monsieur Collard, Sie wollten mich sprechen?»

Vor dem Eintreten habe ich mir den Rock glatt gestrichen, den Pferdeschwanz neu gebunden und ein anderes Lächeln aufgesetzt als das, was ich Kunden gegenüber zeige. Es ist zurückhaltender, es weiß, wem es gilt, weshalb es nicht so tut, als wüsste es mehr als er, um sein Ego nicht zu verletzen. Edouard Collard ist ein Mann in den Vierzigern mit einem Bauchansatz, Geheimratsecken und dicker Brille. Außerdem ist er ein wenig schmierig, und kaum dass ich mich in seinem stickigen Büro befinde, dessen Wände mit beigem Teppichboden ausgekleidet sind, wird mir übel.

«Setzen Sie sich, Mademoiselle Nollet. Ich habe leider keine guten Nachrichten für Sie.»

Mein Lächeln geriet ins Wanken, es hing an einem dünnen Faden ohne Sicherheitsnetz. Gehorsam setzte ich mich.

«Sie wissen ja selbst, dass Sie immer häufiger fehlen», begann er in künstlich betrübtem Tonfall.

«Es tut mir leid, Monsieur Collard. Ist mit den Attesten etwas nicht in Ordnung?»

Er hüstelte, als wäre ihm die Sache unangenehm.

«Nein, das passt schon, Anaïs.» (Ich hasse es, wenn er mich mit meinem Vornamen anspricht.) «Aber ich muss Ihnen leider mitteilen, dass Sie nicht länger für uns arbeiten werden.»

Es dauerte einen Moment, bis mir klar wurde, was er gerade gesagt hatte.

«Entschuldigung, aber warum?», fragte ich mit dünner, zitternder Stimme.

«Ihre gesundheitlichen Probleme sind mit der Tätigkeit hier nicht vereinbar», erklärte er sachlich. «Sie können nicht lange stehen, Sie fallen immer wieder aus ... Sie sehen sicherlich ein, dass ich es mir nicht leisten kann, noch länger eine Verkäuferin zu beschäftigen, die nichts verkauft.»

Unerträglich langsam nickte ich. Er hat nicht unrecht, hätten mein Vater, mein Freund und jeder andere gesagt, der halbwegs in der Geschäftswelt zu Hause ist.

«Ich muss die Bilanz der Firma verbessern. Sie wissen, dass die Situation für uns im Moment nicht einfach ist ... Und Sie können derzeit weder das Unternehmen angemessen repräsentieren noch Ihre Aufgaben vernünftig erfüllen.»

Mir lag alles Mögliche auf der Zunge, aber ich hielt den Mund, wild entschlossen, nicht noch weiter mein eigenes Grab zu schaufeln.

«Das kann jetzt für Sie eigentlich nicht überraschend kommen, Mademoiselle Nollet», schob Collard noch hinterher und zog missbilligend die Augenbrauen zusammen.

Ich habe schon verstanden: Du taugst nichts, und das müsstest du selbst am besten wissen, Dummerchen. Die Ohrfeige hat gesessen.

«Ich verstehe ja, dass Sie das jetzt ein bisschen mitnimmt. Ich wollte es Ihnen auch schon früher sagen, aber entweder Sie fehlten, oder ich war unterwegs ... Die Entlassung gilt jedenfalls ab Dienstschluss. Heute Abend.»

Er erhob sich und knöpfte das Sakko seines anthrazitfarbenen Anzugs zu, um seinen Bauch zu verstecken. Dann streckte er mir seine feuchte Hand entgegen, die ich nur sehr ungern ergriff.

«Marjolaine geht dann den Rest mit Ihnen durch.»

Ich verließ das Büro und war arbeitslos. Einfach so, satt schlug die Tür hinter mir ins Schloss. Marjolaine, die Sekretärin, die für alle nervigen Aufgaben zuständig ist, erledigte ihren Job unbeteiligt lächelnd, als ginge sie die Sache nichts an. Wie vom Federkleid einer Ente schien alles von ihr abzuperlen, allerdings war sie ja auch nicht gerade gefeuert worden.

Nach Dienstschluss ging ich nach Hause. Die Sonne verschwand gerade am Horizont, und ich musste plötzlich nach Atem ringen. Sich im fortgeschrittenen Alter von fünfundzwanzig Jahren ganz am Rand des Himmels wiederzufinden, war eine Tragödie. Ich stieg die steile Treppe hinauf, die zu der Wohnung führt, in der ich lebe, und wurde von einem Schmerz in der Brust überwältigt, bei dem ich mich keinerlei Illusionen hingab: Es war eindeutig eine körperliche Reaktion. Die einen fangen an zu weinen, wenn sie nicht mehr weiterwissen, andere toben und schlagen um sich, ich gehöre zur dritten Kategorie. Zu denen, die still bleiben und innerlich zerbersten.

Axel ist da. Er ist beim Kochen und empfängt mich mit dem müden Lächeln erfolgreicher Männer, die gut gearbeitet haben. Ich fühle mich leer und gleichzeitig tonnenschwer. Er erkundigt sich, wie es mir geht. Ich kann ihn nicht anlügen, ihn nicht.

«Ich bin gefeuert worden.»

Axel ist ein vernunftgesteuerter Mensch. Er betrachtet jedes Problem von allen Seiten, ehe er beschließt, wie es zu lösen ist, ob es nun um die Wirtschaft des Landes oder einen erbärmlichen Parasiten auf einer Grünpflanze geht. Als er hört, was ich sage, legt er den Holzlöffel weg, mit dem er eben noch die Tomatensauce in der mit meinem Firmenrabatt gekauften Pfanne umgerührt hat. Er verschränkt die Arme und sieht mich erwartungsvoll an, da er noch nicht genug Informationen für seine Analyse hat.

«Collard meint, ich bin zu oft krank und dass sich das auf den Verkauf und die Kollegen auswirkt. Mein blöder Bauch ist schuld, dass ich meinen Job nicht ordentlich machen kann.»

Axel hebt eine seiner hellen Augenbrauen.

«Und deshalb feuern sie dich einfach? Hast du nicht weitere Erklärungen gefordert?»

«Sie haben mir alles genau erklärt, während ich die Papiere unterschrieben habe ... Jedenfalls sind das alles Idioten. Besonders Collard.»

Ein höhnisches Lachen übermannt Axel und schüttelt seinen athletischen Körper, während er den Timer ausstellt, der soeben gepiept hat, weil die Kochzeit für die Nudeln abgelaufen ist.

«Du hast doch nie was von deinem Chef mitgekriegt.»

Als er die Spaghetti abgießt, merke ich, wie hungrig ich bin.

«Und was hat das damit zu tun?»

«Was das damit zu tun hat?», wiederholt Axel, und ich spüre, wie er langsam ungeduldig wird. «Dein Chef mag ein Idiot sein, das glaube ich gern, aber während der Arbeit hast du ihn doch nie gesehen. Und mit diesem Job bezahlst du deine Rechnungen!»

Wie hypnotisiert beobachte ich die gekochten Spaghetti, die zu der Tomatensauce gegeben und so lange umgerührt werden, bis sie vollkommen eins mit der Sauce geworden sind. Es duftet nach Basilikum und Oliven.

«Was wirst du tun?»

Ich lehne mich an den Küchentresen und denke nach. Wenn es möglich wäre, Dinge ungeschehen zu machen, die Escape-Taste zu drücken, würde ich die Entlassung natürlich rückgängig machen. Doch so blöd es klingt, ich täte es wahrscheinlich mehr, um der drohenden Auseinandersetzung zu entgehen, als um meine Arbeit wiederzubekommen. Oder mein Gehalt, das so wichtig ist.

«Mich beim Arbeitsamt melden, einen neuen Job finden», antworte ich ermattet. «Das sollte nicht allzu schwierig sein.»

Axel schüttelt den Kopf. Ich merke, dass er mich nicht versteht. Er will, dass ich kämpfe und mich wehre. Ich aber verspüre nicht das Bedürfnis zu kämpfen. Wenn ich ehrlich bin, spüre ich gar nichts. Ich sehe ihn eindringlich an, mit diesem provozierenden Blick, der ihn wahnsinnig macht, und das nicht im positiven Sinn. Wenn ich unbedingt kämpfen soll, dann kämpfen wir eben.

«Was ist? Was willst du?», frage ich angriffslustig. «Komm schon, spuck's aus!»

Er stellt die Schüssel mit den Nudeln auf den Tisch und setzt sich. Ich bin entschlossen, aus ihm rauszukitzeln, was er hinter seiner nahezu unbewegten Miene verbirgt. Er holt tief Luft und schenkt sich ein großes Glas Wasser ein. Am liebsten hätte ich den Kopf eingezogen, um mich vor dem zu schützen, was ich selbst heraufbeschworen habe.

«Du brauchst diese Arbeit. Was willst du denn sonst den lieben langen Tag machen? *Wir* brauchen diese Arbeit, um Miete, Nebenkosten, Telefon und sonstige Fixkosten zu bezahlen!»

Spöttisch hebe ich eine Augenbraue.

«Schon mal was von Arbeitslosengeld gehört? Das ist nicht super, aber für einige Monate, bis ich wieder neu durchstarte ...»

«Bis ich wieder durchstarte», äfft er mich ungläubig nach.

«Ja, bis ich wieder durchstarte! Verdammte Scheiße, warum halten mich nur alle für unfähig?»

Axel sieht mich skeptisch an. Mein Gesicht glüht, und ich würde am liebsten heulend weglaufen, um dem gnadenlosen Blick zu entfliehen, mit dem er mich fast unanständig taxiert. Habe ich etwa nicht das Recht auf ein paar Stunden, ein paar Tage Verschnaufpause? Ich sage nicht, was ich wirklich denke, dass mich die Arbeit total genervt hat und ich sogar ein bisschen froh bin, sie los zu sein. In seinen Augen sehe ich jetzt etwas schimmern, das mir bisher entgangen ist. Vielleicht bin doch nicht ich allein für die Parallelwelt verantwortlich, die uns zu trennen scheint.

Er seufzt tief.

«Tut mir leid», sagt er schließlich leise. «Ich bin ungerecht. Ich bin nur überrascht, das ist alles. Meiner Meinung nach ist es vollkommen illegal, dich einfach so zu feuern. Ich hätte gedacht, dass du dem blöden Collard Kontra geben würdest! Ich weiß auch nicht ... Dass du gerichtlich gegen ihn vorgehst oder so.»

Ich lache verbittert. Gerichtlich gegen ihn vorgehen? Was sollte das bringen? So schwer es mir fällt, es zuzugeben, aber im Grunde hat Collard recht. Ich bin nicht rentabel. Ich verkaufe nicht gern, auch mich nicht. Und von Objekten umgeben und schließlich selbst zu einem geworden zu sein, gefällt mir ebenfalls nicht. Dass ich es dort dennoch drei Jahre lang ausgehalten habe, grenzt eigentlich an ein Wunder.

«Ich bin fix und alle, Axel. Ich habe keine Lust zu kämpfen.»

Nachdenklich kauend nickt er. Was ihn wirklich umtreibt, weiß ich noch immer nicht. Ich fühle mich unausgeglichen, ohne zu wissen, was genau mich quält. Die Stimmung ist drückend wie ein zu enger Schuh.

«Sprechen wir nicht mehr darüber, okay? Es tut mir leid, wirklich.»

Dass er sich entschuldigt, lässt mich ein wenig ruhiger werden, seine betretene Miene ebenfalls. Wir sind beide müde von diesem Tag. Er, weil er in seinem Job so viel geleistet hat, und ich, weil ich diese Niederlage eingefahren habe. Ein stechender Schmerz fährt mir wie ein spitzer Dolch in den Unterleib. Ich erstarre und halte die Luft an. In Axels Gesichtsausdruck mischt sich Sorge mit Erschöpfung. Er streckt die Hand nach mir aus, als wollte er mich vorm Fallen bewahren.

Der Streit ist damit beendet – mit diesem Schmerz, der mit der Sache rein gar nichts zu tun hat, und mit dem Unausgesprochenen, das schwer auf unsere Lider drückt und unser scheues Lächeln in gequälte Grimassen verwandelt.

Die Anfänge

Neu durchzustarten, ist nicht leicht. Zu schön ist es, nichts zu tun und viel Zeit zu haben. Jeden Morgen klingelt der Wecker, und Axel verlässt das Bett, ohne sich noch einmal nach mir umzudrehen. Nachts sind unsere Körper noch eng aneinandergeschmiegt, und die Hitze, die dabei entsteht, wärmt mich. Doch tagsüber trennen uns unsere Schatten. Ich stehe nicht mehr auf, um am Fenster zu rauchen, um mit ihm – umgeben vom bitteren und zugleich tröstlichen Geruch des frisch gebrühten Kaffees – zu frühstücken. Heute Morgen bin ich wieder in einen watteweichen Dämmerzustand zurückgefallen, ohne zu hören, wie er die Wohnung verließ. Am Abend wird er deshalb schmollen. Ich liege faul im Bett.

Mein Handy klingelt, und das Gesicht meiner Schwester erscheint auf dem Display. Einmal mehr beschließe ich, nicht ranzugehen. Ich warte, bis es aufgehört hat zu klingeln und noch einige weitere Sekunden länger, ehe ich ihr kurz eine eingespeicherte Nachricht sende:

```
Kann gerade nicht sprechen. Alles o.k.
                           bei dir? 8:49
```

Das ist meine liebste Methode, um von mir selbst abzulenken. Die Leute reden einfach zu gern über sich. Sowie man ihnen auch nur irgendein Angebot macht, ergreifen sie die Gelegenheit, um ihren Riesenfrust loszuwerden oder, was seltener vorkommt, von ihren kleinen Freuden zu erzählen. Camille, wie wundervoll und perfekt sie auch sein mag, bildet hier keine Ausnahme, und prompt erklingt eine kleine Tonabfolge aus meinem Handy, die ihre Antwort ankündigt:

08:53 Es geht. Bei mir ist ein bisschen Land unter, weil wir Saisoneröffnung haben und Ninon in der Krippe eingewöhnt werden muss, aber sonst …

Camille ist erst seit wenigen Wochen aus der Babypause zurück bei der Arbeit. Gern würde ich ihre Stimme hören, aber sie soll meine nicht hören, weil sie sonst Verdacht schöpft, dass bei mir gerade alles zusammenbricht. Sie hat nämlich hellseherische Fähigkeiten und kann ziemlich nerven, deshalb reagiere ich mit irgendeiner Plattitüde, um sie abzuwimmeln, auch wenn ich sie damit ein wenig vor den Kopf stoße. Murrend drehe ich mich im Bett um. Ich muss aufstehen, ich muss aktiv werden.

Schon drei Wochen bin ich arbeitslos und habe seitdem nichts gemacht.

Nichts Konstruktives, nichts Wichtiges, nichts, was mich vorangebracht hätte.

Versucht habe ich es sehr wohl, ich habe Gespräche vereinbart und bin auch hingegangen. Als mir aber bewusst wurde, dass ich das von nun an jeden Tag tun müsste, bis ich eine neue Arbeit gefunden hätte, die mir dann den letzten Rest an Lebenskraft rauben würde, habe ich geweint. Es war ein Freitag, und ich fühlte mich einsam und allein in der gähnend leeren Wohnung. Seit drei Stunden schaute ich Stellenanzeigen durch und fühlte mich plötzlich wie ein Häufchen Elend. Ich sollte besser verschwinden, aber Axel würde auf mich warten, wenn er von seiner genialen Arbeit nach Hause käme, die ihm so viel Spaß bereitet, dass er gar nicht verstehen kann, warum mich meine so fertiggemacht hat. Er würde mich frohgemut fragen, ob ich interessante Angebote gesehen hätte, was ich bejahen würde. Ja, zwei, drei spannende Sachen, die nicht mal weit weg sind, man könne sogar zu Fuß hingehen, ich hätte einige Bewerbungen geschrieben. Dass das gelogen wäre, würde mich nicht belasten – nicht mehr.

Meine Glieder fühlen sich an wie mit schmutzigem Teer übergossen, jede Geste kostet mich Kraft. Im Kopf lasse ich den Film meines Lebens jeden Tag neu ablaufen und suche nach wie vor die Stelle, an der es aus dem Ruder lief. Seit wann ich in der Sackgasse stecke. Ich weiß noch, wie unabhängig und stark ich mich fühlte, als ich mich geweigert habe, im Hörsaal irgendeiner Uni zu versauern, um das lange Studium zu absolvieren, das für mich vorgesehen war. Ich wusste, dass das abstrakte universitäre Denken, das Wissen um des Wissens willen, nichts für mich war, das war nicht ich – fraglich war nur, *wer* ich war. Ich begab mich auf die Suche, es war der Anfang von etwas Neuem, und ich war motiviert, diesen Weg weiterzugehen. Ich tat alles, um meinen Eltern zu beweisen, dass ich allein zurechtkam, meine Miete zahlen konnte und verantwortungsbewusst war ... Und ehe ich mich versah, arbeitete ich bereits mehrere Monate in einem Geschäft, in dem Töpfe und Pfannen verkauft wurden. Jeden Tag seit meiner Entlassung spule ich den Film ab, und er bleibt immer genau an der Stelle hängen, an der mir bewusst wurde, dass ich schon ziemlich lange in diesem Geschäft arbeitete, dass mein vorübergehender Job zu meiner festen Tätigkeit geworden war. Dass ich auf dem besten Weg war dortzubleiben. Weiter komme ich nicht. Ich weiß, dass ich keine große Idealistin bin, dass mein Ehrgeiz begrenzt ist, doch ich bin mir sicher, dass ich, als ich das Geschäft betrat, um meine Bewerbung dort abzugeben, einen langfristigen Plan hatte.

Allerdings weiß ich nicht mehr, welchen.

Seitdem ist einiges passiert. In dem Geschäft habe ich Axel kennengelernt, wir kamen ziemlich schnell zusammen, und alles andere war vergessen. Und dann begann die Odyssee wegen meines Unterleibs von einem Krankenhaus und einem Arztzimmer zum nächsten, ich wurde mit allem möglichen Zeug vollgestopft und mit allen möglichen unschönen Dingen konfrontiert, und währenddessen habe ich wohl ein bisschen den Boden unter den Füßen verloren.

Und nun hocke ich zusammengesunken, den Kopf auf die Hände gestützt, auf dem Sofa, starre das stumme Telefon vor mir an, als würde im nächsten Moment der Heilige Geist anrufen, und habe keine Ahnung, wie es weitergehen soll.

Ich fühle mich matt und wie gelähmt, nur hin und wieder flackert ein wenig Energie auf. Wenn es so weit ist, verwende ich sie, um zu legitimieren, warum ich diese vier Wände nicht verlassen kann. Langsam verwandele ich mich in die perfekte Hausfrau. Der Boden ist immer sauber, die Armaturen glänzen, dass man sich drin spiegeln kann, eine Waschmaschine nach der anderen läuft, der Kühlschrank ist voll, und ich koche jeden Tag. Wenn ich all das erledigt habe, wenn das Schuldgefühl, da zu sein, Raum einzunehmen und nichts Sinnvolles mit mir anzustellen, schließlich verschwunden ist, bin ich nur noch müde, mein Unterleib schmerzt, und ich habe gerade noch genug Kraft, um mich hinzulegen und zu warten, dass die Zeit vergeht.

Geblieben ist mir Axel. Seine grünen Augen mit den nussbraunen Sprenkeln darin. Sie können mir das Gefühl geben, mich groß zu fühlen, wenn er es will. Seine starken Arme, die mich hochheben und in denen ich mich beschützt fühle. Ich neige dazu, die Liebe zu vergessen, die uns verbindet. Mir wird bewusst, wie lange es her ist, seit ich zum letzten Mal Küsse auf meinen Lippen spürte, sie sind zum Phantom geworden. Wir haben uns aus den Augen verloren. Und da ich nicht in der Lage bin, meinen Gefühlen freien Lauf zu lassen, und mein Körper häufig Abstinenz einfordert, suhle ich mich in Einsamkeit, die mir die Tränen in die Augen treibt.

Ich arbeitete schon seit einer Weile in dem Geschäft und lebte in dem andauernden Gefühl, unsichtbar für die Welt zu sein. Ich wohnte allein in einem leeren Gebäude, und wenn ich vor dem Spiegel meine Uniform anzog, kam es mir jeden Morgen so vor, als würde ich unzulässigerweise die Haut einer freundlich lächelnden Verkäuferin überstreifen, um meinen Lebensunterhalt zu verdienen. Die Uniform passte so wenig zu mir, dass es schon fast wieder lustig war: angefangen bei der kratzenden Polyesterbluse, in der man fürchterlich schwitzte, über die gepunktete Fliege, die dem Ganzen den gewissen Pfiff verleihen sollte, bis hin zum Rock – der Rock war der Gipfel. Er war gerade geschnitten und knallrot, weil es die Farbe des Geschäfts war. Jedes Mal beim Anziehen hatte ich das Gefühl, mich für eine Travestie zu verkleiden. Ich ziehe sonst nie Röcke an. Röcke machen mir Angst, Röcke behindern mich, Röcke lassen mich mehr zu Frau werden, als ich es bin – als ich es sein will. Und die flachen Schlupfschuhe, die bei jedem Schritt auf dem Boden des Geschäfts klackerten, machten mich ohnehin wahnsinnig, das Geräusch mischte sich unter das Klappern der Töpfe und anderer Waren, die aus den Regalen genommen wurden. Und trotz dieser lächerlichen Aufmachung, trotz der unbequemen Verkleidung oder eigentlich gerade wegen ihr war ich den ganzen Tag vollkommen unsichtbar.

Die wahre Anaïs blieb in der Wohnung unter ihrer Bettdecke verborgen, und niemand bekam sie je zu sehen. Hunderte Menschen gingen täglich an mir vorbei oder sprachen mich an, ohne dass sie jemals mit derjenigen redeten, die ich wirklich war.

Und dann fragte eines Tages ein sehr selbstbewusster Typ nach einem bestimmten, relativ seltenen Salz. Er sah fast penetrant gut aus, was er zu wissen schien, ohne es aber allzu sehr raushängen zu lassen. Mit meinem wie festgetackerten Lächeln sagte ich: «Aber ja, natürlich, folgen Sie mir, ich zeige Ihnen, wo es steht», denn in unserem Geschäft ist der Kunde König, man schickt ihn nicht irgendwohin, man begleitet ihn.

Er begann, mich in ein Gespräch zu verwickeln, draußen schien die Sonne, und ich war in der Stimmung, mich sichtbar zu machen und Raum einzunehmen. Als er nach meiner Nummer fragte, runzelte ich entsprechend die Stirn und gab mich zögernd, um ihn ein wenig zu quälen, ehe ich, überrascht von dem, was mir gerade widerfuhr, damit rausrückte. In seinem Blick war Neugier zu erkennen, was mir guttat. Einen kurzen Moment lang, in dem er von seinem Handy aufsah und in mein bewusst ausdrucksloses Gesicht schaute, glaubte ich, er würde versuchen, hinter die Fassade zu blicken.

Er verließ das Geschäft, ohne etwas zu kaufen, wofür ich von meiner Vorgesetzten einen Rüffel bekam. Sofort nahm ich wieder die unbequeme Uniform wahr, die an den Schultern zu eng saß und mich in meinen Bewegungen einschränkte. Ein so attraktiver Typ wickelte sicher alle Verkäuferinnen mit Pferdeschwanz um den Finger, die ihm über den Weg liefen. Ich war überzeugt, nie wieder von ihm zu hören.

Am nächsten Morgen rief er mich an – später gab er zu, dass er sich gefragt hatte, wie lange er wohl warten müsste. Ich erfuhr seinen Vornamen, dass er mich gern wiedersehen würde, und nein, er mache das nicht mit allen so, er wisse auch nicht so genau, was ihn geritten habe. Ich weiß nicht mehr, inwieweit ich ihm geglaubt habe. Ob ich am Abend Zeit hätte, um mit ihm essen zu gehen? Unter anderen Umständen hätte ich Nein gesagt, aber er war wie ein Magnet. Er hatte eine angenehme Stimme, also gingen wir zusammen essen.

Ich hatte keine Ahnung, welche Art von Restaurant ihm vorschwebte, und ich hätte einen Vorschlag machen, eine Entscheidung treffen können, aber ich ließ mich führen. Einerseits verspürte ich Lust, genauso interessant zu sein wie er, andererseits wollte ich mich aber nicht verstellen, nur um ihm zu gefallen. Ich wollte, dass er mich sah. So, wie ich war, selbst wenn die Konturen unscharf waren.

Zu dem Date erschien ich in meiner wahren Haut, in abgerissenen Jeans und ausgelatschten Sneakers, mit Ringen unter den Augen und hängendem Haar. Ich wäre gern eleganter und verführerischer gewesen, hätte gern hübsch ausgesehen. Doch mir war wichtiger, nicht zu lügen. Ich habe Axel damit überrascht, das weiß ich, weil er es mir später gesagt hat. Er war davon ausgegangen, auf eine hübsche junge Frau in einem schicken Kleid zu treffen, diskret geschminkt und mit von der

Kälte rosig leuchtenden Wangen. Stattdessen stand vor ihm eine junge Frau, klar, hübsch, vielleicht, wenn auch nach weiter gefassten Kriterien als den gängigen. Der Abend, der erste einer langen Serie von Abenden, die wir endlos diskutierend bei gedämpftem Licht verbrachten, war schön.

Ich ging verändert, mit einem gesteigerten Selbstwertgefühl, daraus hervor. Angeblich muss man erst sich selbst lieben, um von anderen geliebt zu werden. Ich glaube nicht, dass das so einfach ist. Ich bin bei Axel geblieben, weil ich an seiner Seite dauerhaft ein wenig besser zu sein schien, als ich wirklich war.

All das hatte ich vergessen. Geht es allen so, allen Paaren dieser Welt, dass sie sich von dem vorbeiziehenden Leben vereinnahmen lassen und das Glück, die Liebe, die Schönheit und die Wahrheit dessen, was sie verbindet, vergessen? Ist es normal, oder ist es traurig oder vielleicht ein bisschen beides, nur noch zu sehen, was nervt und was kratzt und was die Haut gerötet zurücklässt? Blind zu werden für alle Annehmlichkeiten?

Plötzlich brandet eine Welle stürmischer Liebe durch mich hindurch. Eine Liebe wie sprühende Funken, die einige Wochen, einige Monate lang knistern, eine Liebe, die mir die Tränen in die Augen treibt, die ich seit dem ersten Herzklopfen nicht mehr empfunden habe. Vor ihm hatte ich mich den Männern immer mit Leib und Seele hingegeben, sie hatten sich entsprechend bedient und mich dann wie ausgewrungen zurückgelassen. Seit meiner Jugend hatte ich mich in der Rolle eingerichtet: die der guten Freundin, die sich zu amüsieren weiß, ohne sich zu binden, oh nein, das auf keinen Fall. Dabei wünschte ich mir nichts sehnlicher als eine Liebesgeschichte mit mir als Heldin und nicht immer diejenige zu sein, die der

Don Juan mit den Worten fallen lässt: «Das ist nur eine Freundin, keine Sorge», wenn er schließlich der Frau seiner Träume begegnet.

Axel war der Erste, der mich zurückgeliebt hat. Die Welle steigt bis in meine Kehle auf und friert mich in der Zeit ein – so lange, wie ich brauche, um mich aufs Neue in dieses Meer zu stürzen, das schrecklich und schrecklich schön zugleich ist.

Nein, ich hatte die Liebe nicht vergessen, nicht ganz. Ich hatte lediglich vergessen, wie gut sie tut. Doch nun erinnere ich mich wieder, und es ist so wunderschön, dass mir ganz schwindelig wird.

Lieben

Axel lächelt mich an, erkundigt sich, was ich heute gemacht habe. Einmal mehr zieht mir der bekannte Schmerz die Brust zusammen.

«Ach, das Übliche.»

Verständig nickend, holt er sich ein Bier aus dem Kühlschrank, das er mit lässiger Geste öffnet. Ich sehe ihn erstaunt an. Axel trinkt normalerweise keinen Alkohol, wenn er aus dem Büro kommt. Bier gibt es bei ihm nur am Wochenende oder wenn er mit Kollegen unterwegs ist. Er wirkt angespannt, seit ich ihn beobachte.

«Ist etwas nicht in Ordnung?», frage ich leise.

Seit meiner Kindheit war in allen Wohnungen, in denen ich je gelebt habe, die Küche mein Lieblingsplatz. Jetzt ist sie für mich ein Ort des Konflikts, offen oder im Verborgenen schwelend. Axel reibt sich die Augen und fährt sich mit der Hand über die blonden Bartstoppeln.

«Wir müssen reden.»

«Ja, ich habe dir auch was zu erzählen!», rufe ich und kann es kaum erwarten, ihn an meiner Erleuchtung teilhaben zu lassen.

«Äh ... ich glaube, ich sollte anfangen, wenn du nichts dagegen hast.»

Mir wird klar, dass das, was er mir sagen will, nur halb so

erfreulich sein wird wie die Verkündigung meiner neu aufgeflammten Liebe. Ich schenke mir einen Saft ein und setze mich.

«Schieß los, ich bin ganz Ohr.»

Mir wird mulmig, ich spüre, dass etwas nicht stimmt.

«Ich ... ich werde dich verlassen.»

Obwohl er leise gesprochen hat, bleiben die Worte scheppernd in der Luft hängen. Ich lege den Kopf schief, trinke einen Schluck Saft und denke: *Der Kühlschrank ist zu kalt, wir müssen die Temperatur raufstellen.* Mein Zahnfleisch schmerzt.

«Was?»

«Es bringt nichts, um den heißen Brei herumzureden, besser, man ist gleich offen und ehrlich, findest du nicht?», fragt er dennoch zögernd und mit zweifelnder Miene, als überlegte er gleichzeitig, das Gesagte zurückzunehmen. «Ich glaube, dass ich eine andere Frau liebe und ... bin mir sicher, dass ich dich nicht mehr liebe. Wir können so nicht weitermachen.»

Der Saft sammelt sich irgendwo zwischen meiner Speise- und Luftröhre, eine riskante Route, die meine Kehle brennen lässt. Ich habe das Gefühl zu ersticken, und hilfsbereit, wie Axel nun mal ist, klopft er mir einige Male kräftig auf den Rücken.

«Geht's?»

Die alberne Frage löst bei mir ein hysterisches Lachen aus, das mir die Tränen in die Augen treibt, während es alles mit sich reißt und mich zitternd und wie ein Häufchen Elend auf meinem Stuhl zurücklässt.

Schließlich erstirbt es in meinem Mund, und ich bleibe bebend sitzen. Ungläubig sehe ich Axel an. Ich bin physisch nicht in der Lage zu verstehen, was er sagen will.

«Du verlässt mich ... für eine andere?»

Es laut auszusprechen, macht es keineswegs akzeptabler.

Doch Axels Antwort lässt keinen Zweifel zu: «Ja, so sieht es aus.»

Ich erhebe mich und bewege mich vorsichtig wie eine Seiltänzerin vorwärts, um mir die Zigaretten zu holen, die ich in einer Schublade aufbewahre.

«Willst du etwa hier drinnen rauchen?», fragt Axel.

«Willst du mir deswegen etwa *jetzt* eine Szene machen?», erwidere ich mit einer gewissen Giftigkeit, einem scharfen Sarkasmus in der Stimme.

Ich habe keine Lust, länger hier zu sein, ich möchte die Augen schließen und abwarten, bis der Sturm vorübergezogen ist. Fast gegen meinen Willen richte ich mich auf, zuverlässig wie ein Schweizer Uhrwerk, während sich in meinem Inneren Wellen widersprüchlicher Emotionen in schneller Folge brechen.

Doch es nützt nichts, irrational zu werden. Auch wenn ich am liebsten laut brüllen und alles kaputt schlagen würde, ich muss stark bleiben. Ich versichere mir, *dass es nichts nützt, eine große Sache daraus zu machen*, nicht solange Axel mich mit diesem nervösen und paternalistischen Blick ansieht, der für ihn typisch ist, wenn er befürchtet, ich könnte im nächsten Moment explodieren.

«Gibst du mir bitte ein Bier?», sage ich. «Und setz dich, bleib da nicht stehen.»

Er blickt argwöhnisch und leicht verängstigt drein, wie jemand, der über ein Minenfeld läuft und weiß, dass jeden Moment ein Sprengsatz in die Luft gehen kann. Wenn dies hier in der Küche meine letzte Chance ist, Axel zu beeindrucken, indem ich ruhig, überlegt und erwachsen wirke, selbst wenn ich es überhaupt nicht bin, dann soll es so sein.

«Und wer ist deine Neue?»

«Ähm ... bist du sicher?»

Ich führe den bernsteinfarbenen Flaschenhals an meine Lippen und nicke. Das Bier schmeckt so bitter, dass ich das Gesicht verziehe.

Er stammelt vor sich hin, und ich spüre über den Tisch hinweg seine feuchten Hände und den Schweiß auf seiner Stirn. Wie seltsam, dass die Liebe, die mir nicht mehr gilt und die er jetzt für eine andere empfindet, bei ihm für so viel Unbehagen sorgt. Vielleicht ist es nicht in Ordnung zu verlangen, dass er derart private Gefühle vor mir offenlegt. Habe ich wirklich ein Recht darauf, es zu erfahren?

Die glückliche Gewinnerin ist eine neue Kollegin. Sie heißt Lena und kommt frisch aus Stockholm. Sie ist schön wie ein Sonnenaufgang, extrem gebildet und stets elegant. Ich bin wie vor den Kopf gestoßen, da die Frau nach dem, wie er sie in groben Strichen skizziert, das komplette Gegenteil von mir selbst zu sein scheint. Axel gibt zu, einige Male mit der schönen Kollegin, deren Haar seidig glänzt und die enge Röcke mit Schlitz trägt, Kaffee getrunken zu haben. Sie verstehen sich gut, und er hat Lust, sie näher kennenzulernen. Er verlässt mich, weil er mich nicht betrügen und mich nicht anlügen will. Er fühlt etwas bei ihr, das er schon lange nicht mehr gefühlt hat, und ja, auch wenn er sich noch nicht sicher ist, glaubt er, dass es Liebe ist.

Als er sein Bier ausgetrunken hat, holt er sich ein neues und bietet auch mir ein zweites an, das ich ablehne, weil meine Flasche noch halb voll ist.

Ich merke, wie mein Herz quälend langsam reißt, bei jedem Wort, das er ausspricht, werden die Risse tiefer, und der

Boden, auf dem ich drei Jahre lang stand, beginnt zu bröckeln. Ich stürze in einen nach Schwefel stinkenden Abgrund. Ich verstehe, und gleichzeitig ist mir schleierhaft, wie wir, er und ich, so gegensätzlich veranlagt sein können. Ich habe keine Tränen mehr. Was bleibt, ist ein bitterer Nachgeschmack, der mir den Gaumen verätzt.

«Du sagst gar nichts.»

Überfordert schüttele ich den Kopf. Ich versuche, mich zu erinnern: Wann haben wir das letzte Mal «Ich liebe dich» zueinander gesagt? In Geschichten mit Happy End vergisst man es, weil man es so oft sagt und so tief fühlt, dass die Zeit bei all den «Ich liebe dich» keine Rolle spielt, sie sind unendlich multiplizierbar. In unserer Geschichte war die Anzahl jedoch begrenzt, jedenfalls stelle ich fest, dass ich eine Gedächtnislücke habe und mich nicht mehr erinnern kann. Das letzte «Ich liebe dich» ist mir glatt entfallen.

«Es ist komisch», sage ich und lache kein bisschen. «Gerade heute Nachmittag ist mir wieder bewusst geworden, wie wohl ich mich mit dir fühle. Das wollte ich dir sagen. Dass ich dich liebe, dass ich mein Leben mit dir verbringen möchte, bla, bla, bla ... Was für ein Schwachsinn.»

Axel weicht meinem Blick aus – eine Feigheit, die ich fast ehrenwert finde, an seiner Stelle würde ich auch die Biege machen.

«Ich wollte mich dafür entschuldigen, dass ich mich so hängenlassen habe, dass ich nicht so schnell wieder durchgestartet bin wie geplant, ich wollte dir versichern, wie leid es mir tut, dass ich dich vernachlässigt habe. Tja, das hat sich ja nun erübrigt, aber wenigstens weißt du es jetzt.»

«Es ist zu spät», murmelt er.

Ich kann ihm nur zustimmen. Es ist zu spät. Hoffnungslos.

«Ich wollte mir mit dir etwas aufbauen ... Seit wann bedeutet unsere Beziehung dir nichts mehr, dass es dir so leichtfällt, mir den Rücken zuzukehren? Es ist ganz allein meine Schuld, stimmt's?»

Die Worte fühlen sich rau in meiner Kehle an, sie kratzen und verlassen meine Lippen mit einer bisher ungekannten Traurigkeit. Der Qualm der Zigaretten, die ich hemmungslos Kette rauche, hüllt mich ein wie ein übel riechendes Segel.

«Du bist nicht mehr die, die ich geliebt habe, Anaïs ...»

Ich sehe den Schmerz, den es ihm bereitet, diese Worte auszusprechen, sehe, dass er seine eigene Aufrichtigkeit verflucht, die es ihm verbietet, Hindernisse zu umschiffen und Ecken abzurunden. Heute lässt mich seine ungeschminkte Offenheit fast erblinden und ritzt eine Frage in meine Netzhaut, mit der ich mich auf keinen Fall befassen will: Was für eine Hexe bin ich nur geworden?

«Ich weiß nicht genau, wer von uns beiden sich verändert hat», fährt er fort und redet immer schneller, als könnte er die Maschine jetzt nicht mehr anhalten. «Ob du schon immer so zynisch warst oder ob ich es einfach nicht mehr ertrage, dich so vor dich hin brüten zu sehen. Aber wenn ich dich jetzt so vor mir habe, löst das nichts mehr in mir aus, ich empfinde nichts. Tut mir leid.»

Ich senke den Blick und starre niedergeschlagen auf die winzigen Hautfetzen um meine abgekauten Nägel.

«Dabei wollte ich bleiben, das weißt du», setzt er nach. «Ich weiß genau, dass es nicht fair ist, bei der kleinsten Schwierigkeit das Handtuch zu werfen, ich bin es dir, nein, *uns*, schuldig gewesen, dich zu unterstützen und zu versuchen, dich zu motivieren. Aber es gelingt mir nicht. Es gelingt uns nicht mehr, das merkst du doch, oder?»

Nach jedem Zug an der Zigarette beiße ich mir kräftig auf die Innenseite der Wange, und ich spüre den metallischen Geschmack von Blut im Mund, der sich mit dem Nikotin vermischt. Das Schlucken fällt mir schwer.

«Wenn ich Lena nicht kennengelernt hätte ... wäre alles anders gekommen. Vielleicht. Es tut mir leid, Anaïs.»

Axels Stimme zittert, er fühlt sich schuldig, vielleicht schämt er sich, auch wenn ich mich frage, was er genau falsch gemacht hat? Ist es ein Verbrechen, nicht mehr zu lieben und dann wieder neu zu lieben? Allein die Vorstellung, dass er, hätte er Lena nicht getroffen, weiterhin mit mir als Klotz am Bein gelebt hätte, um sein Gewissen zu beruhigen, erzürnt mich. Diese Beziehung, so wichtig sie für mich einmal war, um mir das Gefühl zu geben, zu existieren und den Schein zu wahren, ist nur noch ein Schatten ihrer selbst. Ein Schatten, der sich verflüchtigt.

Ich drücke den braun gefärbten Zigarettenstummel in die Untertasse, wo er sich zu dem halben Dutzend anderen Kippenkadavern gesellt. Mir ist schlecht. Ich stehe auf, um ein Fenster zu öffnen und den Raum zu lüften, in dem bläulicher Qualm in der Luft hängt – die feuchte, eisige Novemberluft schlägt mir ins Gesicht. Die plötzliche Kälte lässt mich zusammenfahren und vielleicht auch etwas akzeptieren: dass ich nämlich keine Wahl habe, dass es keinen Zweck hat, mich verzweifelt auf dem Boden zu wälzen. Ich spüre, dass es zwischen Axel, der von oben bis unten angespannt ist, und mir, die ich von oben bis unten schlaff und weich bin, noch irgendwo eine fragile Verbindung gibt, die ich nutzen kann. Hätte ich auch nur eine kleine manipulative Ader, ein bisschen weniger Lust, allein als pathetisch zu sein, dann könnte ich weinen, ihn anflehen, mich zu behalten, mir eine zweite Chance zu geben, mich noch einige Tage, einige Stunden länger zu lieben. Wie eine Königin könnte ich mich inszenieren, um ihm zu imponieren, aber das wäre nicht fair. Wenn Lena mit ihrem seidigen blonden Haar und den ordentlich gebügelten Blusen ihn für sich gewinnen konnte, heißt das, dass ich von vornherein aus dem Rennen war. Ich habe keinen Platz mehr, nicht einmal auf der Ersatzbank, es wäre souveräner, das anzuerkennen.

Ich wende mich vom Fenster ab und suche Axels Blick, der ihn erwidert, ein letztes Mal auf mich eingeht. Ich setze mich wieder ihm gegenüber und strecke die Hand über den Tisch, der uns voneinander trennt, zusätzlich zu allem, was uns ohnehin schon entzweit, um ihn kurz am Arm zu berühren.

Er nimmt meine Hand und drückt sie, fest genug, dass ich es spüre, aber zu wenig, als dass er auch nur einen Funken Hoffnung in meinen kalten und steifen Fingern hinterlassen würde. Er erlaubt sich, ein wenig Erleichterung zu zeigen, bekommt wieder Farbe im Gesicht, und seine Züge entspannen sich, er lebt wieder auf. Er dachte, ich würde ihm eine Szene machen, ihm Teller ins Gesicht werfen, vielleicht sogar ausfällig werden. Wie es im Buche steht. Ich fülle meine Lungen mit Luft, die nach und nach frischer und sauberer wird. Einmal mehr schwebe ich einige Zentimeter über der Realität. Und ich habe Hunger.

Es ist dunkel geworden. Wortlos mache ich mich daran, mit mechanischen Bewegungen unsere letzte gemeinsame Mahlzeit vorzubereiten.

«Du kannst hier wohnen, bis du was Neues gefunden hast. Du musst nicht sofort gehen.»

Ich höre die Stimme in meinem Rücken, fühle sie wie einen kalten Wind. Ah ja, stimmt. Ich werde ausziehen müssen.

Ich werde mich aus diesen vier Wänden, in denen ich mich so schnell eingerichtet hatte und die sich fast wie zu Hause anfühlten, zurückziehen, ohne Spuren zu hinterlassen. Ich werde meine Socken und meine Feuchtigkeitscreme einpacken, und nie wieder werden meine Haare den Abfluss in der Dusche verstopfen.

«Das ist nett. Ich werde so schnell wie möglich weg sein.»

Dass ich heute schon woanders übernachte, kommt allerdings nicht infrage. Ich werde sicher nicht bei irgendjemandem, den ich kenne, an der Tür klopfen, dem gegenüber ich meine Pleite eingestehen müsste und von dem ich nur Mitleid zu erwarten hätte. Ich habe noch nie auf unserem – seinem – Sofa geschlafen.

Vor mir liegen die in dünne Scheiben geschnittenen Zwiebeln auf dem Holzbrett. Das Gemetzel brennt mir in den Augen.

Der Auszug

Der Ragout-Geruch hängt noch in dem zur Küche offenen Wohnzimmer in der Luft, wo ich heute übernachte. Das ausgeklappte Sofa ist angenehm weich. Es ist seltsam unpassend, so bequem zu liegen, wenn in mir drinnen alles quälend drückt. Als wären meine Knochen um einen Zehntelmillimeter in entgegengesetzte Richtungen verschoben, als wären meine Muskeln leicht auseinandergezogen oder zusammengepresst. Nichts ist an seinem Platz. Die Welt, wie ich sie kannte, existiert nicht mehr.

Wie macht man es, allein zu sein, wie machen es all die anderen? Ich habe es vergessen. Ich habe alles vergessen.

Nach dem Essen, das wir schweigend verbrachten, wurde es schwierig und unbehaglich. Wie ein vorbildlicher Gastgeber brachte Axel Bettlaken, Decke und Kopfkissen, um mein Nachtlager herzurichten. Er war so zuvorkommend, dass es mich fertigmachte und ich mich auf einmal fremd fühlte in dieser Wohnung, die ich eigentlich kannte wie meine Westentasche – eine Wohnung, von der ich zumindest geglaubt hatte, dass sie ein wenig auch meine gewesen war. Er verhielt sich so unbeholfen, als wäre ich eine alte Tante, die zu Besuch kam. Innerhalb eines Abends war alles anders, war zu einer Frage des Prinzips geworden. Es ist verrückt, welche Distanz ein derartig übertrieben aufmerksames Verhalten zwischen zwei Menschen schaffen kann, die sich einst nahe gewesen waren.

Ich erinnere mich an die noch gar nicht so lange zurückliegende Zeit, in der wir uns nicht vorstellen konnten, mehr als ein paar Tage am Stück voneinander getrennt zu sein. Axel hatte seine Dienstreisen merklich reduziert, und ich fand alle möglichen Ausreden, um nicht an Fortbildungen teilnehmen zu müssen, die weiter entfernt stattfanden. Wir hingen aneinander, waren eins geworden, unsere Verbindung war eng und schön. Zu keiner Zeit hatte ich mich in dieser Symbiose eingeengt gefühlt, obgleich sie mich bis in meine Zellstruktur veränderte. Und dann verging die Zeit, und währenddessen passierte, was ich inzwischen weiß. Er ließ mich verblassen. Ich war verblasst, ganz allein, vollkommen unselbstständig. Ich weiß es nicht mehr so genau.

Den Rest des Abends verbrachte ich allein. Als Axel endlich aufhörte, so unerträglich freundlich zu mir zu sein, und mir mit zwei schmatzenden Küssen auf die Wangen eine gute Nacht wünschte, war es noch nicht besonders spät. Mir stieg die Röte ins Gesicht, sosehr widerte es mich an. Ohne behaupten zu wollen, dass unsere körperliche Intimität noch besonders intensiv und leidenschaftlich gewesen war, hatte ich doch noch nicht die Zeit gehabt zu vergessen, wie es war, ihn in mir zu spüren, zu erleben, wie seine Zunge meinen Mund erkundete. Das Schmatzen seiner Lippen auf meiner trockenen Haut schmerzte in meinen Ohren. So fühlt es sich also an, das Ende.

Ich legte mich mit einem Buch hin, einer Liebesgeschichte, die mich gestern noch hatte träumen lassen. Nach einigen Seiten, die mich nur weiter deprimierten, löschte ich das Licht und drehte mich zum Fenster, um das nächtliche Leben der Stadt zu sehen. Die weißen und roten Scheinwerfer der Autos, das orange Licht der Straßenlaternen, das sich in Millionen von Regentropfen spiegelt, die angstfrei auf den Asphalt fallen. Ich stelle mir die Nachtschwärmer vor, die spät rausgehen und früh zurückkommen oder umgekehrt, je nachdem. Die Liebenden, die sich Hand in Hand im Mondschein alle möglichen Dinge sagen, die man sich besser in der Dämmerung sagte.

Und dann – *rums* – rauscht plötzlich die Einsamkeit mit einer Wucht auf mich nieder, die sich gewaschen hat. Der Lärm ist markerschütternd.

Eine Disharmonie in b-Moll, ein chaotisches Orchester, ein Pfeifen tief in meinem Ohr, schriller Tinnitus, um die bodenlose Vase mit einer neuen Leere zu füllen.

Ich will mich aufrichten, bin aber wie gelähmt. Das Klavier liegt zerschmettert auf meiner Brust und verhindert jede Bewegung. Mich ergreift die Panik, ihre Tentakel schieben sich in jeden Riss meiner brüchigen Fassade, deren Doppelverglasung Sprünge aufweist. Tränen steigen mir in die Augen, das Blut pulsiert in meinen Schläfen, ich habe Durst, ich habe Angst, ich will weg. Ich bin allein. Ich habe nichts mehr. Niemanden.

Ich wälze mich hin und her auf der verzweifelten Suche nach Schlaf. Ich will endlich vergessen. Ich befinde mich in einem schlechten Traum, einem schlimmen Albtraum, wenn ich aufwache, werde ich an Axels Seite in dem großen Kingsize-Bett liegen. In seinem Bett. Nicht in *unserem* Bett, Scheiße, es ist nicht mehr unser Bett, nichts gehört mehr mir, was mache ich überhaupt noch hier? Wie oft werde ich noch morgens mehrere Meter von meinem alten Leben entfernt aufwachen? Wie lange werde ich hier noch wie ein Parasit die Luft verpesten, die für mich selbst schädlich ist? Ich werde keinen anderen Job finden. Ich werde nie ein anderes Leben haben als das gerade zerplatzte, vor dessen Scherbenhaufen ich jetzt stehe.

Mühevoll gelingt es mir, mich zu erheben, das feuchtkalte Parkett unter meinen Füßen überrascht mich – ich hatte mit einem Haufen Scherben unter den Sohlen gerechnet, die mir die Haut aufschlitzen und mich innehalten lassen würden. Mein ganzer Körper ist mit kaltem Schweiß bedeckt, und ich zittere heftig. Kann man wirklich in so kurzer Zeit verfallen, oder war ich schon ramponierter, als ich zugeben wollte?

Ich zwinge mich zu atmen, um das in die Enge getriebene Tier loszuwerden, das sich in meiner Lunge festgesetzt hat und mir den Atem raubt. Ich kann hier nicht bleiben, ich kann nicht hierbleiben, um was zu tun? Ich werde nicht zu einem Gespenst werden, das Angst und Schrecken verbreitet, ich kann in mir selbst Angst und Schrecken verbreiten, alles zerstören, das Feuer entzünden, um alles auszulöschen.

Ich vertraue mir nicht mehr. Ich dachte, alles liefe gut, wie kann es sein, dass ich es nicht kommen sah, es nicht gespürt habe, dieses Damoklesschwert, das alles bedrohte, was ich mir hatte aufbauen wollen? Ich lache hämisch in mich hinein. Mir aufbauen? Was genau habe ich mir aufgebaut? Ein Kartenhaus auf treibendem Sand.

Ich schlüpfe wieder unter die Decke, die Kälte im Raum lässt mich innerlich erfrieren. Ich bin fassungslos, ob der Leere meines Dramas. Die Augen weit aufgerissen, betrachte ich im Dunkeln die Unendlichkeit, die sich vor mir auftut, nachdem ich mit dem Gesicht gegen eine unsichtbare Mauer gelaufen bin. Ich bin nur eine Hülle. Ich glaube, wenn man meine Seele auf eine Waage legte, würde man überrascht feststellen, dass sie nichts wiegt, dass ich nichts getan, gesagt oder auch nur gedacht habe, das etwas zählt. Wer bin ich? Niemand. Ein kleines Nichts. Meine Bedeutungslosigkeit tut mir weh.

Wenn morgens in der Früh die Stadt noch schläft, mach ich mich auf. Wohin? Niemand erwartet mich. Die Stille, die mich umgibt, liefert mir eine Antwort, eine Erinnerung, ein Echo, das in meiner Leere widerhallt. In meinem Inneren ist es kalt. Ich habe nicht mehr viel Lust, mich selbst zu bewohnen.

Limoges ist eine Stadt zum Sterben.

Ich sehe graue Gebäude, kahle und tote Bäume, Regen, Wind, angestoßenes Porzellan, trostlose Gesichter. Ich sehe mich dort draußen sterben. Ich muss aufhören, meine Zeit zu verschwenden, besser spät als nie. Wenn es zu lange dauert, wird es teuer. Wie man so schön sagt, die kürzesten Witze sind die besten, und meiner hat schon viel zu lange gedauert. Es geht nichts über Limoges, um mir den Rest zu geben.

Im ersten Morgengrauen eines grauen, tristen Tages, der von Beginn an schleppend voranzuschreiten scheint, stehe ich leise auf. Ich sammle meine Siebensachen zusammen, so schnell und geräuschlos wie möglich. Viel werde ich nicht mitnehmen, mein Plan steht. Ich befreie das Bad von meiner Zahnbürste und stibitze die Zahnpasta. Ich stecke alle Entzündungshemmer ein, die ich finden kann, all die wertvollen gelben und weißen Döschen. Angesichts der immer wieder auftretenden Krämpfe und meines skizzenhaften Plans brauche ich so viele wie möglich, weshalb ich auch noch mein neues Rezept in mein Portemonnaie stopfe. Ein bisschen saubere Kleidung hängt getrocknet auf dem Ständer über der

Badewanne, ich nehme, was mir in die Hände fällt, und das reicht.

Ich muss mir ein Lachen verkneifen, als ich nach meinem Ladekabel und dem Laptop greife. Wo, bitte schön, liegen meine Prioritäten? Den Laptop lege ich wieder ab, das Kabel aber behalte ich, schlüpfe in die Sneakers und bin bereit loszugehen. Die unförmige Tasche enthält alles, was von meinem Leben übrig ist. Wie wenig wir doch sind.

Ich könnte los, doch irgendetwas in mir sträubt sich, hält mich zurück, ein Haufen dummer Fragen: Nehme ich meinen Schlüssel mit, oder lasse ich ihn da? (Ich lasse ihn da.) Habe ich auch den Kühlschrank gut sauber gemacht und das Gas ausgestellt? (Das hier ist keine Urlaubsreise, entspann dich.)

Was mir fehlt, ist, das letzte Wort zu haben. Ich bin unfassbar pingelig. Ich stelle die Tasche ab und suche nach Papier und Stift. Ich lasse mir Zeit, es ist kaum sieben Uhr, und an einem Samstag wird Axel vor neun Uhr nicht aufstehen. Ich lasse mir Zeit, um die richtigen Worte zu finden.

Hallo Axel,
ich will nicht, dass wir uns die ganze Zeit schweigend anstarren und Du mich nur nicht rauswirfst, weil Du zu höflich dafür bist. Ich will nicht, dass sich alles unnötig in die Länge zieht. Ich gehe, ich brauche Luft. Bitte bewahre meine Sachen noch eine Weile für mich auf, ich komme bald vorbei, um sie abzuholen.
Danke, dass Du mich nicht betrogen hast. Danke, dass Du mich geliebt hast, solange es eben ging.
A.

Ich lege den Zettel gut sichtbar auf den Wohnzimmertisch und blicke ein allerletztes Mal in den Raum zurück. Ich würde nicht *bald* vorbeikommen. Kurz überlege ich noch, ob ich nicht wenigstens das Sofa zusammenklappen sollte. Dann schließe ich die Tür zu den letzten drei Jahren. Was nützt es, Dinge in Ordnung bringen zu wollen, die nicht mehr in Ordnung zu bringen sind. Nie mehr.

*

In der Wandelhalle des Bahnhofs betrachte ich die Anzeigetafel, ich warte auf den ersten Zug, mit dem ich nach Limoges fahren kann. Ich fühle mich gut, obwohl sich mein Unterleib immer wieder kurz und heftig zusammenzieht. Ich bestelle einen überteuerten Kaffee und ein zu kurz gebackenes Croissant, das ich im Stehen esse. Der Barista an der auf schick gemachten Espressobar beäugt skeptisch meinen offenen Mantel, mein ungekämmtes Haar und meine hohlwangige Miene. Seine diskrete Art übt eine gewisse Anziehungskraft auf mich aus. Er ist klein, eher schmächtig, und sein Akzent verrät seine brasilianische Herkunft, wenn ich mich nicht irre. Er wirkt krankhaft schüchtern, und ich bezweifle, dass ihm bewusst ist, wie viel Charme er hat. Bleich und ausgezehrt beobachte ich, wie er einen Kaffee nach dem anderen zubereitet und dabei perfekte Milchblumen auf den cremefarbenen Schaum der Cappuccinos zaubert, die groß gewachsene, ihm allesamt schöne Augen machende Blondinen bestellen. Dabei scheint er die Welt zu vergessen und ganz im Duft der gerösteten Bohnen aufzugehen.

Die Zeit vergeht wie im Flug, ich verlasse die Bar, entwerte meinen Fahrschein und steige in der Erwartung in den Zug, dass mir die Zeit von nun an lang vorkommen wird. Während der schlaflosen Nacht, die ich hinter mir habe, wechselt sich die dunkelste Panik mit erstaunlich lichten Momenten ab, in denen sich in meinem Kopf alles glasklar darstellt, wie ein richtiger Plan. Der Ironie bin ich mir durchaus bewusst. Die Frau, die unfähig ist, eine neue Arbeit zu finden, ihre Beziehung zu retten, und die seit Wochen rumhängt, hat plötzlich die Kraft, ihren Tod zu organisieren, und das alles innerhalb weniger Stunden und mit einer unerhörten Geistesgegenwart. Sofern man von Geistesgegenwart sprechen kann, wenn es um Selbstmordgedanken geht. Über abstrakte Gedanken und Anwandlungen sind wir allerdings längst hinaus. Jetzt wird's konkret. Endlich.

Ich mache es mir in meinem Sitz bequem und seufze zufrieden. *Limoges ist eine Stadt zum Sterben?* Sehr gut, *let's go.*

Bei Ankunft

(Limoges, Akt 1, Szene 1)

Der Bahnhof von Limoges ist angeblich der schönste in ganz Frankreich. Das glaube ich gern, auch wenn er mich unbeeindruckt lässt. Sosehr ich die Stimmung dort und die Vorstellung von tränenreichen Abschieden auf dem Bahnsteig liebe, die dazugehörige Architektur hat mich immer kaltgelassen. Mehr als kalt, ratlos geradezu. Wenn ich all den Stuck und die Schnörkel ansehe, frage ich mich ehrlich, wie man auf die Idee kommen kann, einem Gebäude, das für den Transit bestimmt ist und per se für das Flüchtige steht, so viel Aufmerksamkeit zu widmen. Das Leben findet nicht zwischen den Gleisanlagen und auf dem stets schmutzigen Boden der Bahnhofshalle statt, das Leben zieht hier nur vorbei – mit dreihundert Stundenkilometern und immer in die entgegengesetzte Richtung. Selbst wenn man zwischen zwei Wegstrecken doch einmal unfreiwillig länger verweilen muss, passiert das nie, weil man sich gern hier aufhält oder weil man die zahlreichen Säulen, die kunstvoll gestalteten Fenster oder was sonst noch bewundern möchte. Einen Elefantenzirkus, einen goldenen Springbrunnen?

`13:07 Du bist weg? Alles o.k.??`

Ich verlasse den Bahnhof von Limoges, ohne mich noch einmal umzudrehen. Nicht der schmucke Bahnhof interessiert mich, es ist die Stadt, die sich dahinter verbirgt, die graue und triste, die todtraurige Stadt. Ab in ein nahe gelegenes Hotel, aber nicht ins nächstbeste, denn heute möchte ich mir etwas gönnen. Wenn mir nur noch wenig Zeit bleibt, sollte ich sie auch nutzen und etwas daraus machen. Ich entscheide mich für ein Vier-Sterne-Hotel im Stadtzentrum, wo mich die Rezeptionistin (oder wie auch immer diese Leute offiziell in der Welt der Reichen und Schönen heißen) erst von unten bis oben und dann von oben bis unten mustert, ehe sie meine Bankkarte nimmt, ganz offensichtlich fest davon ausgehend, dass sie nicht akzeptiert wird.

Ich lächele schadenfroh und so breit, dass ich dabei die Zähne entblöße. Meine Bankkarte wird genommen werden, dessen bin ich mir sicher. Weil mein Konto prall gefüllt ist. In der Nacht hatte ich noch all meine Ersparnisse auf mein Girokonto transferiert und war selbst überrascht über die hohe Summe, die dabei zusammenkam, das Ergebnis von jahrelangem gewissenhaftem Sparen. Bescheiden zu leben, ist eine meiner wenigen Begabungen, sie ist mir angeboren. Beim Validieren des Vorgangs sehe ich plötzlich ein anderes Leben vor meinem geistigen Auge vorbeiziehen, ein Leben mit Haus, SUV und Labrador. Ich weiß nicht, ob ich lachen oder weinen soll. Meinen Projekten fehlte einfach Format, und zu erleben, wie sie sich in Luft auflösen, ist eine Qual.

Es wäre wirklich zu dumm zu sterben, ohne dieses Vermögen anzutasten, sage ich mir und kichere dennoch unkontrolliert. Nach dem überteuerten Kaffee und dem kostspieligen

Zimmer braucht es nicht mehr viel, nur einen Fehler in der Matrix. Vielleicht würde sich nach meinem Tod jemand die Mühe machen, Ermittlungen anzustellen – wahrscheinlich meine Schwester, die, emotional, wie sie ist, sicher lange um mich trauern würde. Jemand, der dann leicht und schulmeisterlich beweisen könnte: An jenem Tag, als Anaïs Nollet mehr als hundert Euro für eine Nacht in einem vornehmen Hotel im Zentrum einer Stadt ausgab, um die sich alle einen feuchten Dreck scheren, hat sie den Verstand verloren.

Die Wahrheit

Mindestens zehnmal rufe ich an, und zehnmal nimmt sie nicht ab. Nicht dass es ihr nicht ähnlich sähe, im Gegenteil. Es ist ein wiederkehrendes Schema, fast ein Spiel, ein «Nollet Sisters Special», und während ich seufze, überkommt mich das Gefühl eines Déjà-vu. Ich verbringe meine Zeit damit, meine Schwester anzurufen, und sie verbringt ihre damit, mir ausweichende Nachrichten zu schicken, mit denen sie mich glauben machen will, dass es ihr gut geht. Sie denkt, das funktioniert. Sie hält mich für naiv und weltfremd genug, um ihr auf den Leim zu gehen, aber so blöd bin ich nicht. Und langsam beginne ich wirklich, mir Sorgen zu machen. Auch wenn ich es kenne, dass sie mich meidet und auf Distanz hält, das ist Anaïs, wie sie leibt und lebt. Sich nicht einmal die Mühe zu machen, mir eine kurze Nachricht zu schicken ... «Autsch», würden die jungen Leute sagen – glaube ich zumindest, aber seit ich dreißig bin, zweifele ich an allem.

Besondere Umstände erfordern besondere Maßnahmen. Instinktiv blinke ich rechts statt links und fahre spontan zu Anaïs. Schlimmstenfalls hockt sie im Pyjama vor *Dancing Stars*, wirft mir vor, dass ich paranoid bin, und dann würde ich wieder fahren; ich hätte mich lächerlich gemacht, aber ich wäre beruhigt. Zu Hause würde ich Ninon von der Blamage erzählen, deren fröhliches Kauderwelsch ich anschließend interpretiere als: «Mach dich nicht verrückt, Mama, du bist die Beste.» Alles wird gut.

Als ich vor ihrem Haus parke, ist es 19:00 Uhr, und es gibt keinen Grund, warum sie nicht da sein sollte. Aus der Gegensprechanlage ist nach kurzem Rauschen Axels Stimme zu hören. «Ja?» Er klingt ernst und ein wenig argwöhnisch.

«Hier ist Camille, kann ich raufkommen?»

Ich merke, dass er zögert, doch dann drückt er auf den Summer, und ich haste die Treppe hinauf in den zweiten Stock. Axel erwartet mich – offensichtlich ist er gerade von der Arbeit zurückgekehrt, die Krawatte hängt ihm noch locker geknotet um den Hals. Er empfängt mich ein wenig zurückhaltend.

«Alles klar? Ich wollte nur kurz zu Anaïs, sie antwortet nicht auf meine Nachrichten.»

Mein Schwager sieht mich überrascht an.

«Ähm ... deine Schwester ist nicht da.»

Fragend sehe ich ihn an. Anaïs, an einem Dienstagabend unterwegs? Überhaupt unterwegs? Welcher Alien hatte sie denn verschleppt und durch eine schlechte Kopie ersetzt?

«Aha? Und wo ist sie?», frage ich ein wenig dümmlich.

«Ich weiß es nicht», antwortet Axel und fährt sich mit der Hand durch sein kurzes blondes Haar. «Ich dachte, sie wäre bei dir.»

«Warum sollte sie bei mir sein?»

«Moment, warte mal ...», beginnt Axel langsam, ihm scheint gerade etwas bewusst zu werden. «Sie hat es dir nicht gesagt?»

«Was soll sie mir gesagt haben?»

«O.k., ich glaube, du kommst besser rein.»

Ich folge Axel in die nur spärlich beleuchtete Wohnung, in der eine ganz andere Atmosphäre herrscht als zuvor. Kleidungsstücke liegen auf dem Sofa verteilt, in der Spüle steht schmutziges Geschirr, und alles wirkt seltsam vernachlässigt ... Kein Zweifel, hier haust ein Mann, der zum ersten Mal seit langer Zeit alleine lebt. Unbeholfen beeilt er sich, das Sofa freizuräumen, und bietet mir einen Platz an. Er selbst setzt sich in den Sessel mir gegenüber und verschränkt die Hände, ehe er sich mit reuevollem Blick räuspert.

«Anaïs und ich ... wir haben uns getrennt.»

Ich runzele die Stirn und warte, dass er weiterspricht. Aus allen Wolken falle ich nicht, Stoff für eine romantische Komödie war die Beziehung noch nie.

«Ich habe Anaïs am Freitag gesagt, dass Schluss ist. Als ich am Samstagmorgen aufgewacht bin, war sie schon weg. Sie hat ein paar Sachen mitgenommen und ansonsten nur eine kurze Nachricht dagelassen ... Warte, ich hol sie dir.»

Ich erkenne die schlampige Schrift meiner Schwester, werfe aber nur einen kurzen Blick auf den Zettel. Die Worte sind nicht für mich bestimmt.

«Okay. Aber ... weit kann sie nicht sein, sie muss ja arbeiten, oder?»

Im Kopf gehe ich die Leute durch, die Anaïs in dieser Situation aufgenommen haben könnten. Eine Kollegin, Freunde? Unsere Eltern? Ha, guter Witz. Hätte sich meine kleine Schwester mitten in der Nacht zu unserer Mutter oder unserem Vater geflüchtet, hätte ich sicher davon gehört. Doch ehe ich noch weiter nachdenken kann, bemerke ich Axels Gesichtsausdruck. Er scheint sich auf einmal schrecklich unwohl zu fühlen.

«Was ist? Muss ich noch mehr wissen?»

«Camille ... Anaïs arbeitet schon seit fast einem Monat nicht mehr.»

Er blickt auf seine sorgfältig manikürten Hände.

«Sie hat gekündigt?», krächze ich schließlich.

«Sie ist gefeuert worden.»

Das ja wohl die Krönung! Unglaublich. Ich weiß, dass es in dieser Familie ein ernsthaftes Kommunikationsproblem gibt, aber das ist echt die Höhe.

Ich seufze laut vor Frust und zu meiner Beruhigung. Dann erhebe ich mich, schüttele Kopf und Schultern, um mich von der Last zu befreien, die mich zu erdrücken droht, und strecke Axel die Hand entgegen. Insgeheim bin ich gar nicht so unzufrieden, in Zukunft nichts mehr mit ihm zu tun zu haben.

«Gut. Danke, Axel. Ich kümmere mich darum.»

Zögernd drückt er meine Hand. Ich sehe ihn eindringlich an, um ihn zum Reden zu ermutigen.

«Anaïs meinte, dass sie bald käme, um ihre Sachen zu holen ... aber ich habe nichts mehr von ihr gehört. Würde es dir etwas ausmachen, die Sachen mit zu dir zu nehmen?»

Schweigen.

«Ich ... habe hier nämlich nicht so viel Platz ...»

Ich rufe mir Anaïs' Nachricht ins Gedächtnis, von der ich aus Taktgefühl und Respekt den Blick abgewendet hatte. Das Wort «betrogen» war mir jedoch nicht entgangen. Einmal mehr schüttele ich den Kopf, dieses Mal, weil ich verstehe.

Als ich hinter dem Lenkrad sitze, kann ich nach einer Weile wieder tiefer und gleichmäßiger atmen. Ich wage nicht, auf die Uhr zu schauen, ich werde Ninons Bad verpassen, und Marc, meine große Liebe und ganz der Heilige, der er ist, wird es mir nicht vorwerfen, sondern mir die Freiheit lassen, mich allein mit meinen Schuldgefühlen herumzuplagen, eine schlechte Mutter zu sein. Ich fahre dieselbe Strecke in umgekehrter Richtung zurück, will so schnell wie möglich nach Hause, wo ich mich sehr viel wohler fühle als in der Wohnung meines von nun an Ex-Schwagers.

Zu Beginn ihrer Beziehung habe ich Anaïs noch Brücken gebaut, Fragen gestellt und es mit sarkastischen Bemerkungen versucht. Hin- und hergerissen zwischen der Freude, sie lächeln zu sehen, wenn sie von ihm sprach, und der Befürchtung, dieser Besserwisser könne ihre Verletzlichkeit ausnutzen und ihr, meiner kleinen Schwester, nachhaltig Schaden zufügen, wagte ich nicht, sie direkt zu fragen: «Bist du dir sicher?» Die Zeit verging, und meine Meinung zählte nicht mehr. Sie liebte ihn so sehr, dass es nicht mehr gesund war. Ich habe nie verstanden, damals nicht und überhaupt nie, was sie an diesem Typen mit seiner nur notdürftig verschleierten herablassenden Art fand. Mit ihm wurde jedes Gespräch zur Vorlesung. Er gehört zu den Leuten, die zu allem eine ausgeprägte Meinung haben, was ihn in den Augen meiner Schwester so bewundernswert machte, da es ihr selbst schwerfiel, ihre Meinung zu artikulieren. In meinen Augen war er ein überheblicher Schwätzer. Ihm würde ich sicher keine Träne nachweinen. Ihr Verschwinden hingegen macht mir Angst.

Nachdem ich das Auto vor dem Haus abgestellt habe, muss ich mich beherrschen, die wenigen Meter, die mich noch von meiner Tochter trennen, nicht zu rennen – so sehr hat sie mir gefehlt.

Kaum dass ich den Flur erreicht habe, höre ich mein Baby auch schon schnattern: «Mama, Mama, Mama, Mama!», und dann gleich die warme Stimme ihres Vaters, der anfängt zu lachen, was mich erfüllt wie flüssiges Gold. Ich stürze in die Küche, wo Ninon im Hochstuhl sitzt und Marc sie mit einem orange-grünen Püree füttert, das ihr zu schmecken scheint. Wie selbstverständlich erhebt er sich, ohne darüber nachzudenken, küsst mich zur Begrüßung und überlässt mir den Platz. Ich habe tatsächlich das abendliche Bad verpasst, das für mich immer ein besonderer Moment mit meiner Tochter ist. Schade, aber so ist das Leben.

Ninon sieht mich eindringlich an. Manchmal macht mir dieses Kind Angst, und ich habe das Gefühl, es könne meine Gedanken lesen. Man hatte mich gewarnt, nicht allzu lange zu stillen, Kinder würden sonst Superkräfte entwickeln. Ich bringe die nervige leise Stimme in meinem Ohr zum Schweigen, die mich beharrlich daran erinnert, wie müde ich bin, sehr müde, und dass meine Schwester wie vom Erdboden verschluckt ist und dass ich jetzt zu gern selbst ein Bad nehmen würde, anstatt mich in den nächsten zehn Minuten mit Gemüsepüree bespucken zu lassen. *Ich bin keine schlechte Mutter*, mischt sich eine andere Stimme ein, trocken und weniger weinerlich, aber noch nerviger. In meinem Rücken bereitet Marc, leise vor sich hin singend, das Abendessen weiter vor. Als ich ihn geheiratet habe, hätte ich nie gedacht, dass er als Vater so ... väterlich sein würde. Er war die richtige Wahl, zu der Entscheidung beglückwünsche ich mich jedes Mal aufs Neue, wenn meine Tochter mir mal wieder zu verstehen gibt, dass sie mich nicht genug gesehen hat.

Wie heute Abend. Während mit Marc alles wunderbar lief, verwandelt sich Ninon, mein eigen Fleisch und Blut, in dem Moment, da ich ihn ersetze und sie füttern will, in einen kleinen Teufel. Sie fuchtelt mit den Händen, dass der Brei in alle

Richtungen spritzt, und schreit dabei so schrill und spitz, dass die Küche zum Vorraum der Hölle wird.

Ich atme weiter bewusst ruhig und tief. Ich denke an später. An die Gutenachtgeschichte, ans Kuscheln und das Gutenachtküsschen, an das Abendessen mit Marc in trauter Zweisamkeit, an Yoga vor dem Schlafengehen, an den Kräutertee, den ich in kleinen Schlucken gemütlich mit einem Buch im Bett genießen werde. Das Später ist das Jetzt immer wert. Ich versuche, im Jetzt zu leben, doch wenn es zu schwierig wird, halte ich mich am Später fest.

Ein Löffel Püree landet mit einem sehr melodischen *Platsch* in meinem rechten Auge – zu ihrer Musikalität kann ich meine Tochter nur beglückwünschen. Mein Körper verfällt in einen Trancezustand. Wie besessen springe ich auf und entferne mich so schnell wie möglich von Ninon, um sie bloß nicht anzubrüllen und ihr damit Angst zu machen, gleichzeitig habe ich ein unbändiges Bedürfnis zu schreien. Marc lässt alles stehen und liegen und baut sich vor mir auf – mein Fels in der Brandung in stürmischen Zeiten wie diesen.

«Geh dich eine Runde entspannen, *chérie*.»

Seine volle getragene Stimme lässt meinen flachen Atem wieder ruhiger werden. Ich gehorche, ohne nachzudenken, und sobald ich in der Garage stehe, bricht der Sturm aus mir heraus. Ich stoße einen rauen Schrei aus. Der ermüdende Probentag, die unterschwelligen Konflikte mit den anderen Musikern, das Lampenfieber angesichts der bevorstehenden Konzerte, die Angst, dass Anaïs etwas zugestoßen sein könnte, der Frust, dass mich meine Tochter die Hälfte der Zeit abweist, alles bricht aus mir heraus. Zwei Tritte gegen die Reifen von Marcs Auto holen mich auf den Boden der Tatsachen zurück – in Form eines stechenden Schmerzes im großen Zeh. Ich gebe einen letzten wütenden Seufzer von mir und wundere mich fast, dass ich keine Flammen spucke. Das T-Shirt klebt mir unter den Achseln und der feine Flaum am Haaransatz in meinem Nacken.

Da ich nun wieder ich selbst bin, kehre ich zu Marc zurück, der Ninon zu Ende gefüttert hat. Er hat ihr die pausbäckige Schnute abgewischt und sie aus dem Stuhl gehoben. Sie sitzt jetzt umgeben von Bauklötzen und raschelnden Plastikbüchern auf dem Boden. Ich drücke meinem Mann einen Kuss auf die Wange, was er mit einem Lächeln erwidert, während er weiter in dem Topf auf dem Herd rührt, und dann lasse ich mich neben meiner Tochter nieder. Offiziell, um mit ihr zu spielen, aber eigentlich weiß jeder, dass es mir nur darum geht, ihren warmen milchigen Babygeruch aufzunehmen.

Nachdem wir Ninon ins Bett gebracht haben und mich ihr schläfriges, auf meine Brust gehauchtes «Mama» ein wenig versöhnt hat, lassen Marc und ich uns mit unseren dampfenden Tellern auf den Knien im Wohnzimmer nieder. Einige Minuten lang schweigen wir, ehe ich ihm eröffne, was ich bei Axel erfahren habe. Während er mir aufmerksam zuhört, zeigen sich verschiedene Gemütszustände auf seinem Gesicht. Er nickt, schluckt, trinkt von seinem Rotwein, und als ich fertig bin, stellt er seinen halb leeren Teller ab.

Marc liebt Anaïs, sie ist für ihn wie seine eigene kleine Schwester. Wie gut sie sich ohne viele Worte, aber mit verschwörerischem Lächeln verstehen, ist schön zu sehen. Es war Marc, der Anaïs gefragt hat, ob sie die Patentante unseres Kindes werden möchte, ich erinnere mich noch gut an die Tränen, die die beiden daraufhin scheu vergossen haben.

Ich spüre in seiner Stimme eine Sorge, die er so gut wie möglich zu verbergen versucht, um meine nicht noch anzuheizen. Doch wenn sogar Marc alarmiert ist, habe ich erst recht Grund dazu.

«Hast du sie angerufen?»

«Mindestens zehnmal! Sie geht nicht ran», antworte ich und beiße mir auf die Innenseite der Unterlippe. Sie filtert meine Anrufe, das kenne ich ja schon. Es klingelt drei-, viermal, und dann lässt sie auf die Mailbox umschalten.

«Gut», sagt Marc und klingt entschlossen.

Er steht auf und holt sein Handy. Ich sehe, wie er, den Blick starr auf das Display gerichtet, eifrig tippt. Dann greift er wieder nach seinem Teller, und ich wage nicht nachzufragen. Wir essen weiter, und er erzählt mir von seinem Tag, von Ninons Fortschritten, anschließend hört er mir geduldig zu, als ich mich über meine Arbeit auslasse, ob es nun das bisweilen komplizierte Verhältnis zu meinem Kollegen ist, das mich nervt, oder eine schwierige Partitur.

Als ich das Geschirr in die Küche bringe, um es in die Spülmaschine zu räumen, klingelt mein Handy, das noch in meiner Manteltasche steckt. Marc sieht mich bedeutungsvoll an. Ich stelle die Teller auf die Arbeitsplatte, haste in den Flur. Es ist Anaïs. Hektisch nehme ich das Gespräch an und bringe ein unnützes und atemloses «Hallo?» heraus.

«Camille», sagt sie nur.

«Ich war heute bei dir, wo warst du?»

Ich versuche, ruhig zu bleiben, so schwer es mir auch fällt. Sie hält mich ohnehin für hysterisch, weil ich so oft angerufen habe. Am anderen Ende der Leitung herrscht Stille, als suchte sie nach den richtigen Worten, um mir von einem schweren Unfall zu erzählen.

«Hmmm ... Ich bin in Limoges.»

Gegen den Rahmen der Küchentür gelehnt, zucke ich überrascht zusammen. Was will sie in Limoges?

«Für die Arbeit», fügt sie leise hinzu.

Ich verdrehe die Augen. Sie will das Spiel also weiterspielen?

So freundlich wie möglich erwidere ich: «Ach ja? Und, ist alles okay bei dir??»

«Ja klar, warum nicht?»

Bei jedem dieser Worte verzieht sich mein Gesicht. Zu gern würde ich sie mir vorknöpfen, sie zwingen, mir in die Augen zu sehen, während sie mich anlügt, dass sich die Balken biegen.

«Ich weiß nicht, normalerweise schreibst du mir wenigstens eine kurze Nachricht, auch wenn du nicht rangehst ...»

Mir ist wohl bewusst, dass ich sie sozusagen anflehe, mit mir zu sprechen, und vielleicht ist es auch ein bisschen so. Aber zu flehen nützt nichts, nicht bei Anaïs.

«Ich war superbeschäftigt. Ich mache gerade eine Fortbildung, bei der ich keine Minute für mich habe.»

Okay, es reicht, ich lasse mich nicht länger für dumm verkaufen.

«Anaïs, ich warne dich, ich verbiete dir aufzulegen», sage ich schnell und versuche, meine Wut im Zaum zu halten. «Ich weiß, dass du keine Arbeit mehr hast und Axel dich verlassen hat. Was, bitte, treibst du in Limoges?»

Einen Moment lang dringt nichts als Rauschen durch die Leitung. Anaïs atmet hörbar aus, wahrscheinlich Zigarettenrauch, den sie ins Mikrofon bläst. Ein Zeichen, dass sie noch da ist.

«Woher weißt du das?», fragte sie schlicht.

«Ich hab dir doch gesagt, dass ich bei dir war. Axel hat es mir erzählt.»

Ein ohrenbetäubender Knall zwingt mich dazu, das Handy vom Ohr zu nehmen, dennoch höre ich meine Schwester noch schimpfen, aber meine «Hallo? Anaïs? Hallo?» bleiben unbeantwortet. Ich glaube, sie hat ihr Handy gegen die Wand gepfeffert.

«Du nervst, Camille», meldet sie sich dann wieder.

«Ich nerve?», fauche ich. «Ich hab mich hier nicht einfach abgeseilt, ohne irgendjemandem auch nur einen Ton zu sagen! Hast du völlig den Verstand verloren?»

Meine zunächst heisere Stimme schwang sich in neue Höhen, während ich vergeblich versuchte, mich zu beherrschen. Dann bemerke ich Marc an meine Seite, der eine Hand auf meine Schulter legt, eine stille Stütze in diesem wilden Sturm.

«Und wie du nervst! Ich habe dich nicht um Hilfe gebeten! Und wenn ich Lust habe, nach Kathmandu zu reisen, glaubst du, du könntest mich davon abhalten?», poltert Anaïs, und ihre Worte werden vom Mikrofon verzerrt, das sie sich zu dicht vor den Mund hält. «Du bist nicht meine Mutter, merk dir das!»

Ich kann mir ein Lachen nicht verkneifen. Als wenn meine Schwester auf meine Mutter hören würde ... Schnell werde ich wieder ernst. Anaïs befindet sich eindeutig in einem Ausnahmezustand. Als wir uns das letzte Mal sahen, war sie nicht gerade super drauf, aber sosehr ich mir auch das Hirn zermartere, ich glaube nicht, dass ich etwas Derartiges hätte kommen sehen können. Die böse Stimme in mir verschafft sich wieder Gehör, flüstert, dass ich, wenn ich gewollt hätte, wenn ich nicht nur um mich selbst gekreist wäre, sehr wohl gemerkt hätte, dass es ihr schlecht ging. Einmal mehr versuche ich, sie zu verdrängen.

«Gut. Beruhige dich bitte, Anaïs», sage ich leise und hoffe, dass es auch so klingt. «Es tut mir leid, dass ich dich angeschrien habe. Ich hatte Angst, dass dir etwas zugestoßen ist, das ist alles.»

«… »

«Alles okay? Bist du in Sicherheit?»

«Ja. Mach dir um mich keine Sorgen.»

Mir entweicht ein unangebrachtes Lachen. «Natürlich mache ich mir Sorgen, du Banane. Kommst du wirklich zurecht?»

«Wird schon, mach dich nicht verrückt. Echt nicht.»

«Wenn nicht, rufst du aber an, ja?»

«Du weißt genau, dass ich das nicht tun werde. Ich kann dir eine Nachricht schreiben, wenn ich dir damit eine Freude mache.»

Bei Anaïs muss man die Kunst des Kompromisses beherrschen. «Dann schreib eben eine Nachricht. Regelmäßig. Ich will wissen, dass du noch lebst», sage ich lässig, auch wenn es sich nicht so anfühlt.

Anaïs reagiert nicht, mit keiner Silbe. Sie redet nie viel, aber dieses penetrante Schweigen jagt mir Angst ein.

«Gut, ich leg dann mal auf», sagt sie schließlich.

«Warte!», rufe ich, weil ich plötzlich ein dringendes Bedürfnis verspüre.

«Was ist?»

«Ich liebe dich, kleine Schwester.» Ich spreche schnell und seltsam feierlich. «Pass auf dich auf.»

«Ich dich auch, du dumme Gans. Grüß Marc und die Kleine.»

Sie beendet das Gespräch, und ich bleibe mit dem Telefon in der Hand reglos stehen. Ich fühle mich wie nach einem Marathon. Meine Schwester macht mich fertig. Das ist nicht neu, und es wird auch nicht das letzte Mal sein, aber ich ringe jedes Mal nach Atem. Ich werde ins Bett gehen, ohne noch irgendetwas von dem zu machen, was ich mir für den Abend vorgenommen hatte, nicht einmal mehr Zähne putzen werde ich. Mir tut alles weh.

Marc hat sich bereits mit einem Sportmagazin hingelegt. Als ich mich niedergeschlagen und in mich zusammengesunken auf die Bettkante setze, zieht er mich an sich. Er küsst mich auf die Stirn, und sobald ich mich an ihn schmiege, kommen mir die Tränen. Ich fühle mich besiegt, am Boden zerstört. Ich weiß, dass es dauert, bis es nach einer grundlegenden Veränderung gelingt, die verschiedenen Facetten des Lebens unter einen Hut zu bringen. Aber warum muss es derart schwer sein? Der heutige Tag ist einer, an dem ich davon überzeugt bin, es niemals zu schaffen.

Marc legt das Magazin beiseite, nimmt seine Brille ab und drückt mich fester an sich. Dann küsst er mich lange und innig, und seinen Mund auf meinem zu spüren, erfüllt mich mit wohliger Wärme. «Alles wird gut, Camille», murmelt er gegen meine Lippen, was wie Balsam für meine Seele wirkt, und wäre ich nicht so erledigt, würden sich meine Hände sicher auf Erkundungstour begeben. So aber begnüge ich mich damit, eine Hand auf seine Brust zu legen, während ich seine beruhigenden Worte aufsauge, bis mich das regelmäßige Pulsieren unter den Fingern in einen traumlosen Schlaf wiegt.

Die Italienerin

`07:12 Die Wohnung fühlt sich seltsam an ohne dich.`

`Es riecht morgens nicht mehr nach Zigaretten, meinst du. 😉 07:23`

Bis jetzt hält Limoges, was es versprach. Ich bin seit eineinhalb Wochen hier und merke, dass ich *so* kurz davor bin, über den Jordan zu gehen. Doch mich quält ein moralisches Dilemma. Das Hotel ist gut und hat all seine Sterne auf TripAdvisor verdient. Da gibt es nichts zu meckern. Jeden Morgen wache ich in sauberer Bettwäsche auf, es gibt frisches Obst zum Frühstück, und mein Zimmer bietet einen wunderschönen Blick über die Vienne, wo man Wildgänse sieht, die zu dieser Jahreszeit hier gerade durchziehen.

Seit eineinhalb Wochen verlasse ich das Hotel jeden Tag, um die wunderbar deprimierende Stimmung der Stadt aufzusaugen und um auf das letzte Zeichen zu warten, das mir bestätigt, dass dies das Ende ist. Doch vorgestern bin ich dem Zimmermädchen begegnet. Als ich sie höflich lächelnd grüßte, was sie mit einem bestens gelaunten «Guten Tag!» erwiderte, wurde mir eine grausame Tatsache bewusst, die mich seitdem quält.

Diese arme Frau oder eine ihrer Kolleginnen würde meinen leblosen Körper am Tag nach meinem absichtlich herbeigeführten Tod finden. Für die Aufregung, die ich damit zwangsläufig verursachen werde, kann ich mich dann nicht mehr entschuldigen. Und was könnte mehr Aufregung verursachen als eine Selbstmörderin in einem Luxushotel? Niemand wäre schlimmer dran als die Angestellte, die meine Leiche mit all den hässlichen Aspekten des Todes entdecken würde. Seit zwei Tagen denke ich darüber nach, und noch immer finde ich es alles andere als gerecht und normal, schlecht bezahlten Angestellten, die ihre Tage damit verbringen, anderer Leute Scheiße wegzumachen – metaphorisch oder auch wörtlich –, ein derartiges Trauma aufzuhalsen. Man denkt immer, reiche Leute seien kultiviert, aber ich glaube, das stimmt nicht. Wenn man nie selbst sauber machen musste, weil man die Mittel hat, andere dafür zu bezahlen, verliert man zwangsläufig das Gefühl für die Realität.

So sieht's also aus. Heute Morgen habe ich mir wieder den Pulli übergezogen, um «frische Luft zu schnappen», das heißt zu versuchen, eine Lösung für mein grundlegendes Problem zu finden. Meine Pillen im Vier-Sterne-Komfort des Hotelzimmers zu schlucken, kommt jedenfalls nicht mehr infrage. Selbst wenn ich es versuchte, es gelänge mir nicht. Ich weiß genau, dass ich das Zeug in letzter Minute wieder ausspucken würde, weil mich plötzlich das schlechte Gewissen überkäme, nachdem ich in einem zwanghaften Flash das zu Tode erschrockene Zimmermädchen vor mir gesehen habe.

Der Herbst, wenn das bunte Laub längst am Boden liegt und der Regen vom Himmel prasselt, ist die ideale Jahreszeit, um durch die Stadt zu streifen. Das Wetter ist so trostlos, dass kaum jemand auf die Straße geht, und die Hälfte der wenigen Menschen, die mir begegnen, sehen aus, als würden sie genauso leiden wie ich. Abgesehen von der Fußgängerzone, die mit ihren großen Filialbetrieben allerdings der in Dutzenden anderen Städten gleicht, und der Altstadt mit ihrem verblichenen Charme, die mich durchaus berührt, hat Limoges nichts zu bieten. Genau, wie ich es mir vorgestellt habe.

Nicht zum ersten Mal an diesem Tag und in dieser Woche staune ich über meine eigene Vorstellungskraft und Entschlossenheit, die, verborgen in mir, nur auf eine tiefe Verzweiflung warteten, um zu erwachen. Meine Aufgabe ist größer als gedacht. Ich muss mir eine Unterkunft suchen – was ich noch nie in meinem Leben getan habe. Als meine Schwester aus ihrer Wohnung auszog, um mit ihrem damaligen Freund und späteren Mann zusammenzuleben, habe ich sie übernommen. Und danach bin ich bei Axel eingezogen. Axel. Immer wieder kehren meine Gedanken zu ihm zurück. Was wohl normal ist, nachdem ich drei Jahre lang ausschließlich ihn im Kopf hatte. Seit einigen Tagen schickt er mir Textnachrichten, er macht sich Sorgen um mich, schreibt er. Ich beruhige ihn, so wie ich Camille beruhigt habe, dass es mir gut geht. Und dann stecke ich mein Handy wieder ein und wende mich wichtigeren Dingen zu: Wie findet man eine Wohnung, in der man sein Leben beenden kann?

Eine Bleibe, die nicht allzu heruntergekommen ist, damit das Letzte, was ich sehe, nicht ein Schimmelfleck an einer vergilbten Decke ist, aber auch keine, für die man zwölf Bürgen und eine makellose Mietvergangenheit nachweisen und sechs Monate Miete als Kaution zahlen muss. Das Geld ist nicht das Problem, aber ich bin über das Alter hinaus, in dem ich Mama und Papa anrufe, um ein Zweizimmerapartment zu mieten. Und schon gar nicht für das, was ich darin eigentlich vorhabe.

Und so irre ich durch die Straßen von Limoges – auf der Suche nach einem entsprechenden Angebot oder einem Wunder. Wenn ich nicht bald fündig werde, muss ich doch mit dem teuren Hotelzimmer vorliebnehmen. Auch wenn es moralisch verwerflich ist, werde ich keine andere Wahl haben.

In der Altstadt reiht sich ein kleines Restaurant, ein hübsches Schindelhäuschen ans nächste. In einem anderen Leben hätte ich fast Lust, in dieser Ecke zu leben. Mit offenen Augen marschiere ich los, der Himmel über mir ist wolkenverhangen, und der Wind fährt durch die groben Maschen meines mausgrauen Pullis. Mir ist ein bisschen kalt, aber nicht so, dass es unangenehm wäre. Kurz überlege ich, was ich heute Abend essen werde. Der Roomservice des Hotels wird langsam langweilig, und ich kann mich kaum noch daran erinnern, wann ich zum letzten Mal eine richtige Mahlzeit gekocht habe, für mich allein oder für Menschen, die mir etwas bedeuten. Von meiner einstigen Leidenschaft ist nichts übrig geblieben als ein fader Nachgeschmack.

Plötzlich sehe ich direkt vor mir ein kleines Schild, das von innen an einem Fenster im Erdgeschoss angebracht ist. *Möbliertes Apartment zu vermieten.* Die Buchstaben sind mit sorgfältiger Handschrift eng aneinandergereiht, was mich an alte Schulhefte erinnert. Darunter steht eine Telefonnummer – eine Handynummer, was mich wundert. Ein Telegramm zu schicken, hätte fast besser gepasst. Kurz frage ich mich, wie hoch das Risiko ist, dass ein Perverser hinter dieser Anzeige steckt – und gleich danach: Und wenn es ein Wink des Schicksals ist?

Den Blick auf die gedrängte Linienführung der Schrift gerichtet, wähle ich die Nummer, und nach mehreren langen Klingeltönen hebt jemand ab. Eine Stimme mit einem starken italienischen Akzent meldet sich sehr formell: «Residenz Conti, Tiziana am Apparat.» Tiziana Conti, das fängt ja gut an, das klingt wie aus einem Weihnachtsfilm.

«Guten Tag, ich rufe wegen des Apartments an.»

«Ach ja, das Apartment! Sind Sie auf der Suche nach einer Wohnung?»

Ich verdrehe die Augen. Diese Madame Conti kann mich ja nicht sehen.

«Ja, das bin ich. Wäre es möglich, bald bei Ihnen vorbeikommen? Es wäre nämlich recht dringend. Um genau zu sein, stehe ich schon vor Ihrer Tür.»

In der Leitung ist ein dumpfes Geräusch zu hören, und das Gespräch wird beendet. Die Frau mit dem italienischen Akzent hat einfach aufgelegt. Ich hätte nicht gedacht, dass man am Telefon so schnell vorverurteilt wird. Nach kurzem Fluchen setze ich meinen Weg fort und vergrabe die Hände tief in den Taschen meiner abgewetzten Jeans. Es war kein Wink des Schicksals.

Kaum habe ich mich einige Schritte entfernt, als eine Stimme, ebenjene mit dem italienischen Akzent, sodass ich kurz glaube, mich in einer neapolitanischen Gasse zu befinden, nach mir ruft: «Mademoiselle!»

Ich drehe mich um, und wen sehe ich? Eine groß gewachsene alte Dame, deren Silhouette sich im Rahmen der Tür abzeichnet, vor der ich wenige Sekunden zuvor noch gestanden habe. Ich mache kehrt, bis ich vor der Alten stehe, die mich offenbar nicht kommen sieht. Als ich schon sehr nahe bin, scheint sie mich eher zu spüren, als zu sehen, und nickt kurz, ihr scheint nun alles klar zu sein. Mit einer Handbewegung lädt sie mich zu sich ein.

Ich weiß nicht, was ich erwartet habe – wahrscheinlich eine kleine Bruchbude voller Katzen –, jedenfalls bin ich mehr als überrascht. Doch als ich die Frau genauer betrachte, stelle ich fest, dass es mich nicht hätte erstaunen dürfen. Tiziana Conti ist größer als ich, obwohl sie wahrscheinlich um die achtzig ist. Sie ist mit einem dunkelblauen Kostüm bekleidet, das goldene Knöpfe hat und ihr perlmuttweißes, zu einem Zopf geflochtenes Haar gut zur Geltung bringt. Dazu trägt sie zierliche Mokassins mit Troddeln, die bei ihr, anders als bei den meisten anderen Menschen, keineswegs lächerlich steif aussehen. Mit kerzengeradem Rücken bewegt sie sich zügig für eine alte Dame, dennoch entgeht mir nicht, dass sie jedes Möbelstück im Vorbeigehen mit der Hand streift. Als wäre sie nicht sicher, ob alles noch an seinem Platz steht, hält sie auch immer wieder inne. Dabei strahlt sie eine unglaubliche Ruhe aus, wie eine Königin, der nichts etwas anhaben kann.

Ihr Haus ist nicht besonders groß, aber sehr schick. Jedes Möbelstück ist mit Bedacht gewählt, der Stil zeitlos elegant. Das auf die Straße hinausführende Fenster, in dem das kleine handgeschriebene Schild hängt, gehört zu einem mit Bedacht und edel eingerichteten Salon. Hinter dem feinen großen Ledersofa, auf dem mir die alte Dame einen Platz anbietet, hängen unzählige Schwarz-Weiß-Fotos an der Wand. Auf vielen davon ist die Hausherrin in unterschiedlichem Alter zu sehen. Sie ist bildschön gewesen und strahlt am meisten im Arm eines Mannes mit Schnurrbart und lachenden Augen.

Tiziana Conti setzt sich mit dem Rücken zu den Fotos neben mich. Ich denke mir, dass sie die Bilder wahrscheinlich gar nicht mehr wahrnimmt, weil sie sie ständig vor Augen hat, mich aber faszinieren sie.

«Also, meine Liebe, erzählen Sie mir alles. Wer sind Sie, und warum wollen Sie mein Apartment mieten?»

«Ich heiße Anaïs Nollet. Und ich würde mir Ihr Apartment, wenn möglich, aber gern erst mal ansehen, bevor ich mich entscheide.»

Sie macht eine wegwerfende Handbewegung, als wollte sie meine Unverschämtheit verjagen wie eine Fliege, während sich ihre Augen nach wie vor ins Leere richten.

«Natürlich, sicher. Aber sagen Sie mir noch, was Sie im Leben so treiben?»

Plötzlich fällt mir wie Schuppen von den Augen, was mich die ganze Zeit irritiert hat. Sie ist blind. Deshalb tastet sie sich an den Möbeln entlang und wirkt, als würde sie Geister sehen. Ein kurzer Schauer durchfährt mich, ehe ich mich wieder sammle. Jetzt, da die Sache klar ist, kann ich ein wenig entspannen.

«Im Moment mache ich eigentlich gar nichts Bestimmtes, ich möchte einfach ein bisschen Zeit in Limoges verbringen. Ich mag die Stadt.» Ich zögere, ehe ich weiterspreche. «Um ehrlich zu sein, Madame Conti, werde ich nur einige Monate oder vielleicht auch nur Wochen bleiben. Und vor allem habe ich weder Bürgen noch eine Arbeit. Ich habe Geld, ich könnte die Miete für mehrere Wochen im Voraus bezahlen, das ist kein Problem, aber die üblichen Garantien kann ich Ihnen nicht liefern.»

Langsam nickend, verdaut sie meine Worte, ohne mit der Wimper zu zucken. Sie greift mit ihrer faltigen, gebräunten Hand nach meiner und tätschelt sie. Offenbar denkt sie konzentriert nach. Nach einer langen Minute des Schweigens lässt sie mich los und streicht über ihre Frisur, obwohl kein einziges Haar aus ihrem tadellosen Zopf entwichen war.

«Ich danke Ihnen für Ihre Ehrlichkeit, meine Liebe», antwortet sie mit ihrer rauen Stimme, «ich will auch ehrlich zu Ihnen sein. Ich bin alt und gebrechlich. Deshalb bin ich bereit, das freie Apartment zu einem geringen Preis zu vermieten, wenn Sie mir dafür ein wenig zur Hand gehen.»

Ich fühle mich überrumpelt, damit hatte ich nicht gerechnet. Sie macht auf mich ganz und gar nicht den Eindruck, als bräuchte sie Hilfe. Aber das ist ihr Problem, ich bin jedenfalls nicht hergekommen, um die Krankenschwester zu spielen.

«Madame Conti, es tut mir leid, aber ...»

«Ts, ts, ts», unterbricht sie mich. «Kommen Sie, sehen wir uns das Apartment an.»

Sie klang bestimmend, fast kalt. Ich habe sicher keine Lust, mich um eine alte Frau zu kümmern, füge mich aber, weil ich es nicht übers Herz bringe, sie vor den Kopf zu stoßen.

Über eine Hintertür betreten Madame Conti und ich einen Hof, der sich hinter dem von der Straße aus sichtbaren Tor befindet, es liegt direkt neben ihrer Eingangstür. Rechts von uns verläuft eine Außentreppe an einem Gebäude hinauf in die erste Etage, wo zwei Türen zu sehen sind, die wohl zu Wohnungen führen. Sie findet sich wie per Radar zurecht, wahrscheinlich lebt sie schon sehr lange hier und kennt jede Unebenheit der Bodenplatten, jede Stufe. Oben angekommen, öffnet sie die erste der beiden Türen und lässt mich in das Apartment ein.

Es ist groß, hell und luftig. Kurz: ein Wunder.

Das Apartment

Das Eichenparkett, so gut geölt, dass es wie neu aussieht, knarzt leise unter meinen Füßen, irgendwie beruhigt mich das Geräusch. Madame Conti hält sich im Hintergrund und beschreibt, woran sie sich erinnert oder was man ihr beschrieben hat, da sie es nicht sehen kann. Hier ein Kaminsims aus weißem Marmor, eine Vase mit einem Strauß Trockenblumen. Dort ein Sofa mit einem leicht fadenscheinigen Samtbezug, ein altes Möbelstück, das schon viele Jahre erlebt hat.

Vor allem aber besticht das riesige Glasdach – eine echte Überraschung. Niemals wäre man von außen darauf gekommen, dass der Hauptraum in ein so schönes Licht getaucht ist, ungefiltert flutet das warme Sonnenlicht durch große Fensterscheiben herein. In der klaren Luft sieht man Staubpartikel schweben wie Nebelschwaden, ein Universum in Miniatur. Von dort führt ein Flur zu drei weiteren Räumen, die allerdings weniger spektakulär und eher funktional sind.

In einem von ihnen befindet sich eine sehr kleine Küche mit Kühlschrank, Gasherd und Spüle, die direkt nebeneinanderstehen, und darüber sind Regale angebracht, an denen die Töpfe hängen. Außerdem gibt es ein Minibad mit einer Wanne auf Löwenfüßen und klassischen Armaturen. Und dann ist da noch das Schlafzimmer. Auf dem Bett türmen sich weiche Decken. Gegenüber steht eine Holzkommode mit charmanter

Patina, die von einer Seite von der Sonne beschienen wird. Die hohen Fenster haben keine Läden, aber ein schwerer nachtblauer Vorhang sorgt für Dunkelheit und Schutz vor Kälte.

Mehrfach gehe ich durch alle Zimmer und mag meinen Augen kaum trauen. Wo ist der Haken? Mein Schweigen nimmt Tiziana Conti als Zeichen, sich ebenfalls einen Moment lang ruhig zu verhalten, ehe sie sagt: «Man kann hier schöne Momente verbringen, das verspreche ich Ihnen.»

Mein Herz zieht sich so fest zusammen, als würde es sich auswringen, dieser alte, mit Dunkelheit getränkte Schwamm. Ich bin sehr froh, dass Madame Conti mich nicht sehen kann und nichts von meinem bleichen, von allzu tiefen Furchen durchzogenen Gesicht weiß. Sie kommt zu mir und legt eine Hand auf meinen Arm.

«Wie gefällt es Ihnen?»

Plötzlich verlässt mich der Mut, ein vertrautes Gefühl, mit dem ich mich, ohne es zu wollen, ganz gut angefreundet habe. Ich möchte mir gar nicht vorstellen, was es kostet, in einer so schönen Wohnung zu leben, und will deshalb auch gar nicht länger über die knarzenden Bodendielen, die stilvolle tiefe Spüle mit dem kleinen Sprung oder das Licht in dem Raum mit dem Glasdach nachdenken.

«Können Sie zufällig kochen?», fragt sie mich unvermittelt.

Die überraschende Frage versetzt mich in eine vergessene Welt. Langsam beginnt es, in meinem vollkommen aus dem Gleichgewicht geratenen Inneren zu arbeiten. Schneidegeräusche von Messern, das Brutzeln von Butter in der Pfanne, der Duft von zusammengemengten Kräutern, Jasminreis und verschiedenfarbige Linsen rieseln mir durch die Finger. Mit den Töpfen jonglieren, an Ofen und Reibe tätig sein, kneten, marinieren, garen. Wie lange habe ich schon nicht mehr richtig gekocht? Und ich meine nicht Nudeln mit Schinken, Ofenpommes oder arme Ritter – Dinge, die man schnell und gedankenlos zusammenwürfelt, weil man ja etwas essen muss. Ich meine echte Gerichte, die man zubereitet, um etwas damit auszudrücken, um eine Botschaft zu übermitteln, eine Liebeserklärung an schöne Dinge und liebe Menschen.

«Ja», antworte ich tonlos.

Ja, ich kann kochen.

«Das trifft sich gut», ruft Madame Conti begeistert. «Wissen Sie, die meiste Zeit komme ich einigermaßen zurecht. Zusammen mit der Putzfrau und meinen Freundinnen geht es schon. Aber das Kochen schaffe ich nicht mehr. Für eine Person ist es einfach eine traurige Angelegenheit und erinnert mich an die wunderbaren Speisen, die mein Mann immer zubereitet hat ... Gott hab ihn selig.»

Ihre Stimme klingt immer schwermütiger, und sie muss zwischendurch schlucken. Sie dreht den Kopf in die Sonne, und in ihrem schönen Gesicht scheint die Zeit stehen geblieben zu sein. Die Frau, die sie einst war, ist darin noch zu erkennen, der Körper noch zu erahnen, den damals, bevor Falten und Verfall sich seiner bemächtigten, ein jüngerer Geist bewohnte. Es waren glückliche Zeiten, wie mir das scheue Lächeln verrät, das seinen Weg auf ihre vollen dunkelrot geschminkten Lippen findet.

Und dann klatscht sie in die Hände und holt uns damit beide aus dem nostalgischen Stillstand. «Und, wie wär's?»

Es klingt, als würde sie mir vorschlagen, gemeinsam mit ihr ins Kino zu gehen. Eine Unternehmung ohne Folgen, ein Engagement von kurzer Dauer. Ich schüttele den Kopf, bin aber erstaunt, wie leicht sich die tektonischen Platten verschieben, die mein Handeln bestimmen. Plötzlich ist der Gedanke, der alten Dame zu helfen, nicht mehr vollkommen abwegig. Sie beschäftigt mich mehr, als ich je für möglich gehalten hätte.

Bin ich hergekommen, um mich gleich wieder mehr schlecht als recht zu binden, wie Mehl in einem klumpigen Kuchenteig? Sicher nicht. Würde mich Madame Contis Angebot von den moralischen Bedenken befreien, die ich in meinem bequemen Hotelzimmer habe? Auch nicht.

Doch ehe ich ein für alle Mal Nein sagen oder vielmehr höflich, aber entschlossen mit einer geschmeidigen Entschuldigung, die der alten Dame ans Herz geht, ablehnen kann, höre ich, wie meine eigene Stimme den Raum unter dem Glasdach erfüllt. Ich spüre, wie sich mein Kiefer bewegt und meine Stimmbänder vibrieren, wie ich vom Willen meines eigenen Körpers überwältigt werde, der zustimmt.

Ich höre mich «Ja» sagen.

Und dann ist es zu spät, zu spät, um einen Rückzieher zu machen.

Wie in einem Traum höre ich mich eine Miete aushandeln und Madame Conti erklären, dass ich im Moment in einem Hotel wohne. Sie richtet ihren blinden Blick auf mich, und kurz, aber klar habe ich das Gefühl, sie würde mich bereits durchschauen. Sie vertraut mir auf eine Weise, dass man fast meinen könnte, sie sei nicht mehr ganz bei Verstand, denn obwohl wir uns erst seit einer Stunde kennen, ist sie bereit, mir die Schlüssel auszuhändigen, mich in ihr Haus zu lassen, mir zu zeigen, wo die Dosentomaten stehen, und einer einsamen Durchreisenden ein wenig Platz in ihrem Alltag einzuräumen.

Ich weiß die Geste zu schätzen, fühle mich sogar geehrt,

frage mich aber gleichzeitig, warum sie das tut. Warum ist sie so freundlich und warum zu mir? Nachdem wir vereinbart haben, dass ich am Sonntag einziehen werde, kann ich mich nicht mehr zurückhalten und frage sie. Woher weiß sie, dass ich keine Psychopathin bin, die nur darauf wartet, sie im Schlaf zu ermorden oder – weil es sich leichter umsetzen lässt – ihre Suppe zu vergiften?

Madame Conti schnieft verächtlich. «Ich bin blind, meine Liebe, aber nicht dumm. Sie würden keiner Fliege was zuleide tun.» Mit diesen Worten begleitet sie mich zur Tür, die sie achtlos hinter mir zufallen lässt. «Bis Sonntag!», ruft sie noch mit ihrem singenden Akzent.

Ich bin wieder allein unter dem fremden Himmel. Ich habe Lust auf einen Campari, darauf, ans Meer zu fahren, und auf ein Lächeln – ein ganz verhaltenes würde schon genügen. Ich höre Italien im Ohr, meine Finger kribbeln, und mir ist nach Singen zumute, eher Dutronc als Brel.

Mein Handy klingelt in der Tasche, drei kurze Töne, die mein Herz schneller schlagen, meine Hände feucht werden lassen und mich wieder auf den Boden der Tatsachen zurückholen. Seit ich gegangen bin, reißen mich Axels Nachrichten jedes Mal aus der Gegenwart und katapultieren mich ins Gestern oder Vorgestern zurück, in die erst kurz zurückliegende Vergangenheit, und es fühlt sich kalt und schmerzhaft an wie ein offener Bruch. Seine Worte leuchten auf dem Display.

```
13:12 Wie geht es dir? Antworte bitte.
LG.
```

Alles, was ich ihm gern sagen würde, bleibt mir im Hals stecken, auf halbem Wege zwischen mir und der Leere, denn es gibt nichts mehr zu sagen, nichts mehr zu erklären. Ich verliere den Bezug zur Realität. Als wäre ich auf Urlaub von mir selbst, habe ich mich von der Welt zurückgezogen, bin ich geflohen – das ist mir bewusst, aber in Wahrheit ist so etwas wie ein Traum, oder? Wenn ich zurückkehre, wird die Bettwäsche mit dem abstrakten Muster aufgezogen sein. Das steht fest. Dass meine Tasche genauso leer ist wie mein Herz, ist ein untrüglicher Beweis: Ich bin nur für einige Tage fort, er wird mich freudig erwarten, mich mit offenen Armen empfangen. Er wird merken, dass er sich geirrt hat. Es war nur eine vorübergehende Krise, die er bedauert, aber ich würde ihm doch verzeihen? Natürlich würde ich ihm verzeihen, aber nicht, ohne ihn ein wenig zappeln zu lassen, um ihm heimzuzahlen, was er mir angetan hat. In zehn Jahren werden wir darüber lachen. In unserem schönen Haus mitten im Wald.

Abrupt bleibe ich mitten auf der Straße stehen, den Blick auf seine digital übermittelte Besorgnis gerichtet, die das bläuliche Display füllt, auf seine Fürsorge, von der ich nicht weiß, ob sie gezwungen oder aufrichtig ist. Ich beiße mir auf die Lippen, mein Magen zieht sich zusammen, und ich würde gern stark, also passiv bleiben. Doch ich antworte:

`Alles o.k. 13:15`

`Und bei dir? Was gibt's Neues? 13:16`

Ich übe mich in gewollter Gleichgültigkeit. Er soll denken, dass es mir gut geht und dass das alles für mich weit weg ist – der üble Nachgeschmack des Herzschmerzes und der Zurückweisung. Wie bestellt und nicht abgeholt stehe ich mitten auf dem Gehsteig und warte darauf, dass er antwortet. Als mir nach ungefähr einer Minute der Arsch abgefroren ist, schiebe ich Handy und Hände in die Manteltasche, und meine scheinbare Selbstachtung gleich mit.

Den Schmerz ertragen

(Zwischenspiel)

Die Nacht überlässt einem nassen Tag das Feld, bereits beim Aufwachen nehme ich das hartnäckige Pochen einer massiven Migräne zwischen den Schläfen wahr. Der hämmernde Rhythmus lässt meinen gesamten Körper vor und zurück schwanken. Ich richte mich auf und habe das Gefühl, jemand hätte einen Nagel in meine Stirn geschlagen, ich leide, leide, leide so sehr, und es hämmert hinter meinen Augen. Als ich aufstehe, verschwimmt alles in meinem Sichtfeld, die Zimmereinrichtung verflüssigt sich zu einem ekligen Brei, und als wäre das nicht genug, als hätte ich noch Nachschlag verlangt, zieht sich mein Uterus zusammen, und mir entweicht ein klagender Schrei. Ich leide, leide, leide so sehr. Hinter den Augen und unter der Stirn und in den Beinen und tief in meinem Bauch, ich will es überwinden und hinter mir lassen, wie ich innerlich bombardiert werde, will stark sein und keine Miene verziehen, aber ich leide.

Ich schlucke zwei Tabletten, und während ich darauf warte, dass die Chemie ihre Arbeit tut, kehre ich ins Bett zurück und rolle mich unter der Decke zu einer Kugel zusammen, wo mich noch die Wärme meines abgebrochenen Schlafs empfängt und umhüllt. Leider bleibt mir keine Zeit, um weiterzuträumen, alles in mir krampft sich Muskel für Muskel zusammen und dehnt sich dann wieder aus. Ich suche nach einer Stelle in meinem Körper, die schmerzfrei ist, und stelle erstaunt fest, dass ich keine Zahnschmerzen habe. Mit geschlossenen Augen sehe ich meine Zähne vor mir, mit ihren bizarr geformten Wurzeln, aber gesund – kein einziges Mal war von Karies die Rede, eine Spange brauchte ich nicht, ein unerhörtes Wunder.

Es dauert fast eine Stunde, bis das Mittel wirkt. Doch schickt es den Schmerz, das Leiden nicht ins Nirwana, sperrt ihn nicht geknebelt und gefesselt auf ein Nimmerwiedersehen ein. Es weist ihn, den verfluchten Schmerz, lediglich pädagogisch geschult an, sich zu beruhigen, worauf er antwortet, wie ein allzu verwöhntes Kind: *Ich mach, was ich will.*

Immerhin nimmt er sich ein wenig zurück.

Nach kurzer Zeit stechen nicht mehr bei jeder Bewegung Dolche zu, doch den ganzen Tag werde ich mich von der Droge noch wie in Watte gepackt fühlen. Hätte ich stoned sein wollen, ich hätte geraucht.

Ich muss gegen die schweren Lider kämpfen. Der Körper fällt und lässt sich nicht aufhalten. Mein Gesicht ist zu einer qualvollen Grimasse verzerrt, ich muss es entspannen, um nicht wie verfolgt und terrorisiert auszusehen. Verlangsamte Gesten, ein Gedächtnis, das den trockenen, so trockenen Mund ausfranst, gefrorene Beine, Lust zu schlafen, auch wenn der Schlaf nicht kommt, Tränen fließen, eine unbändige Lust, allen, die mir etwas bedeuten, zu sagen, wie viel sie mir bedeuten, wie sehr ich sie liebe. Doch wenn ich den Mund öffne, steckt mein Kiefer in Knete, und die Worte, die ihn verlassen, sind mit Sand vermischt, es gelingt mir nicht, mich zu artikulieren, und ich gebe auf, ich bin müde.

Ich strecke mich aus, und die Dunkelheit nimmt mich auf, meine Muskeln sind bleischwer, ich kann mich nicht mehr bewegen. Ich möchte schlafen, möchte sterben, möchte rennen und einfach gehen, niemanden wiedersehen.

Und die Zeit verrinnt, sie flieht geradezu, die Minuten bilden Zeitpfützen, die für immer verloren sind, vergeudete Zeit, in der ich nichts getan, nicht einmal geträumt habe.

Orte

Der Sonntag naht, und ich bin mir sicher, dass Madame Conti zur Besinnung kommen wird, sobald ich mit dem Rucksack auf dem Rücken bei ihr erscheine. Sie wird sich mit der flachen Hand gegen die Stirn schlagen, «Unfassbar!» rufen und mir dann lachend die Tür vor der Nase zuschlagen. Doch ich muss nicht einmal an ihrem schmalen Eingang klingeln, als sie mir bereits öffnet und mich zur Begrüßung an sich drückt wie eine liebe Nichte, die sie lange Zeit aus den Augen verloren hat. Ich lächele und stelle fest, dass ich mich über ihre Umarmung freue – meine Haut prickelt, als sie mich berührt. Wie lange hat mich schon niemand mehr so liebevoll und zärtlich behandelt?

Plaudernd begleitet mich Madame Conti nach oben in das Apartment auf Zeit. Die Hand auf meinem Arm lädt sie mich dazu ein, an ihrem Leben teilzunehmen, nimmt mich in ihre vertraute Welt auf und lässt mich selbst dabei fast schmerzhaft sichtbar werden. Unmöglich, sich hinter dem schönen Wandteppich zu verstecken.

Ich habe nur diesen einen Rucksack, der schwer, aber nicht sehr groß ist, was Madame Conti sofort auffällt, als sie das Geräusch des Reißverschlusses vernimmt.

Sie beginnt daraufhin mir den winzig kleinen Koffer zu

beschreiben, den sie an dem Tag in ihrer damals noch glatten Hand trug, als ihr Mann beschloss, sie mit über die italienische Grenze zu nehmen, damit sie das Leben *à la française* kennenlerne. Es war ein schöner Sommertag, sie trug ein hübsches schwarzes Kleid mit Punkten und Faltenrock, dazu einen großen weißen Hut mit einem Satinband, und hielt die feste, starke Hand ihres Mannes Andrea Conti. Sie gesteht mir, wie sehr sie in jenem Moment das kalte Metall des Eherings auf ihrer von der Sonne verwöhnten Haut gespürt hat und wie sie sich sagte, dass man aus Liebe allerlei Dummheiten tut, letztlich aber richtig handelt. Sie sei unglaublich dankbar gewesen, mit unter dreißig bereits tausend Dinge in ihrem Leben erlebt zu haben, so viele Abenteuer, dass ihr davon schwindelig wurde. Deshalb sei sie, als sie Andrea gefunden hatte und er ihre Hand so festhielt, glücklich und erleichtert gewesen, sich erst einmal in einem friedlichen Hafen ausruhen zu können.

Während ich anfange sorgfältig jedes einzelne Kleidungsstück zu falten, ehe ich es in die große Kommode meines neuen Zimmers räume, setzt sich Madame Conti aufs Bett und lässt mich weiter an besonderen Erlebnissen aus der Zeit, als sie noch jung war, teilhaben, so wie alte Männer, die gedankenverloren hartes Brot zerbröseln, das sie dann mit einem präzisen Wurf den Enten im Teich des Stadtparks zuwerfen.

Tiziana Conti war früher Model. Als ich das höre, muss ich schmunzeln, was sie jedoch nicht sehen kann. Sie nimmt nur mein reserviertes Schweigen wahr. Lustig, sich diese gestandene Dame im Badeanzug auf dem Cover des italienischen *Playboy* vorzustellen. Als Andrea Conti, ein reicher Industrieller, sie während eines Fests in mondänen Kreisen, auf dem sie ein atemberaubendes Kleid mit tiefem Rückenausschnitt und einem beeindruckenden Dekolleté trug, gefragt hatte, ob sie ihm den nächsten Tanz gewähren würde, ließ sich Tiziana zunächst nicht den Kopf verdrehen. Doch dann reihte sich Tanz an Tanz, ein Feuerzeug wurde eilig gezückt, um ihre Zigarette zu entzünden, und eine Jacke um ihre Schultern gelegt, als sie fröstelte, bis sie gar nicht mehr anders konnte, als dem unendlichen Charme des kleinen Mannes mit dem gewachsten Schnurrbart und den glänzenden Schuhen zu erliegen.

Diese in Sepia getauchte Erinnerung rührt mich. Nachdem ich meine Klamotten fertig eingeräumt habe, lege ich mein Buch auf den Nachttisch. Das dumpfe und wahrscheinlich typische Geräusch erweckt Madame Contis Aufmerksamkeit.

«Was lesen Sie?»

Als ich den geschwollenen Titel nenne, schüttelt sie unzufrieden den Kopf.

«Nein, das ist nicht die richtige Lektüre für Sie! Ich werde Ihnen mal ein gutes Buch leihen, Sie werden sehen!»

Ich will schon widersprechen – immerhin kann ich lesen, was ich will –, entscheide mich dann aber dagegen. Irgendetwas in mir bringt mich dazu, das Unerwartete willkommen zu heißen, so wie ich hier willkommen geheißen wurde. Mit offenen Armen.

«Gern, Madame Conti», sage ich deshalb ohne Sarkasmus in der Stimme.

Schließlich ermuntert sie mich noch, dem Apartment eine persönliche Note zu verleihen. Jetzt bin ich aber neugierig auf ihre Küche, mein zukünftiges Betätigungsfeld, und mich interessiert auch, was sie gerne isst, was ihr das Wasser im Munde zusammenlaufen lässt. Wie bei einer ehemaligen Boxerin, die man für einen Abend in den Ring zurückholt, steigt in mir der Adrenalinspiegel, und ich kann es kaum noch erwarten, endlich loszulegen.

Wir betreten ihr Haus über den Hintereingang, den früher wohl einmal die Dienstboten benutzt haben. In der schmalen Tür aus unbehandeltem Holz befindet sich in der oberen Hälfte ein Fensterchen mit einem Spitzenvorhang davor, sodass man nicht hineinschauen kann – ein überraschender Kontrast zu der fast modernen Eleganz ihres Salons, den ich bereits kennengelernt habe.

Leise vor sich hin summend führt mich Madame Conti in die gigantische Küche. Sie zeigt mir den Herd – ein beeindruckendes Gerät mit sechs Platten, zwei Öfen und einem Fach zum Warmstellen – und den Vintage-Kühlschrank, in dessen zitronengelbe Farbe ich mich sofort verliebe. Die zwei Spülbecken sind so tief, dass man darin das Geschirr eines kleinen Restaurants spülen könnte, aber eine Spülmaschine gibt es natürlich trotzdem, und auch hier hängen Töpfe und Pfannen über dem Herd. Es sind Kochtöpfe wie in meinen kühnsten Träumen, aus gehämmertem Kupfer, und meiner Meinung nach der Zubereitung von üppigen Festessen vorbehalten.

Die Sonne ergießt sich aus allen Richtungen in den Raum, der vom Rest des Hauses durch eine halbhohe Wand und eine große Fensterscheibe abgetrennt ist. Auf diese Weise bekommt man mit, was in der Küche vor sich geht, auch wenn man nicht drin steht, und es fällt noch mehr Licht herein. An der einzigen Wand ohne Fenster stehen Regale und Schränke, in denen sich Weckgläser aneinanderreihen, die mit Körnern oder mit in Essig beziehungsweise Salzlake eingelegtem Gemüse gefüllt sind, außerdem Metalldosen, die Kaffee, Tee oder Kakao enthalten. Kurz hebe ich die Deckel an, um zu riechen, was darin ist, und die Mischung aus Gerüchen und Farben entführt mich in eine andere Welt.

Madame Conti lässt sich auf einem der Barhocker an der Kochinsel nieder, auf der ich eine Küchenmaschine, einen Messerblock und eine Pfeffermühle erblicke, wie ich sie früher verkauft habe. Träumerisch beginnt sie mit unter ihrer Zunge rollendem L, sich in die Lüfte erhebendem Z und einem Ch, das sich in meiner Ohrmuschel einnistet, Speisen mit wunderbaren Namen aufzuzählen. Ich kenne keine einzige davon, weiß nicht einmal, ob es sich um Desserts, Suppen oder Pasteten handelt, habe aber Lust, sie alle auszuprobieren.

Zu Beginn unserer Beziehung verbrachten Axel und ich viele Stunden damit, alle möglichen Gerichte, die uns in den Sinn kamen, gemeinsam zu kochen – und zu essen. Ich war so stolz, ihm beibringen zu können, wie man schneidet, brät, rührt, ihn immer wieder mit meinem Wissen zu beeindrucken, das ich aus dem Hut zauberte. Doch wie bei jeder Leidenschaft erlischt das Feuer irgendwann. Wir aßen nach wie vor gern, nahmen uns aber keine Zeit mehr, ein Ritual daraus zu machen, es zu zelebrieren. Am Ende ähnelten unsere Mahlzeiten einem Sketch. Wir saßen da und schaufelten lustlos aufgewärmte Fertigmahlzeiten in uns hinein.

Und während diese noch frischen Erinnerungen mit ihrer ganzen Bitterkeit und Brutalität in mir hochkriechen, betrachte ich die blau-gelben Wandfliesen und setze den Gewürzständer in Bewegung, in dem sich Oregano, Kreuzkümmel, Paprika und Sternanis drehen.

Ich habe Lust, hier zu sein und hier gut zu sein. «Was für eine schöne Küche Sie haben!», rufe ich voller Tatendrang.

Daraufhin reicht mir Madame Conti ein dickes, in rissiges

Leder eingebundenes Buch. Voller Respekt greife ich nach dem geheimnisvoll anmutenden Werk.

«Darin sind die Rezepte meines Mannes, Gott hab ihn selig», erklärt Madame Conti mit einer gewissen Selbstverständlichkeit.

Andrea Conti nahm Gastronomie offensichtlich nicht auf die leichte Schulter. Ich lege das schwere Buch ab und öffne es sehr vorsichtig, weil ich Angst habe, es könnte sich zwischen meinen Fingern auflösen und ich damit eine emotionale Katastrophe auslösen. Abgesehen von dem Einband ist das Buch in einem sehr guten Zustand, die leicht vergilbten Seiten sind mit einer Handschrift gefüllt, die ebenso ausdrucksstark und altmodisch ist wie Tizianas, aber gerader und maskuliner. Die Seiten sind gut organisiert, mit einem Inhaltsverzeichnis, in dem mehr als hundert Rezepte gewissenhaft aufgelistet sind. Die meisten haben italienische Namen, aber ein kurzer Blick auf die folgenden Seiten beruhigt mich, die Anweisungen sind in einem charmant unperfekten, aber leidenschaftlichen Französisch verfasst.

«Ich vertraue es Ihnen an, lassen Sie sich davon inspirieren», sagt Madame Conti leise und legt eine Hand auf meinen Arm – eine Geste, die erstaunlicherweise gleichzeitig ihre Trauer und ihre Herzlichkeit transportiert. «Mein Mann ... liebte gute Dinge, verstehen Sie?»

Ich löse meinen Blick von der Lektüre der einzelnen Schritte für die Zubereitung eines *osso bucco alla milanese* und schaue ihr in Augen, in denen Tränen schimmern. «Ich verstehe.»

Sie nickt so ernst, dass es meinem Herzen einen Stich versetzt. Mit ihren schlanken, von Arthrose leicht gekrümmten Fingern drückt sie meinen Arm, bis es ein bisschen wehtut.

Tief gerührt, begreife ich, wie groß diese Liebe ist, die sich in den Seiten eines staubigen Buches verbirgt und den Tod überdauert.

Schließlich richtet sie sich auf und lächelt tapfer. Ich spüre, dass es sie viel Kraft kostet, so zu tun, als wäre ihr Herz nicht vollkommen leer und seit Jahren vom selben Schmerz gequält. Eilig verlässt sie den Raum und öffnet eine Tür am Ende des Flurs.

Wir betreten eine ansehnliche Bibliothek mit Hunderten, nein, Tausenden Büchern in den Regalen – jedes einzelne sieht gelesen und geliebt aus. Die Rücken der Bände, die sich darüber hinaus auf kleinen Tischchen in unterschiedlichen Höhen und auf einem Schreibtisch stapeln, sehen zerlesen aus, die Ecken der Einbände abgestoßen. Neben zwei tiefen Sesseln verströmen Leselampen mit grünen Schirmen ein goldenes Licht.

Madame Conti reicht mir ein kleines Buch, das sie ganz oben von einem der Stapel genommen hat. Auch dieses wurde bestimmt unzählige Male geöffnet und geschlossen, denn es fällt fast auseinander. Es ist *Amore* von Dino Buzzati.

Der Titel ist wie ein Schlag ins Gesicht, wie ein fieser rechter Haken.

«Sie erzählen mir dann, was Sie darüber denken. Oder auch nicht, das müssen Sie letztlich selbst entscheiden. Und nun möchte ich bitte allein sein.»

Ich nicke schweigend und überlasse Tiziana Conti den Geistern ihrer Vergangenheit. Ich habe das Gefühl, sie begegnet ihnen gern.

Der Tag

(Routine)

Mein Leben schwimmt zurzeit in süßsaurer Sauce.

Jeden Morgen fluche ich, wenn mich das Tageslicht weckt, das durch die am Vorabend schlecht zugezogenen Vorhänge dringt. Doch ob es dann regnet oder stürmt, der Morgen blau oder golden ist, irgendetwas hat er immer zu bieten. Seltsam sind sie, diese einsamen Morgenstunden, die ich lange nicht erlebt habe und die ich genieße; diese Tageszeit ist in kompletter Stille ohnehin am schönsten. Sie schmecken nach allzu starkem, süßem Kaffee, den ich langsam, Schluck für Schluck, trinke, auch wenn ich mir am Anfang die Zunge verbrenne und er am Schluss kalt ist. Sie duften nach frischem Brot, das ich am Vorabend in der Bäckerei an der Ecke gekauft habe und das mich, getoastet und mit Butter bestrichen, dahinschmelzen lässt. Sie schmeicheln meiner Haut wie das zerknautschte weiße Laken, das fadenscheinige Samtpolster des Küchenstuhls, das dicke, kuschelige Handtuch, in das ich mich einwickele, wenn ich aus der Löwen-Badewanne steige. Sie singen mir ins Ohr, wenn die Espressokanne auf dem Herd blubbert und der Orangensaft eingeschenkt ist, wenn die Stimmen von Jean Ferrat und Charles Aznavour, vor Staub knisternd, auf dem Teller des Plattenspielers kreisen, den ich zusammen mit einigen Langspielplatten vergessen in einem Schrank entdeckt habe.

Dienstags und donnerstags ist morgens Markt, und diese Tage werden schnell zu meinen liebsten. Dann singe ich bereits unter meinem Glasdach, ehe ich hinuntergehe und mich dem Leben stelle. Man könnte meinen, dass ich anfange, Geschmack daran zu finden. Ich schiebe meinen Zynismus in eine Ecke und klopfe dreimal kurz an das Fensterchen mit dem Spitzenvorhang. Wenn mir Madame Conti öffnet, besteht sie stets darauf, mir zwei Küsschen auf die Wangen zu hauchen, die von der Kälte des sich auf leisen Sohlen nähernden Winters gerötet sind. Dann legt sie ein Wolltuch um ihren schlanken Hals, greift nach der Einkaufstasche aus Stroh, hakt sich bei mir unter – den Arm halte ich ihr bereits hin –, und schon spazieren wir gemeinsam über das Kopfsteinpflaster in Richtung der Obst- und Gemüsestände.

Sie kommentiert alles, Gerüche, Textur, die Beschaffenheit der Apfelschale, die Löcher im Salat. Die Markthändler kennen sie und bieten ihr ehrerbietig ihre besten Waren zum Probieren an. Sie wiederum kennt Gott und die Welt und bleibt immer wieder stehen, um sich zu unterhalten – die Leute kommen auf sie zu und begrüßen sie, erkundigen sich nach ihrer Gesundheit, erzählen ihr, wer gestern zum Studium nach Nantes gegangen ist und wer letzte Woche in Pau ein Kind geboren hat. Sie lächelt herzlich. Tiziana Conti geht alles andere als geizig mit ihrer Wärme um.

Sobald der Markthändler alles abgewogen hat, was sie kaufen möchte, reicht sie ihm ihr ledernes Portemonnaie voller kleiner Scheine und leise klingelnder Münzen. Beim ersten Mal beobachtete ich die Szene noch skeptisch und bereitete mich schon darauf vor, die Händler des Betrugs zu überführen, doch als ich nachzählte, stellte ich fest, dass ich mich getäuscht hatte. Es fehlte kein Cent.

Wenn wir vom Markt zurückkehren, versichert sie mir, dass sie gern auf «die italienische Art» isst, womit sie meint, dass es für sie vollkommen in Ordnung ist, um 14:30 Uhr einen Teller Pasta zu sich zu nehmen. Dann setzt sie sich in den Schaukelstuhl, den sie sich in die Küche gestellt hat, und beginnt, an einem scheinbar endlosen Gebilde zu häkeln, das entweder eine riesige, löchrige Stola oder ein Vorhang wird.

Nun habe ich meinen Auftritt. Es dauert nicht lange, bis ich mich in der geräumigen Küche, wo alles an seinem Platz steht, zu Hause fühle. Schnell stellt sich das berauschend schöne Gefühl ein, mit den Händen zu arbeiten. Jedes Mal wenn ich mir die rot-weiße Schürze umbinde, die schon an meinem ersten Tag an einem Haken hing, nehme ich erneut die Herausforderung an, die das Schicksal mir zugespielt hat. Der Einsatz ist hoch, es geht darum, eine Frau zufriedenzustellen, deren Gaumen mit den besten und mit Liebe zubereiteten Speisen verwöhnt wurde. Ich habe behauptet, kochen zu können, jetzt darf ich sie nicht enttäuschen.

Während ich Zwiebeln schneide, die Sauce rühre und Nudeln abgieße, erzählt mir Madame Conti aus ihrem Leben. Ihr scheint es nicht wichtig zu sein, ob ich ihr zuhöre, aber die Gelegenheit bietet sich für sie an, und es schafft eine freundliche Atmosphäre. Nebenbei hoffe ich zu verstehen, wie es eine italienische Schönheit in den hintersten Winkel der französischen Provinz verschlagen konnte. Zum Teil aus Liebe, das ist klar. Ganz offensichtlich hat es in Tiziana Contis Leben nur eine einzige große Liebe gegeben, einen einzigen Grund zu leben. Jedes Mal wenn sie «mein Mann» sagt, zieht sich mein Herz zusammen, nur sehr selten nennt sie seinen Vornamen, als sei er zu intim und gehöre nur ihr.

Als ich zum ersten Mal fertig gekocht hatte, füllte ich einen Teller und fragte sie, wohin ich ihn bringen solle. In den Töpfen war noch genug für eine zweite Portion, die ich in den Kühlschrank zu stellen gedachte, damit sie sie sich am Abend in der Mikrowelle nur noch würde aufwärmen müssen.

«Ins Esszimmer natürlich. Wir werden uns hier sicher nicht wie die Hühner auf der Stange in die Küche hocken!», antwortete sie mit ihrer rauen Stimme.

Ich folgte ihr in den Raum, in dem ein großer Mahagonitisch für mindestens zwölf Personen stand, an dem es allerdings nur vier Stühle gab. Ich stellte den Teller vor einem dieser Plätze ab, zog ihn ein Stück vor und überlegte, was noch zu tun war. Doch nachdem sich Madame Conti gesetzt hatte, drehte sie sich zu mir um.

«Fehlt noch etwas, Madame?», erkundigte ich mich höflich.

«Nun kommen Sie doch endlich auch an den Tisch!», erwiderte sie spürbar ungeduldig. «Sie wollen ja wohl nicht im Stehen essen!»

Niemals hätte ich damit gerechnet, dass sie mich bitten würde, mit ihr gemeinsam zu essen. Eine Mahlzeit ist etwas Privates. Und ich würde mitbekommen, wenn ihr nicht schmeckt, was ich gekocht habe, worauf ich nicht besonders scharf war.

Sie hustete einmal kurz und trocken, wie um zu sagen, *also gut, ich warte*, worauf ich schnell in die Küche zurücklief, um mir die zweite Portion zu holen und mich zu ihr zu setzen.

Wir aßen schweigend, unterbrochen nur von gelegentlichen Assoziationen ihrerseits, woran das Essen und der Geschmack sie erinnerten. Ich fragte mich, ob alle alten Leute im tröstlichen Schutz ihrer Erinnerungen lebten und ob ich das traurig finden sollte, doch im Fall von Madame Conti wollte sich bei mir kein Mitleid einstellen. Sie wirkte dabei eher glücklich, wenn ich das überhaupt beurteilen konnte.

Seitdem essen wir an den Markttagen, also jeden Dienstag und Donnerstag, zusammen zu Mittag. Für die übrigen Mahlzeiten bereite ich ihr verschiedene Kleinigkeiten vor, sodass ihr Kühlschrank niemals leer ist und sie sich kein Hacksteak aus dem Tiefkühlregal auftauen muss.

Nach jener ersten gemeinsamen Mahlzeit fragte mich Madame Conti, ob ich Kaffee kochen könne.

«So leidlich», antwortete ich.

Daraufhin brachte sie mir bei, wie man – in einer dieser kleinen italienischen Kannen, die man direkt auf den Herd stellt – einen Espresso zubereitet, der so stark ist, dass sich einem die Ohren anlegen, und den man in einem Schluck mit dem Kopf im Nacken trinkt. Ich folgte genau ihren Anweisungen. Sie fand das Ergebnis passabel, meinte aber, da sei noch Luft nach oben. Das hat mich seltsam berührt.

`17:12 Hi, sehen wir uns nach der Arbeit?`

`? 17:14`

`19:40 Sorry, tut mir leid, falsche Nummer.`

Kein Problem, kommt vor. Alles gut? 19:57

00:09 👍

Die Nacht

(die dunkle Seite)

Doch wenn es Abend wird, entgleiten die Tage und geraten ins Schleudern. Mein Apartment ist dunkel, und das Glasdach bietet keinen Trost mehr, weil der Himmel darüber tintenblau ist, kein Stern ist zu sehen, keine Galaxie und keine Poesie, nicht in Limoges noch anderswo. Die Einsamkeit, die in jedem Winkel meines Seins lauert und die ich tagsüber auf Distanz halten kann, springt mich an, sobald ich die Tür öffne, und bohrt ihre scharfen Krallen in meine dünne Haut.

Ich weiß nicht, wie ich unter diesen Bedingungen leben soll. Ich bin hin- und hergerissen zwischen den langen Stunden, die ich, eingelullt von Madame Contis italienischem Akzent, im Dunst der Küche verbringe, und den noch viel längeren, die mich bei meiner Rückkehr erwarten. Sie gehen mit einem Schmerz einher, der mir im Dämmerlicht zuflüstert: *Wäre es nicht besser, nichts anderes mehr wahrzunehmen als die Enttäuschung, du selbst zu sein?* Diese Berg-und-Tal-Fahrt, die mich die Last stundenlang nur gedämpft spüren, mich aber umso brutaler abstürzen lässt, wenn die Nacht über mich hereinbricht.

Eine neue Routine entsteht, ein unvollkommener Ablauf. Manchmal schlucke ich eine Tablette, manchmal eine Tütensuppe. Ohne einen Blick ins Wohnzimmer zu werfen, in dem weder gelacht noch geliebt oder gemeinsam getrunken wird, suche ich Zuflucht im Schlafzimmer, in dem ich mich unter der Bettdecke verkrieche – in meiner Unglückshöhle. Die Automatismen einer vergessenen Jugend steigen wieder hoch, während mich eine Eiseskälte umgibt, die mir das Blut in den Adern gefrieren und meine Füße blau anlaufen lässt. Die Klamotten bleiben auf dem Boden vor dem Bett liegen, und ich vertiefe mich, mit nichts als einer ausgeleierten Baumwollunterhose am Leib, in das geborgte Buch, um alle Gedanken auszuschalten. Vergeblich, denn die Worte versetzen mich in eine Geschichte, in der die Liebe so stark ist, dass es wehtut.

Ich glaube, ich wurde nicht gut für die Liebe ausgestattet. Madame Contis verklärte Stimme, in der nach so vielen Jahren noch immer eine unendliche Zärtlichkeit für ihren Mann mitschwingt, klingt fremd in meinen Ohren. Meine Eltern haben sich nicht sehr lange geliebt – wohl nicht viel länger, als bis sie Camille gezeugt hatten. Erst nachdem ich die glühenden Blicke meiner großen Schwester gesehen hatte, die sie ihrem Marc schenkte, begriff ich, wie wahre Liebe sein kann und dass ich so etwas gar nicht gekannt hatte. Weder bei anderen noch bei meinen Eltern, die sich scheiden ließen, sobald sie es uns Kindern gegenüber für vertretbar hielten.

Leidenschaft, ja, die kenne ich. Mich dürstete nach Axel, ich verzehrte mich nach ihm und konnte gar nicht genug von ihm bekommen. An dem Feuer, das zwischen uns brannte, habe ich mich bestens gewärmt. Doch was nützt Leidenschaft, wenn dir noch immer so kalt ist, sobald der Docht abgebrannt ist?

Nach einigen Seiten werden meine Lider schwer, und vernünftig, wie ich bin, lösche ich das Licht, um zu schlafen. In einer perfekten Welt würde ich im nächsten Moment sanft einschlummern, ich aber muss jeden Abend, jede Nacht geduldig auf den Schlaf warten, atme tief ein und wieder aus, ohne dass er mich je überkommt. Also ziehe ich mir mit müden Augen und steifen Gliedern einen Pulli über den nackten Oberkörper, öffne erst den Vorhang und dann das Fenster und rauche, während ich den Blick in das orange Licht der Straßenlaternen richte, die viel zu nah an den Wolken brennen. Es ist rattig kalt, meine Finger sind lila, und irgendwann kommt dieser Moment, in dem ich schwach werde, Facebook auf meinem Handy öffne und *Axel Brillon* in die Suchmaske eintippe.

Ich wollte Axel Brillon aus allen Facetten meines kleinen Lebens löschen, aber er ließ mir keine Chance – noch nicht zumindest. Die wenigen Fotos, die ich auf meinem Handy gespeichert hatte, sind gelöscht. In meiner Tasche ist nichts mehr, was nach ihm riecht. Es war mir wichtig, mich vor dem großen Sprung ins Leere komplett zu häuten. Wenn ich an ein Jenseits glaube, so nebulös es auch sein mag, möchte ich vollkommen losgelöst von ihm sein. Doch dieser blöde Kerl lässt einfach nicht davon ab, mir zu beweisen, dass es ihn gibt, dass er von meinem Herzen Besitz ergriffen und noch immer die Macht hat, ihm seinen Stempel aufzudrücken.

Auf seine Nachrichten reagiere ich sofort, wie oft wäre ich schon beinahe umgerannt worden, weil ich mich mal wieder im Zeitlupentempo vorwärtsbewegte, den Blick aufs Display gerichtet, die Finger klamm. Und dann Facebook. Gern hätte ich die Kraft gehabt, ihn zu entlieben, zu entfreunden, zu blockieren, doch bislang habe ich es nicht geschafft, die Taste zu drücken, die mich von ihm befreit hätte. Immerhin habe ich ihn so unsichtbar wie möglich gemacht, was mich viel Kraft kostete. Seither erscheint sein Name nicht mehr auf meiner Startseite, ich bekomme keine Benachrichtigung mehr über seine neuen Beiträge oder seine Status-Updates, die bezeugen, was *wir* nicht mehr sind. Aber ihn zu blockieren, nein, das habe ich noch nicht über mich gebracht. Und so tippe ich jede Nacht seinen Namen in die Suchmaske, klicke auf sein Profil und fange an zu scrollen. Ich scrolle von oben bis unten alles durch, denn er hat nichts blockiert und nichts gelöscht.

All unsere Fotos sind noch da, als Back-up für mein geschundenes Gedächtnis. Nach und nach werden sie allerdings unter den vielen neuen begraben, früher ist mir nie aufgefallen, wie regelmäßig er etwas postet: Wenn er ins Kino geht, bei Gesellschaftsspielen gewinnt, unterwegs ist, sich etwas zu essen bestellt, aber auch sehr persönliche Gedanken – es ist alles da. Fast ist es, als stünde er neben mir und würde mir erzählen, was er erlebt hat, seit ich gegangen bin. Ich höre seine Stimme an meinem Ohr, und manchmal erschaudere ich, und alles ist wieder da: die Erinnerung daran, wie sich seine Haut an meiner anfühlte, wie wir uns seufzend ineinander verschlangen, seine mitleidigen Blicke angesichts meines Verfalls, die letzten Worte, die wir halbherzig und ohne Überzeugung austauschten. Stoisch gehe ich den gesamten Verlauf durch und arbeite mich dann von hinten langsam wieder hinauf, betrachte Foto für Foto, lese Kommentar für Kommentar. Verbissen renne ich dem Leiden hinterher, bis sich tief in meinen Lungen der stechende Schmerz des Liebeskummers einnistet – und mir den Atem raubt.

Mit einem Kloß im Hals und einem galligen Geschmack im Mund halte ich krampfhaft mit den Fingern auf dem Display an Geschichten fest, die sich zwischen den Zeilen im Schatten seiner Fotos auftun. Ein gemeinsam angeschauter Film, eine geteilte Mahlzeit, meine Silhouette, die sich auf dem Gehsteig in einer Stadt abhebt, durch die wir vor langer Zeit gemeinsam gestreift waren – nur mit dem entsprechenden Hintergrundwissen kann man erraten, dass ich es bin. Der berühmte Status «In einer Beziehung mit» schmückte unsere jeweiligen Profile und begrenzte die jeweiligen Jagdreviere.

Je länger ich auf den Screen starre und dabei eine Zigarette nach der anderen rauche, desto übler wird mir. Schlafen ist kein erstrebenswertes Ziel mehr, denn als mein Körper in den frühen Morgenstunden schließlich klein beigibt, ist es Axels Gesicht, das mich hinter meinen geschlossenen Lidern erwartet und mich wehrlos gefangen nimmt. In diesem wiederkehrenden Teufelskreis hänge ich fest – und wundere mich beim Aufwachen fast immer, dass ich allein bin. Außerdem schlottere ich die Hälfte der Zeit vor Kälte, weil ich wieder vergessen habe, das Fenster zu schließen.

In dieser Nacht sind die Temperaturen noch niedriger als zuvor, und der Zigarettenqualm mischt sich mit den dunstigen Wölkchen meines nervösen Atems. Natürlich könnte ich mir außer dem Pulli auch noch eine Hose überziehen oder einfach mit diesem gestörten Spiel aufhören, doch ich bin wie blockiert und bleibe mit abgefrorenem Hintern, eine Kippe in der rechten Hand und dem Handy in der linken am geöffneten Fenster sitzen. Die Ringe unter meinen Augen werden immer dunkler, während es mir immer schwerer fällt, Buchstaben und Gesichter auf dem Display zu erkennen. Im Kopf bin ich ganz woanders. Ich durchlebe zum tausendsten Mal den Moment, in dem ich ihm meine kurze letzte Botschaft auf den

Tisch gelegt habe, und kann einfach nicht glauben, dass er es noch immer nicht begriffen hat. Erst heute Abend, als ich die Stufen zu meinem Apartment hinaufging, hat mein Handy in der Tasche vibriert, und einmal mehr wollte er wissen:

`18:46 Wie geht es dir?`

Und wieder hatte ich nicht die Kraft, ihn zu ignorieren oder ihm die Wahrheit zu sagen. Ich habe ihm was vorgemacht und seitdem auf eine Antwort gewartet, die nicht kam.

Heute Nacht drückt die Hoffnungslosigkeit besonders schwer auf meine allzu fragilen Lungen, und ich bestärke mich selbst, dass die Zeit nun bald gekommen ist. Limoges wird mich nicht umbringen, das ist mir inzwischen klar geworden. Es ist verrückt, wie sehr man sich irren oder vielmehr sich etwas vormachen kann, aber es will mir einfach nicht gelingen, eine Stadt zu hassen, die eine gewisse alte Dame mit italienischem Akzent unter ihre Fittiche genommen hat, eine alte Dame, die nichts sieht und dennoch alles weiß.

Heute Nacht quält mich mein Bauch fast zu Tode. Ich zähle nicht mehr, wie oft ich schon sterben wollte, wenn es in mir zerrt und mich zerreißt, heute ist es stärker denn je. Ich habe eine der Pillen genommen, die nun in meinem Suizid-Kontingent fehlt, ich muss also vielleicht bald mal in die Apotheke, sage ich mir, warum nicht jetzt gleich? Warum nicht morgen? Heute nicht und auch nicht morgen, morgen ist Büchereitag, und Madame Conti wird bei mir klopfen, wenn ich nicht runterkomme. Ich suche nach Entschuldigungen, es scheint aber auch nicht schlimmer zu werden. Im Moment zumindest nicht.

Doch sobald ich auf das Display meines Handys blicke, beginnt ein Beben in meinem Herzen, worauf ich einknicke, keine Luft bekomme, mich wie in einer Gruft fühle. Bilder schmerzen.

Ich sehe Axel, der lächelt, Axel auf einem Selfie, Axel mit dieser Lena.

Es kann nur sie sein, da es sicher nicht ein Dutzend Schwedinnen mit erhabenem Blick und glänzendem Haar gibt, die sich im nahen Umfeld des Mannes aufhalten, der mein Leben aus der Bahn warf. Axel Brillon auf einem Foto mit einer wunderschönen Frau. Das Ganze öffentlich zu posten, scheint ihn auch nicht mehr zu stören, jeder dahergelaufene Fuzzi kann die perfekt geschminkten Augenbrauen der überirdischen Schönheit sehen, in deren Armen er sich aalt.

Die Zigarette fällt mir aus der Hand und wird gleich in einem Funkenregen eine Etage tiefer auf dem Boden landen. Meinem Herzen ergeht es nicht besser, es versengt, ich rieche das verkohlte Fleisch und würde am liebsten heulen, stattdessen empfinde ich nur eine immense Bitternis, die alles aufsaugt, was noch halbwegs intakt in mir war.

Schwankend taumele ich rückwärts und presse die eiskalten Finger auf meinen Bauch, als würde der Schmerz aufhören, wenn ich Haut und Fett zusammendrücke, ein Schmerz, der alles übersteigt, was ich bisher erlebt habe. Ich vergesse, wo ich bin, will verschwinden – dies könnte also das Ende sein, für das ich gekommen bin, ich bin ihm so nahe, dass ich es mit meinen klammen Fingerspitzen berühren kann. Doch in der Ferne wiederholt eine leise Stimme ohne Unterlass, dass morgen Büchereitag ist.

Dass morgen nicht der Tag ist, an dem alles aufhört.

Augenblicklich schlafe ich ein – auf der Bettdecke und bei geöffnetem Fenster, nichts als kalte Luft fährt mir im Schlaf in die Knochen. Als ich am Morgen aufwache, wird mir bewusst, dass ich nicht von Axel geträumt habe. An der Stelle meines Herzens, das ich noch immer unten im Hof aufprallen sehe, klafft ein riesiges Loch mit rötlichen Rändern, und ich verspüre eine Wahnsinnslust, alles kurz und klein zu schlagen.

Die erste Handlung, mit der ich meiner Wut freien Lauf lasse, ist, Axel endgültig aus meiner Freunde-Liste zu entfernen, und ich verfluche mich selbst, dass ich den Pixeln in einer kleinen Metallkiste, die mit dem Rest der Welt verbunden ist, zu der ich aber offensichtlich nicht wirklich gehöre, so viel Bedeutung beimesse. Ich lasse mein Handy auf dem Nachttisch liegen und koche mir einen Kaffee, den ich, ohne mir dessen bewusst zu sein, mit unter die siedend heiße Dusche nehme. Die schwarze Flüssigkeit verteilt sich in der Badewanne und färbt sich, verdünnt mit dem Duschwasser, schmutzig braun. Das Aroma mischt sich mit dem Vanilleduft des Duschgels und dem Geruch des kalkhaltigen Wassers auf meiner müden Haut. Ich seufze.

Heute ist Büchereitag.

Der Lehrer

Den Mittwoch verbringt Madame Conti immer in der städtischen Bücherei, wo sie den Kindern Geschichten erzählt. Sie bat mich, sie am Morgen dorthin zu begleiten und sie am Abend wieder abzuholen. Die Bedingungen unserer Vereinbarung sind nach und nach verwischt, wie eine Linie im Sand an einem windigen Tag, und ich, ich bin eine Leichtmatrosin, die alles mitmacht. Heute Morgen streife ich zwischen den Regalen der Kinderbuchabteilung hindurch und warte darauf, ihre Stimme zu hören. Als die Kinder kommen, schreien und zanken sie, und es herrscht ein unerträgliches Tohuwabohu. Bis Madame Conti in Erscheinung tritt.

Die kurzen Pausen zwischen jeder Geschichte nutzt sie, um mit der Bibliothekarin Fabienne zu plaudern, die eine enge Freundin ist. Fabienne ist eine Bibliothekarin, wie ich sie noch nie gesehen habe. Sie hat dicke Ringe an jedem Finger, und über ihrem Stuhl hängt eine alte Lederjacke. Außerdem ist sie in mehrere Schichten Kleidung gehüllt: Über einem grünen Kapuzenpulli trägt sie eine graue gefütterte Weste und darüber noch eine selbst gestrickte Stola mit Karomuster. Ihre Hände, die fast zur Gänze in den Ärmeln des grünen Pullis verschwinden, sind ständig in Bewegung – entweder auf der Computertastatur, oder sie greifen nach einem Buch oder einer Tasse Kaffee. Die beiden Frauen mögen sich offenbar sehr und erzählen sich leise Witze – wahrscheinlich versaute. Sie trennt sicher ein halbes Jahrhundert, aber sie begegnen sich jede Woche an einem Ort, der kein Alter kennt und an dem sie von zweitausend Jahren Menschheitsgeschichte umgeben sind.

Wenn die Kinder dann alle im Schneidersitz in einem fast perfekten Halbkreis sitzen, reißt sich Madame Conti von Fabienne los, die daraufhin ihre Brille auf ihrer perfekt geraden Nase richtet und sich wieder der Dateneingabe widmet. Es wird mucksmäuschenstill, fast feierlich. Madame Conti greift nach dem Kreuz an ihrem Hals, das sie immer trägt, und lässt sich auf einem Sessel nieder, der dort wohl eigens für sie hingestellt wird. Sie räuspert sich, und sobald sie mit der Geschichte beginnt, sind alle wie hypnotisiert.

Jedes Mal ist es eine andere. Wie viele miteinander verschlungene Fantasiewelten sind wohl hinter der hohen Stirn dieser erstaunlichen alten Dame beheimatet? Die Kinder sitzen reglos und bilderbuchmäßig brav da, sie saugen Madame Contis Worte auf, und einige schließen sogar die Augen, weil sie von der Beschreibung einer mysteriösen Hütte im Unterholz oder von einem Schwertkampf zwischen zwei verfeindeten Prinzen so ergriffen sind. Ich merke, wie ich wider Willen ein wenig lächele, die Wundränder meines versengten Herzens weniger spürbar sind. Dann schüttele ich den Kopf und verlasse wortlos die Bücherei, rette mich nach draußen, als wäre es drinnen unerträglich heiß geworden.

Ich flüchte mich in eine heruntergekommene Bar mit klebriger Theke, in der es nach warmem Bier riecht. Ich bestelle Kaffee und denke fast wehmütig an die Zeiten, in denen das Rauchen in geschlossenen Räumen noch nicht verboten war. Um auf dem Gehsteig zu rauchen, der als Außenbereich dient, ist es zu kalt – wenn es wenigstens schneien würde, aber nicht einmal das. Es bleibt frisch und trocken, und nichts geschieht, bis auf ein paar graue Wolken, die hin und wieder vorbeiziehen, mal eher hell, mal bleigrau, und dass ab und zu ein Platzregen niedergeht, der alles durchnässt, es passiert jedoch nichts, was originell oder überraschend wäre. Und mir ist so kalt, dass ich selbst in den großen Schal gewickelt, den ich mir kaufen musste, bis auf die Knochen friere, die so gegeneinanderklappern, dass ich die Zähne zusammenbeißen muss.

Stundenlang starrte ich auf den Bildschirm am anderen Ende des Raums, auf dem ein Fußballspiel gezeigt wird, von dem ich nichts verstehe. Als ich irgendwann aufstehe, um zu zahlen, zittern meine Hände von all dem Koffein, das ich intus habe, und dann mache ich mich wieder auf den Weg zur Bücherei, um meine Schlangenbeschwörerin abzuholen.

Gemächlich tippeln wir heim, sie ist niemals in Eile, und ich werde durch ihre Mäuseschritte ausgebremst. Madame Conti ist vergnügt, sie hat einen schönen Mittwoch verlebt. Ich hingegen hadere in meinem Tief und meinem Leid damit, sie so zufrieden zu sehen, und kann nicht verstehen, was sie an ihrem Leben interessant findet, in dem sich immer gleiche Tage aneinanderreihen – Tage, die gleich aussehen, riechen und schmecken. Endlos lange Tage, das käme für mich nicht infrage.

Es ist spät geworden, der Tag neigt sich langsam dem Ende zu, in Tizianas Kühlschrank befindet sich noch eine Lasagne mit Ricotta, in meinem der Rest eines vor sich hin welkenden Blumenkohls. Ich denke an den endlosen Abend, der mir bevorsteht, das riesige Bett und die kalte Luft, die sich ihren Weg durch die Spalte im Samtvorhang bahnen und mich unsanft an Hals oder Arm packen wird. Ich beschließe, einen Vorwand zu suchen, um noch eine Weile unten zu bleiben, vielleicht gelingt es mir, mich zum Abendessen einzuladen, immerhin habe ich nie den Eindruck, dass sie mich schnell loswerden will. Motiviert von der Aussicht, weniger lange einsam und allein zu sein, beschließe ich, ihr zuzuhören, ihrem Geplapper Beachtung zu schenken, das bisweilen an mir vorbeirauscht, wenn ich nicht aufpasse. Viel zu oft lasse ich mich von meinem latenten Egoismus vereinnahmen und betreibe Nabelschau, ohne mich um andere zu kümmern. Doch ich lerne, dass man sich ab und zu Gewalt antun muss, um andere dazu zu bringen, mit uns zurechtzukommen.

Wie so oft halten Madame Conti und ich uns in der Küche auf, und ich schlage vor, noch einen Kaffee zu kochen. Als ich gerade die dicken Bohnen in die Mühle kippe, läutet die Glocke der Eingangstür im Hintergrund, was ich noch nie zuvor gehört habe. Wie eine Gouvernante aus dem letzten Jahrhundert wundere ich mich, wer wohl, noch dazu zu dieser vorgerückten Stunde, zu Besuch kommen könnte. Madame Conti hingegen weiß anscheinend genau, wer vor der Tür steht, denn sie lächelt und zögert keine Sekunde, ob sie öffnen soll. Neugierig lausche ich, während ich weiter den Kaffee zubereite.

Vom Eingang her vernehme ich eine leise, aber volle männliche Stimme, die eine Sprache spricht, die ich erst erkenne, als ich Madame Conti quasi im selben Atemzug antworten höre. Italienisch. Es ist also jemand, der ihr die Klänge ihrer Herkunft ins Gedächtnis zurückruft, mit all ihren Seufzern und Triolen, die die melodischen Sätze akzentuieren. Der Austausch verstummt bald, anscheinend sind die sprachlichen Fähigkeiten des Mannes ausgeschöpft, wobei sie bereits tausendmal besser sind als meine.

Die sarkastische Stimme meiner Mutter schrillt wie ein fernes Echo durch meinen Kopf. «Anaïs und Englisch sprechen? Das wird nichts mehr!» Gekrönt von einem spitzen Lachen. Als sie während eines Abendessens ihrer treuen Gefolgschaft erzählte, was meine Schwester wieder für großartige Dinge macht, wagte eine der Geladenen ungeschickterweise, sich nach meinen Talenten zu erkundigen. Sie bedauerte es bitterlich, und Camille sah mich zerknirscht an – sie mit ihrem perfekten Englisch und zusätzlichen Kenntnissen in Russisch und Mandarin, während sich in meinem Hirnschmalz nicht eine einzige fremde Sprache, weder lebendig noch tot, einzunisten gedachte. Die Enttäuschung meiner Mutter angesichts meiner totalen Mittelmäßigkeit lässt mich noch immer nicht los, auch zehn Jahre nach diesem Abend, an dem ich mir zornig schwor, nie mehr etwas anderes zu sprechen als meine Muttersprache, in der sie die Beleidigungen problemlos versteht, die ich ihr ins Gesicht schleudere.

Als sich Schritte in Richtung Küche nähern, schlucke ich, so gut es eben geht und vorbei an dem festen Kloß im Hals, meine alten Schamgefühle hinunter. Ich konzentriere mich auf die kleine Espressokanne auf der Gasflamme, die nicht zu heiß sein darf, damit der Kaffee nicht anbrennt, und tue so, als hätte ich nichts gehört, während ich versuche, freundlich auszusehen.

«Ah, guten Abend, endlich lerne ich Sie kennen!»

Die warme Stimme gibt mir höflich zu verstehen, dass ich den Blick heben und das Lächeln erwidern sollte, das ebenfalls hörbar ist, doch der Kloß in meinem Hals wird immer größer, und es gelingt mir einfach nicht. So gern ich es tun würde, ich kann nicht. Die hochgewachsene Silhouette am Rand meines

Sichtfelds nähert sich weiter, bis sie mir den Blick versperrt, ich fühle mich in die Enge getrieben, gezwungen.

«Ah, Sie sind Anaïs, nicht wahr? Tiziana hat mir schon viel von Ihnen erzählt!»

Eine große Hand erscheint vor meinen Augen. Ich werde sie schütteln müssen. Ich werde mich dem fügen müssen, aber erst nachdem ich die Espressokanne vom Herd genommen habe. Ich hebe den Blick, und was ich sehe, überrascht mich ein wenig. Dass eine solche Stimme zu einem so schlaksigen Körper gehören kann, ist erstaunlich. Er lässt sich Bartstoppeln stehen, trägt eine Brille und ein schickes hellblaues Hemd mit dunklen Nadelstreifen, dazu einen langen Wollmantel aus Walkloden – ein Mann, der auf sein Äußeres achtet. Dass er gut aussieht, lässt sich nicht leugnen, wobei seine Schönheit nicht zuletzt auf seinem Charme beruht und keineswegs allein auf seinen ebenmäßigen Zügen. Ich schüttele seine Hand – meine ist feucht und kalt, wie ich verzweifelt feststelle.

«Und Sie sind? Madame Conti hat nie von Ihnen erzählt», antworte ich unfreiwillig frostig.

Das stimmt, aber weshalb musste ich ihm das so direkt aufs Brot schmieren? Ich merke, wie er zögert, diese unerwartete Unhöflichkeit lässt ihn zurückzucken und hat ihn aus der Fassung gebracht. Kurz hebt er die Schultern und lächelt mich mit seinem schönsten Lächeln an, ich hoffe zumindest, dass es das schönste ist, weil es schier umwerfend ist, mehr braucht er nicht zu tun.

«Ich bin Hémon. Hémon Roger-Lebrun. Meine Mutter ist eine alte Freundin von Tiziana.»

Ohne eine Miene zu verziehen, nicke ich. Hémon. Das hatte mir gerade noch gefehlt – der Name dieses Beaus klingt, als wäre er direkt einer griechischen Tragödie entsprungen. Er redet weiter, anscheinend will er irgendein Buch ausleihen oder zurückbringen, was erklärt, warum Madame Conti so lange fort ist und ich in der Küche mit diesem Typen und meiner unerklärlich schlechten Laune allein bin.

«Hémon, sehr erfreut, sagt man wohl», erwidere ich, noch immer in diesem unerträglich zickigen Ton, und wende mich wieder der Espressokanne zu.

«Was führt dich hierher zu uns? Ist es okay, dass wir uns duzen?»

Ich weiß nicht, ob ich Lust habe, ihn zu duzen. Er müsste in etwa so alt sein wie ich, wirkt aber, als käme er aus einem Schwarz-Weiß-Film, einem Paralleluniversum, einer Welt, in der fesche junge Männer, regelmäßig rausgeputzt wie für ein Rendezvous, achtzigjährigen Damen einen Besuch abstatten.

«Ach, nichts eigentlich. Ich bin nur auf der Durchreise», antworte ich schließlich und beiße mir auf die Innenseite meiner Wange. «Und S… du, was hindert dich daran, dich aus diesem Loch zu befreien?»

Meine kleine Boshaftigkeit amüsiert ihn, er lächelt sogar ein wenig.

«Ah, du hast die ungeahnten Reize des schönen Limoges noch nicht kennengelernt …», entgegnet er gespielt geheimnisvoll.

Ich finde seine Antwort nicht überzeugend. Jeder Mann, der mit über zwanzig in einer so nichtssagenden Stadt lebt, würde so nebulös argumentieren und versuchen, mir ein X für ein U vorzumachen. In diese Falle tappe ich sicher nicht. Ich vermute mangelnden Ehrgeiz hinter seinen schönen Worten.

«Ich bin Lehrer», schiebt er dann in einem entschuldigend

spöttischen Ton hinterher, als hätte er meine Gedanken gelesen. «In einem Collège, im Norden der Stadt.»

Ich nicke langsam. Lehrer. Das erklärt die Brille und das Hemd, den Mantel ebenfalls. Vielleicht sogar den extravaganten Vornamen. Er versucht es mit einem freundlichen Lächeln, aber ich kann mich nicht überwinden. Ich bringe es nicht fertig, nett zu sein oder vielmehr es sein zu wollen, was schrecklich ist, denn, ehrlich, wer würde es sich mit einem charmanten Mann verderben wollen, der Italienisch spricht und so anständig ist, sein Hemd bis oben zuzuknöpfen? Ich nicht, zu normalen Zeiten jedenfalls nicht.

Heute, da der Kaffee misslungen ist und ich weder Italienisch noch Spanisch oder Englisch spreche, blicke ich von oben auf mich herab und sehe nichts als eine riesige Pfütze aus Bedeutungslosigkeit. Was hätte jemand davon, der versuchen würde, mich kennenzulernen? Nicht viel, wenn es nach meinem Facebook-Profil und der Mutter der jugendlichen Anaïs geht.

Ohne es zu merken, habe ich begonnen, den oberen Teil der Espressokanne abzuschrauben, und wann ich angefangen habe zu zittern, weiß ich genauso wenig. Hémon streckt die Hand aus, um mich zu stützen, doch durch die Geste kommt er mir so nah, dass ich seinen Atem auf meinem Kopf spüre – in mir sträubt sich alles, und ich fahre ruckartig herum. Unwillkürlich schnellt mein Arm in die Höhe und die Espressokanne ebenfalls, der Kaffee spritzt in alle Richtungen und insbesondere auf Hémons feines Hemd und den edlen grauen Mantel.

Noch in der Bewegung erstarre ich zur Salzsäule und sehe das Ganze in Zeitlupe ablaufen. Entsetzt weicht Hémon einen Schritt zurück und sieht mich verärgert, zugleich aber auch verständnislos an – eine Mischung, die nicht ohne Reiz ist. Ich habe keine Ahnung, was in mich gefahren ist, jedenfalls hat mich seine Geste überrollt wie ein Traktor. Ich bin unfähig, auch nur einen Mucks von mir zu geben.

«Also, so was ist mir ja noch nie passiert!», ruft er schockiert. Jegliche Verhaltensweisen missachtend, die bei einem derartigen diplomatischen Zwischenfall angebracht wären, bleibe ich reglos stehen. Hémon starrt mich mit weit aufgerissenen Augen an und wartet sichtbar und berechtigterweise darauf, dass ich mich endlich in Bewegung setze und mich zumindest bemühe, ihm zu helfen. Doch als Tölpel vom Dienst, der ich bin, tue ich nichts, außer zu warten. Dass er geht. Das ist alles, verschwinde, lass mich in Ruhe, du siehst doch, dass es nichts nützt, mich so anzugucken.

«Wäre es zu viel verlangt, mir kurz zur Hand zur gehen?», faucht er mich mit einem giftigen Unterton an, der nicht zu überhören ist.

«Ähm, ich ...»

Verunsichert drehe ich mich hin und her, ich kann mich nicht erinnern, wo die Geschirrtücher hängen, wo sich die Spüle befindet und wo die Lappen. Ungläubig schüttelt Hémon den Kopf. Es stimmt, die Situation ist grotesk, und an seiner Stelle hätte ich mich angeschnauzt, vielleicht wäre ich sogar ausfallend geworden. Ungefähr zehn Prozent meines Gehirns funktionieren noch, und mit diesem kleinen Rest gelingt es mir schließlich, aktiv zu werden und gedemütigt den Kaffee aufzuwischen, das alles in dem Bewusstsein, es eher schlecht als recht zu machen – und vor allem viel zu spät. Schließlich dreht er sich auf dem Absatz um und geht, ohne mich noch einmal anzusehen. Bevor er auf die dunkle Straße hinauseilt, höre ich ihn auf dem Flur noch sagen: «Die hat echt einen an der Waffel!»

Dann fällt die Tür ins Schloss und holt mich in die Realität zurück. Der Kloß in meinem Hals ist zu einem gordischen Knoten angewachsen, für den mir das Schwert fehlt.

Es gelingt mir, alles zu säubern, ehe Madame Conti mit einem zerlesenen Taschenbuch in der arthritischen, aber gebräunten Hand die Küche betritt. Abrupt bleibt sie stehen und lauscht in die Stille, die nun wieder herrscht. Ich murmele entschuldigend etwas von einem Notfall, von etwas Unvorhergesehenem, das ihren kleinen Schützling dazu veranlasst hat, sich aus dem Staub zu machen, ohne sich zu verabschieden. In meinen Ohren klinge ich fürchterlich falsch, aber ich glaube, die alte Dame nimmt es mir ab. Vielleicht aber auch nicht, da sie mich nicht fragt, wo denn der verflixte Kaffee geblieben ist. Sie teilt mir lediglich kurz mit, dass sie ein bisschen müde sei und ich jetzt besser zu mir raufgehen solle. Dann wendet sie sich ab, und ich sehe nur noch ihren langen weißen Zopf zwischen ihren Schulterblättern pendeln, als sie sich entfernt.

Sobald ich im Bett liege, schiebe ich die Hand unters Kopfkissen und ziehe mein Handy darunter hervor. Die SMS von Axel lösche ich, ohne sie zu lesen – und ohne mich aufzuregen –, die Nachrichten von meiner Schwester sehe ich mir an, verstehe sie aber nicht. Ich fühle mich plötzlich sehr erschöpft, das ist meine Art, mich nicht mit meinen Schuldgefühlen befassen zu müssen, nachdem ich mich diesem Hémon gegenüber so danebenbenommen habe. Ich kann nur hoffen, dass ich ihm nie wieder begegne.

`21:56 Wie geht's dir?`

`21:58 Du könntest wenigstens antworten.`

22:04 Mir geht's übrigens super, danke der Nachfrage.
22:10 Sag, gäb's in Limoges noch Platz für deine Schwester?

Bereits im Halbschlaf tippe ich:

Komm wann du willst 22:17

Ich kann kaum noch das Handy neben mir auf das zweite Kopfkissen legen, als ich schon wegdämmere.

Auf verlorenem Posten

(Limoges, Akt 2, Szene 2)

Abermals betrete ich die Wandelhalle von Limoges mit ihrer eher altmodischen Pracht, obwohl ich niemals mehr einen Fuß dort hineinsetzen wollte. Heute Morgen passt der Name, weil ich seit einer halben Stunde dort auf und ab wandele, wobei es, streng genommen, eher ein hektisches Tigern ist. Camilles Zug hat Verspätung, was mir nur lieb war, weil es auch auf mich zutraf. Neuerdings bin ich nachts nicht mehr wach, sondern schlafe wie ein Stein, und morgens fällt mir das Aufstehen schwer. Es ist kalt an diesen letzten Tagen, die uns noch vom Dezember trennen, dennoch konnte ich mich noch nicht dazu überwinden, mir einen Mantel zu kaufen. Das würde bedeuten, dass ich vorhabe, den Winter hier zu verbringen, und habe ich dazu wirklich Lust? Ich habe zu gar nichts Lust. Das stimmt allerdings auch nicht ganz, ich habe sehr wohl Lust, meine Schwester zu sehen, und, na endlich, es ist so weit, ihr Zug fährt in den Bahnhof ein.

Camille steigt als eine der Ersten aus, das blonde Haar hat sie unter einem apfelgrünen Barett versteckt und tapfer ein strahlendes Lächeln aufgesetzt, aber sie sieht müde aus, müder noch als ich, was schon etwas zu bedeuten hat. Sie hat zwei riesige Rollkoffer dabei, die sie stehen lässt, als sie bei mir ankommt, um mich so fest in die Arme zu schließen, dass mir die Luft wegbleibt, was ich in diesem Fall nicht als unangenehm empfinde. Meine große Schwester ist größer als ich und schöner. Doch als hätten die Kilometer, die uns jetzt trennen, mich von meinem Alter Ego entfernt, bemerke ich zum ersten Mal kleine Fältchen in ihrem Gesicht, einen dunklen Schatten unter ihren braunen Augen und eine gewisse Kraftlosigkeit in ihren Bewegungen. Camille Nollet, Mensch gewordene Wonder Woman, ist ausgelaugt. Vielleicht betrachte ich sie deshalb ein wenig zu lange, indem ich sie mit ausgestreckten Armen an den Schultern festhalte, ehe ich sie wieder zu mir ziehe, um sie meinerseits an mich zu drücken.

Dann lege ich eine Hand auf ihren Rücken und lenke sie in Richtung Ausgang, in das bläuliche Licht eines vorwinterlichen Nachmittags. Mir ist ein bisschen mulmig zumute. Nie zuvor habe ich meine Schwester bei mir empfangen, nie zuvor habe ich ihr unbedingt beweisen müssen, dass alles gut läuft. Sie nun so fragil zu erleben, wie eine ramponierte Marionette, was ihr vielleicht selbst gar nicht bewusst ist, bringt mich dazu, auch wirklich zu wollen, dass alles gut läuft.

Das Glasdach

«Wow, das ist ja genial hier, Wahnsinn!»

Meine Begeisterung ist nicht einmal übertrieben, ich bin hingerissen von der schlichten Schönheit des Apartments, in das sich meine kleine Schwester eingenistet hat wie ein gerupfter Jungvogel. Anaïs lächelt ein wenig verschämt, als hätte sie so viel Raum und so viel Licht nicht verdient. Sie lässt mich wählen: Entweder kann ich mit ihr in dem großen Bett im Schlafzimmer übernachten – wie früher, als wir flüsternd gemeinsam unter einer zu dicken Daunendecke lagen, wenn wir im ein wenig unheimlichen Haus unserer Großeltern zu Besuch waren – oder unter dem Glasdach auf dem Sofa. Bei den Großeltern musste ich sie immer beruhigen, weil sie vor allem Angst hatte: den Schatten, den Sternen und der Kälte, ihre größte Sorge aber war, dass wir Oma und Opa am nächsten Morgen reglos im Bett vorfinden würden. Schon damals war sie nicht sonderlich robust.

Während sie mir den Rest des Apartments zeigt, gebe ich immer wieder entzückte Laute von mir und muss an die armseligen Studios denken, die ich selbst während meines Studiums am Konservatorium bewohnt habe – mit Toiletten auf dem Gang und einer Gemeinschaftsküche, aus der mir dauernd mein Scheibengouda weggegessen wurde. Zum Glück hatte ich nur Augen und Ohren für die Musik, sonst wäre es mir noch schlimmer in Erinnerung geblieben. Dieses kleine Apartment mitten im Nirgendwo passt zu meiner Eremiten-Schwester, ihrem Bedürfnis, allein zu sein. Wenn ich die spärlichen Worte, die sie bereit war, mir zukommen zu lassen, richtig verstanden habe, verbringt sie regelmäßig Zeit mit einer alten Italienerin und kocht viel, was mich freut. Sie nimmt sich die Muße, ein bisschen zu leben. Ich finde das nicht dumm, auch wenn mir die Entscheidung, mit nicht viel mehr als zwei frischen Unterhosen aufzubrechen und alles zurückzulassen, nach wie vor etwas überstürzt erscheint.

Ich habe ihr einige Sachen mitgebracht, die ich wunschgemäß bei Axel abgeholt hatte. Wie vorausgesagt hatte die Dumpfbacke bereits seine neue Freundin bei sich einziehen lassen, die ich durch den Türspalt erkennen konnte. Ich kann noch immer nicht glauben, dass er Anaïs für so eine Tussi verlassen hat. Oder doch, eigentlich ist es nur logisch, dass er sie für *so eine Tussi* verlassen hat. Anaïs und er haben eigentlich nie zusammengepasst, sie lebten nebeneinanderher, ohne irgendetwas zu haben, was sie verband.

Und ich? Ich habe mich natürlich entschieden, unter dem Glasdach zu schlafen. Anaïs warnt mich: Den Raum vollkommen abzudunkeln, sei unmöglich. Das passt mir, dafür bin ich hergekommen, auf der Suche nach ein wenig Licht. Ich meine, eine leichte Enttäuschung im Blick meiner Schwester zu erkennen, auch sie hat den Staub- und Kakaogeruch aus Kindertagen im Kopf. Doch wenn wir erst einen Abend gemeinsam verbracht haben werden, wird sie verstehen, dass es nicht gegen sie gerichtet ist, sondern dass ich mich meinetwegen so entschieden haben. Es ist sehr lange her, seit ich das letzte Mal ein wenig egoistisch gewesen bin.

Anaïs hat ein köstliches Kürbiscurry gekocht, dazu serviert sie einen feinen Weißwein. Ich habe einen argwöhnischen Blick in ihre Schränke geworfen, wo abgesehen von einer Flasche Bourbon («stand schon da, als ich hier eingezogen bin», versichert sie mir) kein Tropfen Alkohol zu sehen war, Lebensmittel auch nur wenige. Stattdessen viel leerer Raum, was nicht wirklich überrascht. Nachdem sie mir alles von ihrem neuen, vermeintlich vorübergehenden Leben erzählt hat, wobei sie tunlichst vermeidet, mir in die Augen zu schauen, fragt sie mich beiläufig: «Und bei dir? Wie kommt's, dass du dich auf den Weg hierher gemacht hast?»

Ich bin relativ ehrlich: erstens, weil ich Lust hatte, sie zu sehen. Das stimmt, wenngleich dieser Grund nicht ganz oben auf meiner Liste gestanden hätte, wenn mir diese Frage unter Folter gestellt worden wäre. Dennoch mache ich mir ehrlich Sorgen um Anaïs, seit ich verstanden habe, dass sie ihr Leben vor mir geheim hält, wobei ich ihr das Lügen durch Auslassung nicht wirklich vorwerfen kann. Die traurige und weniger altruistische Realität dieser Flucht nach vorn ist jedoch meine Erschöpfung, die ich nicht mehr loswerde.

Später liege ich auf dem weichen Sofa, den Blick auf den Sternenregen gerichtet, der Tausende von Kilometern über mir am Himmel glitzert. Ich bin Teil dieser endlosen Weite. Zumindest einen Moment lang gelingt es mir zu vergessen, dass ich nicht ganz offen gewesen bin und dass die Erleichterung, endlich einmal nicht Weinkrämpfen, Windeln und Wut ausgesetzt zu sein, schreckliche Schuldgefühle in mir auslöst.

Das gilt es zu klären, Madame. Erleichterung oder Schuldgefühle, das eine oder das andere, beides geht nicht, damit die folgenden Entscheidungen leichter fallen und Sie uns nicht länger mit Ihren Befindlichkeiten belästigen.

Nein, ich kann mich nicht entscheiden.

Meine Augen brennen, weil ich meine Lider zu lange nicht bewegt habe, ich habe einen Stern fixiert, der ein bisschen weniger hell leuchtet als die anderen. Dabei musste ich an zwei kleine Mädchen denken – zum einen an mein früheres Ich, das in meinem Inneren in gewisser Weise nach wie vor weiterlebt, und zum anderen an das, das ich viele Kilometer von hier entfernt zurückgelassen habe und das heute Abend meinetwegen vielleicht leise weint.

Anaïs drückt mich sanft an der Schulter, um mich zu wecken, und ich erwache aus einem Schlaf, von dem ich nicht weiß, wie ich in ihn hineingesunken bin. Sie reicht mir eine Tasse starken schwarzen Kaffee. Wie sie sich verändert hat, meine kleine Schwester! Vor zehn oder vielleicht zwölf Jahren hätte sie mir mit dem Kopfkissen eins übergebraten und mich dann hochkant aus dem Bett geworfen, nicht ohne mir nachzubrüllen, dass ich das Bad nicht zu lange besetzen soll. Ich danke ihr mit einem schläfrigen Lächeln, woraufhin sie einen Finger auf die Lippen legt, ich verstehe die Botschaft, habe es nicht vergessen. Nichts sagen, gar nichts, für einige Minuten zumindest. Das ist mir nur recht. Sie verschwindet wieder, seit wann ist sie so leichtfüßig? Auf Socken gleitet sie über das geölte Parkett. Ein ferner Tabakgeruch dringt mir in die Nase, und ich sehe sie so klar vor mir, als wäre sie an meiner Seite, wie sie zu dünn angezogen mit der Zigarette am offenen Fenster sitzt.

Mein großer Koffer mit ihren Sachen steht noch ungeöffnet neben dem Sofa. Ich habe Anaïs ihren dicken Dufflecoat mitgebracht, eine Mütze und ihre Halbfingerhandschuhe sowie mehrere Pullover. Gleich am Bahnhof hat sie verkündet, dass ich mich damit nicht hätte abschleppen müssen, dass sie sich neue Sachen hätte kaufen können. Doch als ich sie draußen frieren sah, weil der Wind durch die Straßen fegte, begann ich zu zweifeln, ob es je dazu kommen würde, wenn sie es bislang schon nicht getan hatte.

Ich erblicke zwei Croissants und eine Flasche frisch gepressten Orangensaft auf dem Küchentisch. Keine halben Sachen, bei Anaïs gilt alles oder nichts, alles *und* wertig, alles jetzt und fertig. Ich genieße die wohlige Stille, die mich umgibt, sie schließt einige der sensibelsten Risse, die sich nach Jahren des immer lauter werdenden Lärms gebildet haben. Damit zu leben, hat mich porös und verletzlich gemacht.

Anaïs betritt den Raum, sie riecht nach Rauch und Morgenluft, ihre blassen Beine bilden einen scharfen Kontrast zu dem Schwarz ihrer Socken, den kurzen Schlafshorts und dem löchrigen Top, das sie seit mindestens zehn Jahren trägt. Sie lässt sich auf den Stuhl mir gegenüber fallen, nickt und beginnt zu essen. Ich seufze zufrieden, nicht wegen der göttlichen Croissants, es ist die Liebe, die ich spüre und die ohne Worte und Blicke auskommt, die Anwesenheit genügt.

Gegen Mittag lässt mich Anaïs allein, um irgendetwas zu machen, was, weiß ich nicht, sie verabschiedet sich nur kurz mit den Worten: «Ich bin am frühen Abend zurück, kannst du zwei, drei Dinge fürs Essen besorgen?» Dann zieht sie die Tür hinter sich zu und ist verschwunden. Mit diesem Zeitfenster für ein Tête-à-Tête mit mir selbst habe ich nicht gerechnet. Kann ich überhaupt noch allein sein? Das gilt es herauszufinden.

Die Mittagszeit ist gerade erst vorbei, als ich meinen Mann anrufe und versuche, zwischen den Zeilen herauszuhören, was zu Hause nicht funktioniert, wenn ich nicht da bin. Er beruhigt mich, Nino gehe es gut, ja, sie frage nach ihrer Mama, aber Papa sei ja da, sie weine nicht und «wirklich, *chérie*, du brauchst mal eine Auszeit, genieße sie». Aber eine normale Mutter wäre zusammen mit ihrer Familie weggefahren, mit ihrem Baby. Er hat ja keine Ahnung. Ich versuche, tapfer zu sein, muss aber dicke salzige Tränen runterschlucken, nachdem ich das Gespräch beendet habe. Ich beschließe, einkaufen zu gehen, um auf andere Gedanken zu kommen.

In den Supermarktgängen fällt es mir zunächst schwer, die Abteilungen zu meiden, die ich normalerweise aufsuche. Wenn ich Anaïs Quinoa und Sojajoghurt mitbringe, wird sie mir den Hals umdrehen. Ich sehe in ihrem Blick, dass sie ausgehungert ist, ich kenne das Verhalten noch, das sie schon in ihrer Jugend an den Tag legte, wenn sie kurz davor war, für ein überbackenes Käsebaguette zu töten. Deshalb greife ich nach allem, was fett, aber lecker aussieht, ehe ich das Geschäft schnell wieder verlasse, das aggressive, flackernde Neonlicht macht mich müde.

Nachdem ich eine Weile bewusst ziellos durch die Stadt geirrt bin, finde ich irgendwann ohne Eile den Weg zum Apartment zurück. Meine Schuhe klappern auf dem nassen Pflaster, und Schlammspritzer landen auf meiner geblümten Strumpfhose. An der Eingangstür stoße ich mit einem großen brünetten Mann zusammen, der sofort zurückweicht und mich erschrocken ansieht. Nervös lachend reiche ich ihm die Hand und schüttele den Kopf, um mich zu sammeln.

«Guten Tag!», sage ich dann. «Ich bin Camille, die Schwester von Anaïs. Kennen Sie sie vielleicht?»

Die Antwort hätte sehr gut ein kategorisches «Nein» sein können, da Anaïs wahrscheinlich keine sehr kommunikative

Nachbarin ist. Der junge Mann lacht trocken, während er nach meiner Hand greift und sie fest schüttelt.

«Ah, sehr erfreut, ich bin Hémon, ein Freund von Anaïs' Vermieterin», antwortet er dann.

«Und Sie lachen, weil ...?», erkundige ich mich verwirrt.

«Ach ... ähm, weil Sie deutlich liebenswürdiger sind als Ihre Schwester!»

Als ich ihn fragend ansehe, wirkt Hémon auf einmal betreten und scheint sich unbehaglich zu fühlen.

«Ich meine ... ich habe Ihre Schwester neulich kennengelernt, und sagen wir so, es war keine besonders glückliche Begegnung.»

Linkisch schiebt er seine Brille hoch. In seinen Worten ist nichts Feindseliges zu erkennen, sein Lächeln scheint aufrichtig zu sein (und ist alles andere als unangenehm anzusehen), weshalb sich die Frage aufdrängt: Was hat Anaïs bloß getan?

Doch eigentlich ist es nicht meine Baustelle, und ich beschließe, das Thema zu wechseln. Hémon hat einen Einkaufskorb voller kleiner Päckchen und Tüten dabei, die mich neugierig machen. Ich will ihn damit ablenken, um mir ein genaueres Bild von ihm machen zu können.

«Besuchen Sie ... Madame Conti?»

«Genau. Tiziana ist eine alte Freundin der Familie», bestätigt er und senkt den Blick auf den Korb. «Ich habe ein bisschen für sie eingekauft. Und Sie? Sie wollen sicher zu Anaïs. Sie ist erst seit Kurzem hier, glaube ich.»

Ein netter junger Mann, hilfsbereit und ein aufmerksamer Beobachter. Interessant.

«Stimmt. Ich bin gekommen, um mich zu vergewissern, dass es ihr hier gut geht.»

Hémon zieht einen Schmollmund, was seine vom Wind geröteten Wangenknochen hervortreten lässt. Wie bestellt und nicht abgeholt stehen wir vor der roten Holztür, und niemand von uns wagt den nächsten Schritt, der das Momentum zerstören könnte. Anaïs wird mich wahrscheinlich hassen für das, was ich im Begriff bin zu tun, aber ich kann einfach nicht widerstehen.

«Sie haben nicht zufällig Lust, auf einen Tee oder so mit raufzukommen?», frage ich.

Natürlich ist er überrascht. Er kneift die Augen zusammen und taxiert mich, um einschätzen zu können, was ich vorhabe.

«Ich weiß, dass Ihnen das etwas seltsam erscheinen mag, aber anscheinend kennen Sie meine Schwester, die offenbar nicht besonders nett zu Ihnen war, also möchte ich mich auf diese Weise in ihrem Namen entschuldigen und gleichzeitig verhindern, dass Sie hier festfrieren.»

Dieses Mal lächelt er ehrlich und warm wie ein Kaminfeuer. «Gut, ich weiß nicht, ob das mit dem Entschuldigen für Ihre Schwester funktioniert, aber ich komme mit. Tiziana kann ruhig ein paar Minuten warten.»

Zufrieden steige ich vor ihm die Treppe hinauf, und wir betreten das Apartment, wo er seinen Wollmantel auszieht und sich an den Küchentisch setzt. Er reibt die Hände aneinander und scheint sich wohlzufühlen. Ich bereite eine Kanne mit dem einzigen Tee vor, der in der Küche zu finden ist – ein Schwarztee.

Mit den dampfenden Tassen vor uns stelle ich die Frage, die mir seit zehn Minuten unter den Nägeln brennt: «Der Name Hémon, der ist ziemlich originell, wie kommt man darauf?»

Er führt seine Lippen an den Tee, befindet ihn dann aber für noch zu heiß. «Das Lieblingstheaterstück meiner Mutter ist *Antigone*», erklärt er und stellt die Tasse wieder ab. «Dass dem Hémon, Hämon oder Haimon, wie auch immer, dort ein unglückliches Schicksal widerfährt, war ihr wohl entfallen, oder es hat ihr nichts ausgemacht ...»

«Jedenfalls ist er ein leidenschaftlicher Mann. Ihre Mutter hatte offenbar große Pläne für Sie», antworte ich lächelnd.

«In dem Fall ist sie wohl ein bisschen enttäuscht worden.»

«Ach ja? Warum?»

«Ich bin Französischlehrer, hier in Limoges ... Ich weiß nicht, ob ich damit ihren Plan erfülle», antwortet er staubtrocken.

Schlagartig wird mir bewusst, dass er alles ist, was Axel nicht ist und nie war: groß, interessant, kurzsichtig, witzig ... Und als Hémon mir im Gegenzug auch einige Fragen stellt, auf die ich ähnlich locker antworte, fällt mir ein poetischer Zug an ihm auf, eine besondere Verwundbar- oder Empfindsamkeit, von der ich noch nicht genau weiß, woher sie rührt, aber sie gefällt mir. Es ist die Art, wie er beim Sprechen seine Hände bewegt oder leicht errötet, wenn er ein bisschen zu laut lacht oder mit sich selbst spricht, ohne sich dessen bewusst zu sein, als er ein bisschen Tee auf dem Tisch verschüttet.

Ich verfluche meine Schwester, dass sie den Start mit ihm versaut hat, zumindest wäre er ein wunderbarer Freund, auf den sie sich verlassen könnte. Ich sehe den fast leeren Kühlschrank, die staubigen Schränke und den noch geschlossenen Koffer und verstehe nicht, warum sie sich hier nicht niederlässt. Ich an ihrer Stelle würde mich an diesen Ort und an seine Bewohner binden und mir hier etwas Neues aufbauen, egal was, um mich zu Hause zu fühlen. Aber ich bin nicht sie, und unsere Reflexe waren schon immer sehr verschieden. Während ich mich abgestrampelt habe, um mir meinen Traum, Musikerin zu werden, zu erfüllen, schien Anaïs auf dem Ohr taub zu sein. Während ich mich nie mit jemandem eingelassen hätte, der mich daran hindert, meine Flügel auszubreiten, versteckte sie sich unter denen eines Mannes, dessen Schatten stets über ihr hing.

Ich begreife, dass Limoges für Anaïs nur eine weitere Zwischenstation ist, eine weitere Etappe auf ihrer Flucht. Wovor und wohin sie flieht, welches Ziel sie damit verfolgt, weiß ich nicht.

Die Tür öffnet sich.

«Ich bin's!»

Es ist Anaïs, und als ich ihren Gesichtsausdruck sehe, nachdem sie ausgerechnet Hémon, den neuesten Dorn in ihrem Auge, hier gemütlich bei einer Tasse Tee sitzend erblickt, wird mir bewusst, dass wir beide offenbar recht schuldbewusst dreinschauen.

«Stör ich?»

Ihrer Stimme ist anzuhören, wie sehr ihr das alles gegen den Strich geht. Hémon erhebt sich eilig, trinkt aber noch schnell seinen Tee aus, ehe er sich mit einem aufrichtigen Blick in meine Richtung bedankt. Anschließend wendet er sich Anaïs zu, verbeugt sich ein wenig altmodisch. «Wie schön, dich wiederzusehen», begrüßt er sie mit Ironie in der Stimme.

Dann zieht er seinen Mantel an, hebt kurz zum Abschied die Hand und ist er verschwunden.

Die Hände in die Hüften gestemmt, baut sich Anaïs vor mir auf. Die wütende Miene in ihrem Gesicht lässt sie aussehen wie schlecht geschminkt.

«Was hatte der hier zu suchen?»

«Ich habe ihn auf einen Tee eingeladen. Ist das verboten?»

Ich versuche, ihr durch meinen Tonfall zu verstehen zu geben, dass alles gut ist, dass es nicht wirklich einen Grund zur Aufregung gibt.

«Das ist meine Wohnung, du hast nicht das Recht, so was einfach zu machen.»

Gut. Der ging nach hinten los. Neue Strategie: ablenken.

«Er hat mir erzählt, dass ihr euch schon mal begegnet seid», sage ich unschuldig.

Anaïs seufzt. Die Atmosphäre entspannt sich, sie hat offensichtlich gemerkt, dass sie sich vergaloppiert hat.

«Du hast gut reden ... Ich hab ihm eine Kanne Kaffee übers Hemd gekippt und mich nicht mal entschuldigt», jammert sie und lässt sich auf den Stuhl fallen, auf dem zuvor Hémon saß.

Das Missgeschick meiner Schwester lässt mich unwillkürlich lachen.

«Das ist nicht lustig!», ruft sie aufgebracht. «Ich stand voll neben mir und war wie gelähmt, es war einfach grenzenlos peinlich!»

«Inwiefern?»

«Ich habe Ewigkeiten gebraucht, um zu reagieren, und dann habe ich rumgestammelt wie ein kleines Kind, total blamiert hab ich mich ...»

«Und was hat dich geritten, so zu reagieren?»

«Ich weiß es nicht, Camille, ich weiß es wirklich nicht.»

Sie stützt den Kopf in die Hände, und unwillkürlich strecke ich den Arm nach ihr aus.

«Das war eine Kurzschlussreaktion, weil er nämlich echt süß ist, das ist alles», sage ich dann.

Anaïs lacht und schnieft gleichzeitig. «Du bist doof», ruft sie.

«Nein, aber es stimmt doch. Du hast ihn doch gesehen, oder hattest du den Kaffee auch in den Augen?»

«Ich habe ihn gesehen! Aber es gab nichts zu sehen. Mir ist eine Sicherung durchgebrannt», erklärt sie, immer noch jammernd.

«Aber er ist wirklich sympathisch», sage ich, ohne mich auch nur ein bisschen schuldig zu fühlen, dass ich den Bogen womöglich etwas überspanne.

«Ja, und dass ihr beide wie Pech und Schwefel seid, das habe ich gesehen.»

Anaïs und ich sehen uns nicht besonders ähnlich, aber wir haben beide eine recht spärliche Augenbraue, die einen erstaunlichen Effekt erzielt, wenn man sie nur ganz leicht anhebt. Einen solchen Blick, den ich nur allzu gut kenne und der ihre Verachtung bestens zum Ausdruck bringt, wirft sie mir nun zu.

«Im Ernst, du solltest ihm eine zweite Chance geben.»

«Die Frage ist eher, ob er mir eine gibt, angesichts der Tatsache ... Ich habe nichts gegen ihn, wenn man davon absieht, dass er mich wahrscheinlich für gestört hält.»

Ich verdrehe die Augen. «Dann entschuldigst du dich eben, du Banane. Geh mit ihm was trinken, das ist doch wohl nicht so schwer!»

Anaïs erklärt das Gespräch für beendet, indem sie mir den Rücken zuwendet – die Vorbereitung des Abendessens ist ein idealer Vorwand. Ich würde gern sagen, dass es mir leidtut, aber es stimmt nicht. Bei Anaïs ist es nämlich so: Wenn ich sie am meisten nerve, hört sie mir am besten zu. Ich bin mir sicher, dass das, worauf es ankommt, bei ihr angekommen ist, und der Rest ist dann nicht mehr wichtig. Es geht um die Botschaft.

«Gut, also was essen wir?»

Kurz schlage ich mit beiden Händen auf den Tisch, um ihr meinen guten Willen zu zeigen. Jetzt geht es erst einmal um etwas anderes, und zwar um die Riesenportion Nudeln mit Sahnesauce, die wir gleich essen werden, ja, genau das werden wir tun. Anaïs lächelt mich an und klopft mir so kräftig auf die Schulter, dass ich dort sicher einen blauen Fleck kriege, aber meine Mundwinkel gehen trotzdem beide nach oben, ohne dass ich eine Grimasse schneide.

«Fehlt dir Ninon nicht allzu sehr?», fragt sie unvermittelt in die Stille hinein, die nur vom Klappern des Bestecks auf unseren Tellern durchbrochen wird.

Eine Nudel bleibt mir im Hals stecken, ich huste, mir steigen die Tränen in die Augen, während ich japsend nach Luft schnappe.

Anaïs sieht mich erschrocken an. Ich trinke ein Glas Wasser, und auch als meine Luftröhre wieder frei ist, trinke ich vorsichtshalber weiter, ehe ich die Gabel ablege und abermals huste. Ninon fehlt mir ganz schrecklich. Und gleichzeitig überhaupt nicht. Ich wage es nicht, meiner Schwester in die Augen zu sehen, weil ich damit riskiere zusammenzubrechen. Ich ringe um Fassung.

«Geht's?»

Die Schleusen öffnen sich, es ist zu spät. «Nee, nicht so gut ... Ich bin müde, so unglaublich kaputt, das kannst du dir gar nicht vorstellen ...»

Anaïs betrachtet mich reglos. Ich rechne nicht damit, dass sie zu mir eilt und mich in den Arm nimmt, auch wenn mir genau das jetzt guttun würde. Aber in so etwas ist sie noch nie gut gewesen.

«Zu Hause ist aber alles okay?», fragt sie leicht verunsichert.

Ich lache verhalten. Es war schon immer meine Rolle, meine kleine Schwester zu beruhigen, so verzweifelt ich auch selbst sein mag. «Mit Marc, meinst du? Im Gegenteil, er ist wunderbar, und genau das macht mich fertig ... Ich bin eine grauenhafte Mutter, eine abwesende Ehefrau, eine schlechte Violinistin. Ich kann nicht mehr.»

Es ist passiert! Die Worte sind raus. Ich habe sie noch nie ausgesprochen, nun kann ich sie nicht mehr zurückholen.

Anaïs sieht mich wortlos an. Wenn sie bis jetzt geglaubt hat, ich wäre zu ihr gekommen, um mich um sie zu kümmern, ist ihr spätestens nun aufgegangen, dass das nicht stimmt. Ich habe mich noch nie so verletzlich gefühlt wie heute, gestern und alle die Tage davor und danach. Von der großen Schwester, die eines Tages die kleine Anaïs an den Schultern festhielt, um ihr zu versichern, sie würde dafür sorgen, dass ihr niemals etwas zustößt, ist nichts mehr übrig.

Im Moment gelingt es mir einfach nicht, überall zu sein, an allen Fronten, unbesiegbar und vermittelnd.

Anaïs holt eine große Decke mit Knötchen und zwei Kissen aus einem Schrank und setzt sich mit alldem im Schneidersitz aufs Sofa, wohin ich ihr folge. Sie breitet die Decke über unseren Knien aus, die sich berühren, schiebt die Kissen in unsere Nacken, und als wir beide bequem sitzen und sich die Wärme langsam unter der dicken Wolle ausbreitet, legt sie ihren Kopf an meine Schulter.

«Schieß los.»

Man könnte meinen, auf das grüne Licht hätte ich nur gewartet. Es platzt nur so aus mir heraus: Tränen, unvollständige Sätze, die keinen Sinn ergeben, zu lange abgewürgte und auf Distanz gehaltene Gefühle. Ich erzähle und erkenne plötzlich auch, während ich meine Stimme zittern höre, wie viel ich glaubte, im Griff zu haben. Ich merke, wie alles in mir zusammenbricht.

Niemand hat mich gewarnt, wie schwer es ist, Mutter zu sein, stattdessen hörte ich immer nur: «Du wirst sehen, es ist wundervoll, so schön, so intensiv, so überwältigend.» Und teilweise stimmt es natürlich. Trotzdem hätte man mir sagen können, dass intensiv und überwältigend manchmal auch alles andere als wundervoll bedeutet. Man hätte mir sagen sollen, was man macht, wenn man nicht mehr kann. Ich bin jetzt Mutter, und mein Baby zählt auf mich. Aber das Leben zu dritt, mit der Kleinen, ist manchmal hart. Sie weint, brüllt und schläft nicht, will mich nicht, nicht auf meinen Arm, will meine fragile und unperfekte Liebe nicht, die aber die einzige ist, die ich ihr bieten kann.

Die ganze Zeit spüre ich diese Last auf meinen Schultern, kann tagsüber die Augen kaum offen halten, zittere nervös, spreche zu laut und werde boshaft, wenn etwas nicht so läuft, wie ich will. Schon wenn es gut läuft, ist alles unglaublich kompliziert. Und taucht dann noch das eine oder andere Problem auf, dann weiß ich nicht mehr weiter. Dann geht es einfach nicht mehr.

Ich befinde mich in einer Sackgasse, in einem Loch, und halte es nicht mehr aus. Nicht die voreiligen Urteile der vielen Leute, die meinen, es besser zu können, wenn sie an meiner Stelle wären. Nicht die Schlange mit dem plärrenden Baby im Arm, nicht den Kinderarzt, der hinter meinem Rücken oder direkt vor meiner Nase skeptisch die Gewichtskurve betrachtet. Und auch nicht die höchste Nachsichtigkeit meines Mannes, der mein Motzen, meine Tränen und meine Pein erträgt, ohne auch nur mit der Wimper zu zucken, weil er mich versteht. Ich möchte geschüttelt werden, aber nicht zu heftig, man soll mir schmeicheln und mich anblaffen, ich will mich an einer Schulter ausheulen und dass jemand zu mir sagt: «Du hast recht, das Leben ist hart.» Ich möchte von allen Verpflichtungen befreit sein und wieder Kind werden, mal wieder mehr als vier Stunden am Stück schlafen.

Die spontane Reise hierher kann jenen letzten Wunsch erfüllen, dieses tiefe Bedürfnis, mich um nichts mehr kümmern zu müssen. Und doch bin ich hin- und hergerissen. Nach wie vor bin ich traurig und wütend und müde, ich fühle mich schuldig und will fliehen, auch noch von hier, dorthin, wo mich niemand findet. Gleichzeitig nehme ich, seit ich in den Zug gestiegen bin, hin und wieder ein Ziehen wie von einem Angelhaken in meiner Brust, nahe an meinem Herzen, wahr, das mich daran erinnert, dass mich jemand braucht. Im Gegensatz zu Anaïs kann ich nie wirklich fliehen.

Meine Worte versiegen, ich sehe meine Schwester mit verheulten Augen an. Sie sagt nichts. Das ist nicht das, was ich brauche, noch immer nicht, aber es ist besser als befürchtet. Denn es ist ein mitfühlendes Schweigen und kein beleidigendes, nicht so, als hätten meine Worte sie verletzt oder tief enttäuscht. Es ist ein behagliches Schweigen, das bedeutet: «Auch ich bin manchmal vollkommen nutzlos und würde am liebsten verschwinden.» Damit kann ich leben. Also seufze ich seltsam zufrieden und drücke meiner kleinen Schwester einen Kuss auf den Scheitel.

Ihre Not ist eine andere als meine, wie ich in der Weite des ein wenig zu kühlen Raums unter dem Sternenhimmel erkenne. Ich weiß nicht, wie ich mit unser beider Tristesse umgehen soll, die hier zusammenlaufen und doch in entgegengesetzte Richtungen zeigen.

Die Einladung

Camille strahlt, Camille mischt mit. Ich hatte ganz vergessen, wie meine Schwester war, bevor sie zu Ninons Mutter wurde, doch nun sehe ich mit eigenen Augen, wie sie in diesem Moment, da sie ihrer üblichen Pflichten entbunden ist, wieder zu Camille wird, und mir wird klar, wie sehr sie sich selbst gefehlt haben muss. Seit sie mir ihr Herz ausgeschüttet hat, geht sie wieder aufrechter und schaut nach vorn. Im Grunde weiß sie selbst, dass sie gerade nur eine schwierige Phase durchlebt, über die sie hinwegkommen wird. Camille kommt über alles hinweg. Innerhalb von drei Tagen kennt jeder in meinem Limoges sie: Vom Gemüsehändler bis zur Bibliothekarin kann sich ihr, dem blonden Sonnenschein, niemand entziehen, ihr Lächeln bringt alles zum Leuchten. Mit verschränkten Armen betrachte ich das Ganze aus der Distanz. Ich beobachte, wie es ist, gut mit Leuten umgehen zu können. Sie weiß ihren Kummer blendend zu verbergen, niemand käme auf die Idee, dass sie innerlich labil ist. Bei mir hingegen sieht man die Stimmungen in meinem Gesicht wie die vorbeiziehende Landschaft vor dem Zugfenster.

Der größte Fan meiner Schwester ist Madame Conti. Es versetzt meinem Herzen einen Stich, obwohl ich dachte, dieses Thema längst hinter mir gelassen zu haben, so wie einige Tiere ihre trockene und zu enge Haut abstreifen. Doch als Camille und Tiziana nach dem Markt in der Küche fröhlich miteinander plaudern wie beste Freundinnen, ohne mich zu beachten, während ich still vor mich hin koche und mir vorkomme wie eine Hausangestellte, zerreißt es mich fast. Verbittert stelle ich fest, wie verbittert ich bin. Das ist kindisch von mir ... Ich sollte mich freuen, dass meine Schwester, die gütigste Person, die ich kenne, sich Madame Conti gegenüber, der erstaunlichsten Italienerin der Welt, so vertrauensvoll öffnet. Wie gern würde ich die beiden wohlwollend und liebevoll betrachten, großzügig und gemeinschaftlich denken, stattdessen merke ich, wie ich kurz davor bin, vor Neid zu platzen. Werde ich also nie wie Camille sein, die alles, was glänzt, magisch anzieht?

Als wir die schmutzigen Teller in die Spülmaschine räumen, sagt Madame Conti wie beiläufig: «Es würde mich ja sehr freuen, wenn wir noch einen gemeinsamen Abend mit dem jungen Hémon verbringen könnten, bevor Sie wieder abreisen, Camille.»

Die Gabel kratzt über den Teller, den ich, über den Mülleimer unter der Spüle gebeugt, von den Überresten unseres Essens befreie. Ich verziehe das Gesicht. Camille lässt ein Messer mit der Spitze zuerst in den Besteckkorb fallen.

«Oh ja, was für eine gute Idee», ruft sie arglos.

Ich erstarre in der gebückten Haltung.

«Sie sind so nett zu mir, dabei bin ich mir sicher, dass aktive junge Menschen wie Sie eigentlich Besseres zu tun haben, als ihre Zeit mit einer alten Schachtel wie mir zu verbringen», fährt Madame Conti listig fort. «Deshalb sollte ich die Gelegenheit nutzen!»

Camille lacht ihr charmantes Lachen, kristallklar wie Regentropfen. «Aber natürlich, sehr gern! Stimmt's, Anaïs?»

Ich richte mich unendlich langsam auf, meine Finger sind

mit Sauce beschmiert. Camille hat die Hände in die Hüften gestemmt und steht vor mir wie eine Abenteurerin, die sich auf dem Weg in neue Gefilde befindet, die einer neu gewonnenen Freundschaft. Dieser Weg ist eine Brücke, die ihren Namen trägt und auf der das heutige Datum eingraviert hat: der Tag, an dem Camille Nollet Tiziana Contis Gunst gewann. Ich schüttele den Kopf, vielleicht nicht deutlich genug – vielleicht hat sie ihren Blick, der immer in Richtung Licht geht, aber auch bereits abgewendet.

«Ich bleibe nicht mehr allzu lange, deshalb wäre es vielleicht gleich morgen Abend gut?»

Sie spricht jetzt wie die Frau, die Probentermine festlegen muss. Sie will nicht bestimmend wirken, aber es wäre schon gut, wenn sich die anderen ihrer Planung fügen würden. Abermals sieht sie mich an und merkt, dass ich zögere und nach Worten suche.

«Das mit dem Essen lässt sich ja organisieren, Anaïs. Damit du auch was von dem Abend hast.»

«Wunderbar!», ruft Madame Conti und klatscht in die Hände. «Sie werden sehen, Hémon ist auch kein schlechter Koch. Und ich, ich kümmere mich ... um die Playlist? So sagt man doch heutzutage, oder?»

Abermals lachen die beiden. Ich schließe sehr fest die Augen, ein schwarz-gelber Fleck bildet sich unter meinen Lidern, dort, wo ich sie zu fest zusammengekniffen habe. Ich entblöße meine Zähne in einem Versuch, höflich zu lächeln, aber wahrscheinlich sieht es aus wie eine wütende Grimasse. Camille sagt nichts, beharrt nicht, aber ihre Bewegungen werden forscher, sie ist wachsam und hat die Luftveränderung gespürt. Wir verlassen Madame Contis Haus und gehen still vor uns hin grollend in mein Apartment hinauf.

Kaum dass die Tür hinter uns geschlossen ist, ich habe noch nicht einmal meinen Schal abgenommen, legt Camille los: «Was passt dir daran nicht?»

«Hmmm, ich bin mir nicht sicher, dass du das jetzt wirklich besprechen willst», antworte ich, ohne sie anzusehen, während ich mir den Schal vom Hals ziehe und mein Haar ausschüttele.

«Was soll das heißen?»

Ich hänge den Schal und meine für diese Jahreszeit zu dünne Jacke auf und murmele etwas in meinen nicht vorhandenen Bart. Camille rührt sich nicht vom Fleck und mustert mich. Plötzlich verstehe ich, was ich bisher nicht verstehen wollte: dass Camille gar nicht meinetwegen gekommen ist. Sie hat sich selbst gesucht, Hunderte von Kilometern von zu Hause entfernt, nicht mich. Ich schlucke meinen Stolz hinunter, er schmeckt säuerlich.

«Hör zu, Camille», beginne ich, als hätte ich mir Samthandschuhe übergestreift, «ich finde es großartig, dass du dich gut mit allen verstehst, aber ich will dieses Essen nicht.»

«Und warum nicht?»

Das «Warum» unterstreicht sie mit einer erhobenen Augenbraue. Sie begreift es wirklich nicht. Was ich mir anmaße? Für wen ich mich eigentlich halte?

«Ich habe keine Lust, das ist alles.»

Ich merke, wie sich mein Körper verschließt, ich einmal mehr die Arme verschränke und die Schultern hängen lasse, beim Sprechen klingt die tranige Stimme einer Teenagerin durch, die ich vielleicht niemals aufhörte zu sein. Camille wartet.

«Ich dachte, du wärst meinetwegen gekommen.»

«Natürlich bin ich deinetwegen gekommen, wen sollte ich

denn sonst in Limoges besuchen?», erwidert sie und lacht ratlos. «Bist du etwa eifersüchtig, dass ich meine Zeit nicht ausschließlich mit dir verbringe?»

«Sagen wir so, wenn du eine Pause brauchst, um deine Akkus aufzufüllen, dich selbst wiederzufinden oder was weiß ich, hättest du dir auch ein Airbnb an der Côte d'Azur nehmen können. Ach nein, Pardon, wie solltest du denn an die Leute rankommen, wenn ich nicht da wäre, um dich allen vorzustellen?»

Das mit den Samthandschuhen hat sich wohl erledigt. Ich sehe, wie betroffen sie ist. Damit hatte sie nicht gerechnet – es stimmt, es war ein bisschen fies von mir und nicht sehr empathisch. Es war auch nicht ganz das, was ich eigentlich sagen wollte. Reumütig beiße ich mir auf die Lippen.

«Wow, o.k. Aber ... aber jetzt ist es wenigstens raus.»

Noch immer reglos sieht mich Camille aus ihren großen blauen Augen verletzt an und beginnt eine Haarsträhne, die aus ihrem langen Zopf gerutscht ist, hektisch zu kneten.

«Es tut mir leid, entschuldige, das wollte ich nicht sagen.»

«Doch», antwortet sie mit einem traurigen Lächeln. «Doch, ich glaube, genau das wolltest du sagen. Aber warum, bitte, willst du dieses Abendessen nicht? Wo liegt das Problem?»

«Ich möchte nicht in eine Situation geraten, in der ich unsichtbar bin und mich lächerlich mache», antworte ich seufzend. «Gestern habe ich dir erzählt, dass ich mich schäme und Hémon nie wieder begegnen möchte, und heute hältst du es für eine super Idee, den Abend mit ihm zu verbringen. Nein, tut mir leid, ich habe noch immer keine Lust, ihn zu sehen. Da ticke ich anders als du.»

«Aber du bist so ... so allein hier! Wie kannst du es ertragen, so allein zu sein?»

Camille schlägt sich die Hand vor den weit geöffneten Mund. Auch das ist jetzt raus. Entgeistert starre ich sie an.

«Kriegst du denn gar nichts mit? Ich war schon immer so.»

«Es überrascht mich echt nicht, dass es dir nicht gut geht … Es ist nicht gesund, sich so zu verkriechen. Ich habe die Gelegenheit ergriffen, weil ich mir dachte, es würde dich aufmuntern.»

Abermals stößt es mir sauer auf, empört schüttele ich den Kopf.

«Oh nein, dazu hast du nicht das Recht. Du hast keine Ahnung, was gut für mich ist, was mich aufmuntert. Tu nicht so, als würdest du das alles für mich tun. Steh doch endlich dazu, Camille, verdammt! Steh dazu, dass du Lust auf einen Abend mit gutem Essen und Trinken hast, an dem du kurz vergessen kannst, dass du eine Mutter mit Kind bist und einen sehr zeitraubenden Job hast!»

Camille schnalzt kräftig mit der Zunge gegen ihre Vorderzähne, was gut zum Ausdruck bringt, wie zornig und beleidigt sie ist. Sie wendet mir den Rücken zu, und ihre Stimme klingt, als käme sie von weit her, von der gegenüberliegenden Seite der Schlucht.

«Ja, genau, du hast recht, ich mache das nicht für dich. Aber du kannst mir nicht vorwerfen, dass ich dich mit meiner Besorgnis ersticke und dich einen Monat später beschweren, ich würde nicht nur an dich denken. Du musst dich entscheiden, was du willst? Wenn es deine Mutter ist, ihre Nummer hast du.»

Sie weint. Die Tränen laufen ihr über die Wangen und ziehen eine Furche in ihr so gekonnt aufgetragenes Make-up, dass man es normalerweise gar nicht wahrnimmt.

«Ich habe schon genug damit zu tun, die Mutter meiner

Tochter zu sein, wenn du verstehst», murmelt sie, noch immer ohne mich anzusehen, und wühlt wie eine Furie in ihrer Tasche. «Tut mir leid, dass ich heulen muss.»

Sie zieht ihr Handy aus der Tasche und wählt eine Nummer. Ich höre es leise klingeln, während sie ihren Mantel anzieht und das Apartment verlässt.

«Marc?», höre ich sie schluchzen, als die Tür zufällt.

Während sich meine Schwester von ihrem Mann trösten und wieder aufbauen lässt, blicke ich in den grauen Himmel, der sich über mir erstreckt wie eine riesige kalte Decke. Ich bin innerlich leer. Ich weiß nichts über mich.

Ein Abend

Die wenigen Worte, die wir am nächsten Tag wechseln, kann man an einer Hand abzählen. Sie meint, ich solle sie am besten in Ruhe lassen, was sie mir nicht zweimal sagen muss. Während sie überlegt, welches Outfit sie anziehen soll, greife ich nach dem vollen Müllbeutel und benutze ihn als Vorwand, um rauszugehen. Es regnet, und ich muss nicht so tun, als sei alles in Ordnung, um das auf Lügen aufgebaute Kartenhaus meiner Schwester nur nicht ins Wanken zu bringen.

Nachdem ich den Müll in die Tonne verfrachtet habe, verspüre ich nach wie vor keine Lust, wieder raufzugehen, selbst der strömende Regen, der mir übers Gesicht läuft, kann mich nicht dazu bewegen. Unter dem Vordach des Feinkostgeschäfts an der Ecke zünde ich mir die letzte Zigarette an, die ich bei mir habe, und beschließe dann, ohne auch nur einmal zu fluchen, zum nächsten Laden zu gehen, um neue zu kaufen. Es ist schon spät, der Herbst im Endstadium reißt den Tag mit sich, und es wird immer kälter. Mein fadenscheiniger Wollpulli wird Bedingungen ausgesetzt, für die er nicht gemacht ist, ich weiche keiner Pfütze aus, und meine alten Sneakers halten das Wasser kaum ab, das langsam meine Socken durchweicht. Ein fetter Tropfen landet auf meiner halb gerauchten Kippe, weshalb sie fast erlischt, im Gegensatz zu meiner Laune.

Ausgeglichen. Seltsam ausgeglichen. Daran ändert auch das dumpfe Ziehen in meiner Seite nichts, das bis in meinen Schädel auszustrahlen droht. Stoisch und ungerührt streune ich auf der Suche nach einem noch geöffneten Tabakladen durch die Straßen. Keine geschlossene Tür und kein zugezogener Laden kann mich aus der Fassung bringen, ich lasse mich nicht entmutigen, bin wild entschlossen. Nicht ins Apartment zurückzukehren. Seit mehr als einer halben Stunde bin ich unterwegs, als ich endlich das Licht sehe – das rote, karottenförmige Leuchtschild an der hinter dem Regenschleier verschwommenen Fassade. Die müde Frau mit den glasigen Augen hinter dem Tresen starrt mich an wie eine Erscheinung. Ich bin klitschenass, was mich nicht die Bohne stört. Sie bietet mir einen Kaffee zum Aufwärmen an, den ich mit einem abwesenden Lächeln ablehne, während ich ihr versichere, ich würde nicht weit weg wohnen und gleich wieder zu Hause sein. Sie scheint mir nicht zu glauben, und ich lächele breiter. Ich mag Fremde, die skeptisch sind und unverhohlen ihr Misstrauen zeigen, keine glatt polierte Fassade aufrechterhalten. Als sie mein Geld nimmt und die Zwanzig-Centimes-Stücke nachzählt, überlege ich, was sie wohl denkt. *Eine Pennerin, eine Obdachlose ... mit den kaputten Tretern, den triefend nassen Haaren ... Sie wird sich den Tod holen, aber so sind sie eben, die jungen Leute, die können auch nicht aus ihrer Haut, ich bin da ja nicht anders. Himmel, was bin ich froh, dass die Kinder bei ihrem Vater sind und ich mich heute Abend früh aufs Ohr hauen kann.*

Schließlich hebt sie den Blick und reicht mir die Zigaretten, die ich mit einem Nicken zum Dank einstecke. Ich tauche wieder in den strömenden Regen ein und freue mich über die unnütze Begegnung, die keinerlei Sinn und Bedeutung hat.

Mit leerem Kopf mache ich mich auf den Rückweg und bin mir sicher, dass Camille schon fort ist – oder so gut wie fort –, wenn ich zurückkehre.

```
18:42 Ich mach mir Sorgen, weil ich
schon so lange nichts von dir gehört
habe. Schreib mir bitte, dass alles
o. k. ist.
```

Die ganze Zeit war es mir vollkommen egal gewesen, auszusehen wie ein nasser Wischmopp, als ich plötzlich, kurz bevor ich wieder zu Hause bin, Hémon erblicke, worauf ich nicht gefasst war. Sehr höflich grüßt er mich vom gegenüberliegenden Gehsteig aus, und mit meiner Laune – der guten zumindest – ist es augenblicklich vorbei. Angesichts seiner feinen Art und seines Lächelns gerate ich in Panik, und in dem Moment überquert er bereits die Straße und hält seinen Schirm über mich. Ich frage gar nicht, was er hier macht, so nah bei mir. Ich weiß es. Das beschissene Dinner.

«Leistest du uns heute Abend nicht Gesellschaft?», fragt er ohne den Hauch eines Vorwurfs in der Stimme.

«Ich fühle mich nicht so gut.»

Meine Stimme zittert ein wenig, aber er reagiert weder mit einem spöttischen Blick noch mit einer spitzen Bemerkung, als wäre es normal, bei diesem Wetter ohne Regenmantel draußen unterwegs zu sein und sich dann krankzumelden. Nervös zünde ich mir eine Zigarette aus der neuen Packung an. Zwischen zwei Zügen werfe ich ihm verstohlene Blicke zu und versuche, etwas zu begreifen, ein Mysterium zu verstehen, das sich mir entzieht. Ich sehe winzige Fältchen in seinem Gesicht – vom Lachen oder auch vom Ärgern –, den bläulichen Schatten eines kürzlich rasierten Barts, ein gebügeltes und fast bis oben hin zugeknöpftes Hemd. Ich sehe, wie die Gläser seiner Brille, die voller Regentropfen sind, immer wieder beschlagen, wenn sich sein Atem im Schal verfängt und wie Dampf aufsteigt.

Er sieht mich ebenfalls. Eine diskrete Neugier lässt ihn meinen Blick suchen. Seine flinke Hand hält mich am Ellbogen zurück, als ich fast gegen einen Pfosten laufe oder einen Passanten anrempele, ich meine mangelnde Aufmerksamkeit auslebe. Und immer wieder sucht er schweigend und nachdenklich meinen Blick. Es gelingt mir nicht, mich dem gleichen Spiel hinzugeben wie mit der Frau im Tabakgeschäft, es gelingt mir nicht, mir vorzustellen, was er wohl denkt. Denn sie ist mir egal, er nicht so ganz.

Hémon öffnet das Tor zum Hof, schließt seinen Schirm und schickt sich an, bei Madame Conti zu klingeln. Er beobachtet, wie ich zögernd von einem Fuß auf den anderen trete, unfähig zu entscheiden, ob ich sie begrüßen oder sofort raufgehen und mich in meinem Loch verkriechen soll. Erstaunlich sanft für seine Körpergröße legt er eine Hand auf meine Schulter und drückt sie, gerade fest genug, um mich zu halten. Seinem allzu sanften Blick weiche ich lieber aus.

«Schönen Abend, Anaïs. Also, bis gleich?»

Verunsichert zucke ich mit den Schultern. Doch dann kehrt von irgendwoher die gute Erziehung zurück, oder mein Instinkt erwacht, jedenfalls halte ich ihm meine Wange hin, um mich mit zwei Küsschen von ihm zu verabschieden – eine ganz normale Verhaltensweise für eine alltägliche Szene.

Ich spüre seine Bartstoppeln auf meiner Haut und halte den Atem an, ich fürchte mich davor, seinen Geruch wahrzunehmen. Seine Küsschen sind richtige Küsse, nicht nur in die kalte Luft gespitzte Lippen. Irgendwie aufgewärmt und ein bisschen weniger schwermütig, steige ich die Treppe hinauf.

Drinnen begegne ich Camille, sie ist schön. Sie duftet nach Orangen und Gewürzen – ein süffiges Parfum, das lange in der Luft hängen bleibt. Als ich eintrete, ist sie gerade dabei, ihrem diskreten Make-up den allerletzten, für mich allerdings unsichtbaren Schliff zu verleihen, auf jeden Fall aber überdeckt es erfolgreich die wenigen Fältchen – und ihre Selbstzweifel. Sie schenkt mir keinerlei Beachtung, gibt sich geschäftig. Ich schlängele mich an ihr vorbei, schlucke zwei Schmerztabletten und ziehe eine Tütensuppe aus dem Schrank. Mein Herz ist noch immer wie narkotisiert, ich spüre keinen Ärger mehr, aber auch keine Freude, meine Schwester zu sehen, die im Begriff ist, mich allein zu lassen, um mit den Leuten fein zu essen, die ich hier am ehesten als meine Freunde bezeichnen würde. Ohne mich. In einigen Stunden, wenn sich die Kälte durch die Mauern frisst, wird die Einsamkeit in mir pulsieren, und zwar dort, wo es vielleicht am meisten wehtut. Im Moment ist die vage Erinnerung an die rauen Wangen, deren Duft ich nicht einatmen wollte, alles, woran ich mich festhalte.

Camille feilt an sich, ist mit Eifer dabei. Bis sie schließlich die Wimperntusche weglegt und sich verlegen zu mir umdreht. «Meinst du, das kriegst du hin, hier ganz allein zu bleiben? Wenn du willst, gehe ich nicht, das macht mir nichts aus», sagt sie leise.

Ich unterbreche sie in ihrem unerträglichen Gefasel. «Sag so was nicht, wenn's nicht stimmt.»

Ich hätte auch sagen können: *Alle anderen Abende bin ich genauso allein, Camille, was glaubst du, was das ändert?* Ich hätte sagen können: *Was meinst du, damit zu bezwecken? Wer glaubst du, heute Abend zu werden?* Ich hätte gemein werden und verletzende Worte sagen können, die sich dann nicht mehr zurücknehmen lassen. Doch angesichts der gekränkten Miene meiner Schwester stelle ich fest, dass die Wahrheit genügt. Sie hängt sich ihre Handtasche um und verschwindet durch die Tür, ohne mich noch einmal anzusehen.

Ich schlinge die Fertigsuppe hinunter, nicht einmal Croûtons gebe ich hinzu. Was sie wohl dort unten essen, ohne mich am Herd? Ich bin neugierig, werde aber sicher nicht nachfragen.

Ohne mich.

Ich durchschneide die Stille in Stücke, die ich in die Badewanne werfe, wo siedend heißes Wasser den Schaum zu schillernden Bergen formt. Worüber reden sie wohl dort unten, was sagen sie, ohne dass ich es höre?

Ohne mich.

Ich gehe mit dem Kopf unter Wasser, und an meiner Nase bilden sich Blasen aus Luft, die mir gleich ausgehen wird, meine Hände liegen auf meinem gepeinigten Bauch, und ich nehme nichts mehr wahr als meinen Herzschlag. Lachen sie?

Ohne mich.

Als ich japsend und mit stechenden Lungen wieder auftauche, lasse ich die Finger an der Innenwand der Wanne entlanggleiten und glaube, dass ich kurz davor bin, mich zu ertränken, vielleicht ist jetzt der Zeitpunkt gekommen, an dem es keinen Ausweg mehr gibt. Würden sie es spüren?

Ohne mich.

Ich tauche erneut unter und schlage mit Seifenwasser in der Nase und brennendem Hals um mich, ich spucke, huste und heule gleichzeitig. *Was machen sie gerade?*

Ohne mich.

Was machen sie gerade?

Was können sie machen?

Ohne mich.

Das fehlende Glied in einer absurden Kette, meine Schwester, die mich nie gebraucht hat und die sich heute Abend amüsiert – diebisch amüsiert –, mit wem? Mit meiner Beinahechefin und ihrem Beinaheneffen, wer sind sie eigentlich für mich? Dennoch, *ohne mich* in der Mitte würde es dieses Dreieck nicht geben.

In dem dämmerigen Badezimmer schallt mein Lachen aus der Wanne, deren Inhalt während meines Kampfes gegen den Untergang zu einem guten Drittel auf den Boden geschwappt ist. Es ist ein bitteres Lachen, aber nicht frei von Humor, ein Lachen, das sich über das alles hier lustig macht. Ich hätte sehr wohl mit runtergehen, meinen guten Willen zeigen können. Es hätte mich nicht umgebracht, nicht im wörtlichen Sinne jedenfalls. Camille hätte aber auch selbst darauf kommen können, dass ich nicht vor Freude in die Luft springen würde, sie hätte an mich denken können, aber was ändert das?

Ich steige aus dem inzwischen nur noch lauwarmen Wasser und wickele mich in das größte Handtuch, das ich finden kann. Mit der Wärmflasche mache ich mich, ohne irgendeinen Schalter zu betätigen, und nur im Licht der Sterne, die an einem erstaunlich wolkenlosen Himmel stehen, auf den Weg ins Bett, während die Tabletten alle Kanten abrunden.

Einige Stunden später weckt mich ein schmerzhafter Krampf, die Wärmflasche ist abgekühlt. Ich höre keinen Mucks, als ich mühsam aus dem Bett steige, ohne zu wissen, wie spät es ist und ob meine Schwester wieder zurück ist.

Ich spüre nichts als Schmerz und den Stoff meines gestreiften Pyjamas, als ich fröstelnd das Fenster öffne und, den Blick in den unendlichen Nachthimmel gerichtet, überlege, wie es wohl ist, nicht ich zu sein, woanders zu sein als in diesem von Schmerzen gequälten Körper. Mit einer glühenden und zwischen zwei blauen Fingern vergessenen Zigarette spitze ich die Ohren und lausche auf das, was von unten durch den Hof heraufdringt. Ich höre die Lachsalven und luftige Laute, die der kalte Wind an diesem Abend Anfang Dezember bis zu mir trägt. Ich erkenne die glasklare Stimme meiner Schwester, die schon ganz gut beschwipst klingt, das leicht raue Timbre von Madame Conti und, indirekt, weil nur er übrig bleibt, auch Hémons tiefes und unaufdringliches Lachen. Ich stelle mir vor, wie sie gemeinsam in der Küche die Gläser wegräumen, die dabei leise klirrend aneinanderstoßen, und plötzlich bedaure ich, vorhin die Biege gemacht zu haben, nicht hineingegangen zu sein, um Hallo zu sagen, nicht geblieben zu sein. Mich geweigert zu haben, meinen Platz unter den Lebenden einzunehmen.

Der Abschied

(Limoges, Akt 2, Szene 3)

Camille macht ein Gesicht wie ein begossener Pudel, so wie immer, wenn sie sich schuldig fühlt. Ich mag es nicht besonders, wenn sie diese Miene zieht, auch dass sie behauptet, ich hätte manchmal eine besondere Macht über andere, mag ich nicht besonders. Sie zieht ihren Koffer hinter sich her, ihre Absätze klackern über den schmutzigen Boden des Bahnhofs, der für mich unerträglich geworden ist. Sie hat ein schlechtes Gewissen, weil sie ziemlich spontan zwei Tage früher als geplant abreist. Sie kehrt nach Hause zurück, wo sie erwartet wird. Ein schlechtes Gewissen hat sie, weil sie gekommen ist, um wieder eine Beziehung zu mir aufzubauen, mir zuzuhören, zu erreichen, dass wir miteinander reden, und das wird nun nicht geschehen. Weil ich dichtgemacht habe, weil es ihr nicht gelingt, weil sie nicht meinetwegen gekommen ist, sondern um ihre eigene Haut zu retten.

Als sich die Leere, die ihr so unheimlich war, erneut mit ihren Liebsten gefüllt hatte, die sie nun wieder vermisste, konnte sie nicht länger bleiben.

Camille hat Verpflichtungen. Eine Arbeit, eine Familie, ein Leben zu leben, das alles habe ich nicht. Dass sie hierhergekommen ist, um ein wenig an meiner Verzweiflung teilzuhaben, erscheint mir nicht richtig, nicht gerecht. Das ist nicht ihre Finsternis, Limoges gehört mir allein.

Was mich schmerzt, ist ihr Schmerz. Dabei hat sie keine Ahnung. Sie hat keine Ahnung, weil sie ewig weit davon entfernt ist, sich vorstellen zu können, wie tief ich drinstecke, während sie nicht mal an der Oberfläche gekratzt hat. Wir kennen uns nicht mehr. Früher war Camille das Supermädchen, das hin und wieder ein bisschen nervte, weil sie immer in allem so großartig war, selbst in ihrer Rolle als große Schwester. Meine Schulfreundinnen hatten unerträgliche Geschwister, die sie leiden ließen, lächerlich machten, ihnen Knüppel zwischen die Beine warfen. Camille tat das nicht, was es schwierig machte, sie zu hassen, obwohl ich manchmal durchaus Lust dazu hatte, wenn sie einen Erfolg nach dem anderen feierte, während ich nicht unbedingt nur Niederlagen zu verbuchen hatte, aber auch nichts Außergewöhnliches. Camille war eine begabte Künstlerin, gute Freundin, vortreffliche Schülerin, später auch noch verführerisch, lustig, schlagfertig und kulturell versiert – sie war einfach besser als ich, was ich ihr nicht mal vorwerfen konnte. Es war einfach so, dass wir nicht in derselben Welt lebten, unsere parallel verlaufenden Ebenen berührten sich kaum. Wir begegneten uns, sahen uns an, interagierten über den Spalt hinweg. In meiner Welt war nichts einfach so. Jede einzelne meiner Gesten, jeder Schritt war schwer, Camille hingegen kennt so etwas nicht. Wenn sie nun also traurig abreist, weil es ihr nicht gelungen ist, mich zu umhegen und zu heilen, macht es mich traurig, dass sie tatsächlich geglaubt hat, es würde ihr gelingen.

Camille bleibt vor ihrem Waggon stehen und prüft noch einmal das Ticket, das sie ein Vermögen gekostet hat, weil sie so kurzfristig gebucht hat. Sie sieht mich bedauernd an.

«Anaïs, es tut mir wirklich ...»

«Ach, vergiss es, ich verstehe es ja», erwidere ich, und das ist nicht gelogen.

«Ich meine wegen gestern.»

«Hör endlich auf mit diesem Thema. Können wir bitte über etwas anderes sprechen?»

An die Ereignisse vom Vortag zu denken, schmerzt so sehr, dass es mir fast den Magen versengt, ich will einfach nicht mehr darüber reden.

«Du hast recht, es geht mich nichts an, was du tust – das gilt für diese Sache und für alles andere auch.»

Ich würde eher sagen, du bist nicht besonders scharf darauf, dass es dich etwas angeht. Verstehe ich auch.

«Macht nichts. Ich glaube ... es war keine gute Idee von dir herzukommen.»

Camille ist verletzt.

«Das heißt ...», beginne ich erneut und überlege mir meine Worte dieses Mal genauer. «Man kann unsere Probleme nicht zusammenschmeißen und hoffen, dass sie sich gegenseitig neutralisieren. So funktioniert es nicht.»

Camille sieht mich skeptisch an. Unwillkürlich fällt mir auf, dass ihr Teint wieder rosiger wirkt, die Augenringe blasser geworden sind und ihre Haare glänzender.

«Es tut mir wirklich leid, Anaïs», murmelt sie und beißt sich auf die Lippe.

Ihr Schuldbewusstsein strömt aus ihr heraus wie ein toxisches Gas. So grausam es klingt, aber ich kann kaum erwarten, dass sie endlich abfährt.

«Du hast wahrscheinlich recht, ich fühle mich besser. Herzukommen war anscheinend genau das, was ich brauchte. Um meine Gedanken zu ordnen, mich zu sammeln.»

«Das ist gut, umso besser», antworte ich tonlos.

«Von wegen. Ich sehe genau, dass es für dich nicht gut war, dass ich mit so viel Gepäck angereist bin. Im doppelten Wortsinn.»

Ich nehme sie kurz in den Arm. Dann schiebe ich ihr hastig eine blonde Haarsträhne hinters Ohr, klopfe ihr auf die Schulter und entferne mich, bis der Abstand zwischen uns groß genug ist, dass sie nicht mehr wagen wird, mir nachzulaufen.

Trotzdem höre ich noch, wie sie sich räuspert – einmal, zweimal. Sie sieht sich nach ihrem Zug um, dann sagt sie: «Pass bitte auf dich auf.»

Sie steigt in den Waggon, die Pfeife des Schaffners ertönt, und die Tür schließt sich hinter der eleganten, in ihren Wintermantel eingehüllten Silhouette.

Ich vergrabe die Hände in meinem Mantel – den, den sie mir mitgebracht hat und der noch nach dem Waschmittel riecht, das mich an den Mann erinnert, den ich geliebt habe (und versuche, nun nicht mehr zu lieben), an sein sauberes Hemd auf seiner glatten Haut.

Der Zug fährt ab, ein anderer fährt auf dem gegenüberliegenden Gleis ein. Mitten auf dem Bahnsteig, weit weg von den Ankommenden und Abreisenden, fühle ich mich mutterseelenallein auf der Welt und von einer Zeitlosigkeit umgeben, die allen Bahnhöfen, den größeren zumindest, eigen ist. Plötzlich denke ich gar nichts mehr, eine unendliche Leere erfüllt meinen Kopf und meinen Körper, und das gesamte Universum löst sich im Nichts auf. Ich höre, wie über Lautsprecher die Ankunft des TGV Nummer sechstausenddreihundertachtzig aus Irgendwo verkündet wird, nehme kurz Anlauf und springe. Es ist wie Fliegen, sich so ins Leere zu stürzen, fast habe ich das Gefühl, mir würden Flügel wachsen in dem Moment, in dem meine Füße den Boden verlassen haben und ich auf den Aufprall warte. Ich sehe mein Leben nicht noch einmal an meinem inneren Auge vorbeiziehen, ich bedaure nichts. Die Zeit zieht sich wie Kaugummi, ich höre Raubvögel hoch oben am Himmel krächzen, höre Rufe hinter mir, ich glaube, man hat mich bemerkt, und glaube, es ist zu spät.

Ich hänge nur noch an einem seidenen Faden, der an meinem Kreuz befestigt ist und die flüssigen Bewegungen meines frei in Zeit und Raum – im Nichts – schwebenden Körpers führt. Stuntwoman, Akrobatin, Seiltänzerin, Primaballerina. Ich bin graziös wie nie in meinem Leben. Ich breche in kristallklares Lachen aus, das gen Himmel steigt, nur um dann wie ein Sternenregen in meine Ohren zu dringen ...

Und plötzlich ist alles vorbei, abgrundtiefe Stille umgibt mich, dicht gefolgt von einem dumpfen Laut, bei dem sich mir der Magen umdreht. Ich reiße die Augen auf, sehe aber nichts mehr. Es ist vorbei, endlich.

Der Schrei eines Kindes, wenige Schritte von mir entfernt, lässt mich so zusammenfahren, dass irgendwo in meinem Rücken ein Nerv einklemmt, und der elektrisierende Schmerz katapultiert mich in die Dimension zurück, in der es mir an Mut gefehlt hat. Ich schüttele den Kopf wie ein Hund. Wenn nur der Schmutz mit dem scharfen Duschstrahl verschwinden würde, wenn es nur ein Reinigungsmittel gäbe, das stark genug wäre, um alles weißer als weiß zu machen. Das Kind lacht von einem Ohr zum anderen, es trägt seine kleine Mütze ein wenig schief auf dem blonden Schopf und drückt einen bärtigen, etwas korpulenten Mann fest an sich, der sicher ein wenig nach Schweiß riecht und vage nach Erleichterung. Ich bin noch da. Mein eigener Geruch steigt mir in die Nase, ich rieche Angst und Feigheit, säuerlich und unangenehm. Ich renne los, ohne mich noch einmal umzudrehen, noch ein bisschen gebeugter als zuvor, der Blick ausdrucksloser, der Druck in meiner Brust lässt nach, weil mein Herz in Auflösung begriffen ist. Abermals entferne ich mich von jedem Rettungsweg und verkrieche mich wieder dorthin, wo es mich am meisten schmerzt.

Aktualisierung

Einmal mehr mit mir selbst konfrontiert, habe ich keine andere Wahl, als die vergangenen Tage zu überdenken. Mit kalter Scharfsinnigkeit ziehe ich Bilanz und denke an den Zug, der mich nicht niedergemäht hat, an meine Schwester, die mich nicht gerettet hat, an meinen Aufenthalt hier, der nicht sinnvoller wird, je mehr Zeit vergeht.

Deutlicher als zuvor wird mir bewusst, was ich bis dahin nicht wahrhaben wollte: Die Welt dreht sich nicht um mich. Offensichtlich muss die Erkenntnis erst noch sacken, ehe sie befreiend wirken kann, denn im Moment überfordert und verwirrt sie mich. Zu akzeptieren, dass mein Leiden nicht dauernd das Gesprächsthema ist und sich nicht alle ständig um mich sorgen, fällt mir schwer. Dass mein Unglück nicht das der ganzen Welt ist, weil jeder sein eigenes Päckchen zu tragen hat.

Ich habe meiner Schwester übel genommen, dass sie sich auf den Weg hierher gemacht hat, um sich selbst zu verorten. Ich war so voller Gewissensbisse und Bedauern, dass ich Camille den Abend verderben wollte und ihn selbst verpasst habe – wie dumm von mir, wenn ich jetzt, da ich allein bin, daran zurückdenke. Ich hätte unter Hémons offenem Regenschirm, der wie eine ausgestreckte Hand war, meine Meinung ändern können – und dann schnell auch noch mein Outfit, ehe ich wieder runtergegangen wäre, um mich in ihrem Licht zu sonnen.

Als am späten Nachmittag eines der wahrscheinlich letzten milden Tage des Jahres die Sonne untergeht, steige ich die Stufen meines Elfenbeinturms hinab und frage Madame Conti kleinlaut nach Hémons Telefonnummer.

Textnachrichten

Donnerstag

Das mit deinem Hemd tut mir echt leid. 8:22
(Hier ist Anaïs.) 8:22

9:03 Salut, Anaïs. 😀
9:04 Schon vergessen, mach dir keine Gedanken.

*

Dienstag

14:56 Salut, Anaïs, bist du bei Tiziana?
14:58 Ich versuche, sie anzurufen, aber sie geht nicht ran, ich mache mir ein bisschen Sorgen.

Hallo, wir sind bei Fabienne in der Bücherei. 15:09

15:11 Aber heute ist doch gar nicht Mittwoch.

Stimmt! 15:15

Sie bereiten was für die ganz Kleinen vor, irgendwas mit Marionetten, bin mir nicht sicher, was genau. 15:15

Soll ich ihr was ausrichten? 15:15

15:19 Nein danke, brauchst du nicht, ich schau morgen vorbei.

Alles klar. 15:23

*

Freitag

Hi. 17:29

Du hast deinen Schal bei T vergessen. 17:29

17:35 Kannst du ihn für mich zur Seite legen?

Neee, den kriegste nicht wieder. 17:38

17:40 Ich tausche ihn gegen einen Aperitif bei mir.

Gut. O. k. 17:45

Auch wenn du jetzt wirklich mit ganz harten Bandagen kämpfst. 18:02

18:03 😀

*

Samstag

02:17 Bist du gut nach Hause gekommen?

02:31 Alles o. k. bei dir, Anaïs?

02:46 Hallo?

03:11 Gut, ich hoffe, dass alles o. k. ist, ciao.

Oh, Mist, tut mir leid. 10:42

Bin sofort eingepennt, als ich zu Hause war. 10:43

Danke für den Abend. 10:44

10:51 Jetzt bin ich beruhigt!

*

Dienstag

22:06 Hab ich vorhin was Falsches gesagt?

Warum fragst du? 22:17

22:22 Wir haben rumgealbert, und plötzlich hast du dichtgemacht und nicht mehr über den Abend gesprochen.

Stimmt. 22:24

Ich hätte nicht gedacht, dass dir das auffällt. 22:29

22:31 Wie hätte mir das nicht auffallen können?

Männern fällt so was normalerweise nicht auf. 22:45

22:45 Aha.

Wie dem auch sei … 22:47

22:53 Willst du's mir nicht sagen?

Nein, hab keine Lust. 22:59

23:01 O.k. Aber bist du sauer auf mich?

Nein. 23:05

*

Mittwoch

Ich habe einen kleinen Hund gesehen, der mich an dich erinnert. 11:26

12:21 Nicht wahr! Soll das ein Kompliment sein, oder was?

Er war sehr würdevoll und elegant. 12:40

Und hatte sogar 'ne Schleife. 12:41

12:51 Stimmt, Schleifen trag ich gern.

Das überrascht mich nicht … 13:02

*

Montag

15:03 Meidest du mich?

Warum sollte ich dich meiden? 17:20

17:23 Gute Frage. Ich seh dich gar nicht mehr!

Ich bin krank. 17:31

17:33 Ah, das tut mir leid. Wie egoistisch von mir!

Aha. 17:38

18:31 Gute Besserung.

Danke. 18:21

*

Mittwoch

Hi, Axel. 07:34
Lang nichts mehr von dir gehört. 07:42

10:14 Bin total im Stress.

Aber sonst alles o. k. bei dir? 10:18

16:23 Alles paletti. Job läuft bestens, nächste Woche bin ich unterwegs.

Cool. 16:46

19:21 😎 ✈️

*

Donnerstag

Hi, ich würde gern mal raus, um auf andere Gedanken zu kommen. 00:41
Was kannst du empfehlen? 00:42

07:11 Ähm … Kino?

Kommst du mit? 09:20

*

Notiz an mich selbst
Donnerstag, 20:56 Uhr
Ich bin mit einem Mann im Kino. Komisches Gefühl, ist seit meiner Schulzeit nicht mehr vorgekommen. Bevor der Film anfängt, ist er während der extrem lauten Werbung gerade Popcorn holen gegangen, und ich muss irgendwo aufschreiben, wie es mir gerade geht, wenn ich daran denke, gleich zweieinhalb Stunden im Dunkeln neben Hémon zu verbringen, denn mein Herz klopft wie verrückt, und meine Hände sind feucht. Das war so nicht vorgesehen! Ich habe nicht nachgedacht, vielleicht hätte ich mich nicht ausgerechnet für ein romantisches Drama entscheiden sollen, das noch dazu in einer englischen Landschaft spielt.

Interpretiert er das womöglich falsch? Mist. Ich hätte einen Superhelden-Film aussuchen sollen. Das wäre viel weniger zweideutig gewesen. Aber ich hatte wirklich Lust auf eine Liebesgeschichte mit traurigem Ende, in meinem derzeitigen Zustand brauche ich diese Katharsis irgendwie. Wenn er glaubt, dass ich ihm damit etwas sagen will, hat er eben Pech gehabt, er wird enttäuscht sein, und das war's dann.
Ah, die Werbung ist zu Ende. Er kommt zurück, gleich geht das Licht aus. Er wird glauben, dass ich keine Sekunde ohne mein Handy auskomme, weil ich wie wild darauf herumtippe.
Soll er doch glauben, was er will. Was kann mir das schon anhaben?! Reiß dich zusammen, Anaïs.

*

Freitag

0:28 War schön, dich zu sehen. 😀

Umgekehrt auch. 00:35

00:37 Ist schön, dich zu kennen.

Der Geburtstag

Inzwischen ist es Winter geworden. In Limoges schneit es so stark, wie es dort, wo ich aufgewachsen bin, nicht mehr vorkommt. Weihnachten rückt näher, und die Atmosphäre lässt mich weicher werden, sodass ich nicht anders kann, als wenigstens ein bisschen zu lieben.

Madame Conti hat mir einen Weihnachtspulli geschenkt, er ist rot-weiß und mit Rentieren und geschmückten Tannenbäumen bestickt. Sie meint, es sei eine Schande, in meinem Alter noch nie einen «Christmas Sweater», wie sie ihn nennt, besessen zu haben. Ich musste an die steifen Familienweihnachten denken, an denen ich mich weder nach Herzenslust vollstopfen noch die in der Schule gelernten Lieder singen durfte, und versuchte, mir meine Eltern in dicken Pullis mit Schneemännern & Co. darauf vorzustellen, was nahezu unmöglich war.

Ich bin zu Madame Contis Geburtstag eingeladen und mache mich an die Vorbereitungen – nach ihren Anweisungen, versteht sich. Sie hat entschieden, wen sie einlädt, und gemeinsam haben wir das Menü besprochen. Nur Dinge, die im Stehen zu essen sind, weil der Tisch zur Seite geschoben werden muss, um Platz zum Tanzen zu schaffen. Auch Hémon stellt der alten Dame, die ihm viel bedeutet, seine Dienste zur Verfügung. In der Woche vor dem Fest kommt er jeden Abend auf einen Sprung vorbei, bringt Tüten voll mit Dekomaterial und gibt zu diesem und jenem seinen Rat. Wir haben nichts anderes mehr im Kopf, und es herrscht eine fast berauschende Euphorie, von der ich mich allerdings nicht vollständig anstecken lasse.

Seit ich mich bei Hémon entschuldigt habe, verbringen wir viel Zeit miteinander. Bei einem Kaffee oder einem Bier beschreibt er mir mit sympathischer Selbstironie, womit ihn seine schwierigsten Schüler triezen, und wenn ich ihm etwas aus meinem weniger bunten Alltag schildere, ist er stets so höflich, interessiert zu wirken. Als ich ihm von meinem früheren Leben erzähle, ist er überrascht. Er gibt zu, geglaubt zu haben, ich wäre Köchin in einem Restaurant gewesen.

«Nicht unbedingt eins mit Stern, aber ein sympathisches und gemütliches Lokal, das schon ein bisschen edler ist.»

Eine Einschätzung, die mir ein Lächeln entlockt. Manchmal ergibt es sich, dass ich über Axel spreche und ihn dabei etwas ordinär als «meinen Ex» bezeichne. Hémon hebt dann jedes Mal abrupt den Kopf, sagt aber nichts dazu. Irgendwie scheint er zu verstehen. Ich bin erleichtert, dass er nicht nach Details fragt, dass er die Situation nicht ausnutzt, ich bin angeknackst genug.

Der große Tag ist gekommen, und ich hätte fast vor mich hin gepfiffen, als ich mich fertig mache, um zu Madame Conti runterzugehen und für sie einen Geburtstag zu veranstalten, von dem man noch in zehn Jahren sprechen wird. *Veranstalten. Verb. Als Verantwortliche und Organisatorin stattfinden lassen, durchführen. Machen, arrangieren, ausrichten.* Längst vergessene Verben, die mir wie eingeschlafene Muskeln nach einer längeren Siesta vorkommen.

Übermorgen ist Weihnachten und außerdem Madame Contis richtiger Geburtstag, was vielleicht erklärt, warum sie sich ständig bekreuzigt und so regelmäßig sonntags die Messe besucht. Alle haben zugesagt, um ihren dreiundachtzigsten Winter zu feiern. Ich habe mir für den Anlass sogar ein Kleid gekauft, ein schwarzes aus einem leichten Stoff, das mir bis zu den Waden reicht. Charmant fand ich, dass es Taschen hat, in denen man die Hände ganz tief vergraben und gegebenenfalls einen Schlüsselbund, ein Feuerzeug und Zigaretten verschwinden lassen kann. Das Oberteil aus feinem Tüll wird im Nacken geknotet, und der Rücken bleibt frei, auch vorn hat es ein tiefes Dekolleté. Hätte Madame Conti nicht darauf bestanden, hätte ich es wohl nicht gekauft, weil ich es wahrscheinlich nie wieder anziehen werde. Ich muss an die Klamotten denken, die mir Camille mitgebracht hat und die ich irgendwann auch nicht mehr anziehen werde. Alles hat ein Ende, nicht wahr? Doch mich dieses Mal ein bisschen besser zu fühlen, war die Sache wert.

Vielleicht fühlt man sich als Ballkönigin so wie ich mich heute Abend. Ich eile von hier nach dort und stelle Platten ab, die ich den Tag über vorbereitet habe, während Hémon gekonnt Cocktails mixt. Er schüttelt den Shaker, als würde er das jeden Abend machen. Ein wenig erstaunt beobachte ich, wie er mit der Brille auf der Nase in seiner stets leicht verpeilten Art im Rhythmus der Musik *Tequila Sunrise* mixt und zur Krönung noch strahlend lächelt.

Im Salon, in dem ein italienischer Twist gespielt wird, erblicke ich Fabienne, die Bibliothekarin, Michel, Madame Contis Lieblingsgemüsehändler, und seine Frau Sheila, die sich eine große Stola mit goldenen Pailletten um die Schultern geschlungen hat. Auch der Briefträger ist gekommen, ebenso wie Hémons Mutter, die eine Brille trägt wie ihr Sohn und mit regloser Miene die Gruppe, die sich um sie versammelt hat, zum Lachen bringt. Einige sehr alte Damen stehen dicht beieinander und sehen aus wie ein Kränzchen würdevoller Eulen. All diese Leute und noch einige mehr, die ich noch nie gesehen habe, wissen zu viel von mir – sie werfen mir regelmäßig neugierige oder vielsagende Blicke zu. Auch wenn die Stadt vielleicht nicht so wirkt und Reiseführer sie anders beschreiben: Limoges ist ziemlich klein. Mich lähmt, dass hier alle über mich auf dem Laufenden sind. Ich tue und mache, ich lache, aber hier zu sein, ist folgenreicher, als ich gedacht hätte. Durch meine Anwesenheit schreibe ich mich in eine Geschichte ein, in Erinnerungen und werde damit an diesem Abend ein bisschen dauerhafter.

Die Torte wird gebracht – es ist die schönste, die ich je gebacken habe. Danach kann ich entspannen und das Fest ein wenig genießen. Ich nehme eine Champagnerflöte von dem Tablett, das Hémon mir mit einem breiten Lächeln hinhält, und trete damit einige Schritte zur Seite. Um Madame Conti zu beobachten, wie sie eine weitere Kerze ausbläst. Die vielen Jahre scheinen nicht allzu schwer auf ihr zu lasten. Sie geht noch immer gerade und ist stark und schön mit ihrem langen weißen Haar, das sie heute in einem festlichen Knoten trägt, der einer englischen Königin oder eines Filmstars würdig wäre. Unvermittelt hebt sie ihr Glas und zu einer Rede an.

«Nach so vielen Jahren in Frankreich habe ich wahrlich wunderbare Menschen kennengelernt. Ihr, meine lieben alten und neueren Freunde, welch ein Glück ist es, euch alle hier versammelt zu sehen. Wenn man ehrlich ist, wäre es ein bisschen anmaßend, eine Feier nur zu meinen Ehren zu veranstalten. Aber sie ist nur ein Vorwand. Um euch alle an meiner Seite zu haben, um mich geborgen fühlen zu können. Was ein Luxus ist, wenn man so betagt ist wie ich. Unter den Alten gibt es nämlich die bedauernswerte Tendenz, mutterseelenallein dahinzusiechen. Und ich habe nicht einmal einen Hund, der mir Gesellschaft leistet, das muss man sich mal vorstellen!»

Alle lachen.

«Ich habe keine Lust, ganz allein zu sterben, deshalb beruhigt es mich, dass ihr alle hier seid. Obwohl ich nicht vorhabe, sofort zu sterben, keine Sorge! Noch habe ich Lust, zu lachen, zu essen, zu tanzen, diese schöne Musik zu hören, und ich habe Lust, mit euch anzustoßen, auf dass mir noch möglichst viele und zufriedene Jahre bleiben. Ich freue mich, dass ihr alle hier an meiner Seite seid, um sie mit mir zu feiern!»

Hoch soll sie leben, Applaus, freudige Pfiffe. Die Musik setzt wieder ein, Arme werden umeinandergeschlungen, ein Walzer oder ein Tango, wer kennt ihn schon, den Unterschied? Ich jedenfalls nicht.

Vor meinem Sichtfeld bildet sich ein Schleier, eine Unschärfe, die man leicht für Tränen halten könnte. Mein Glas ist leer, und ich nehme mir ein neues, als Hémon, wieselfleißig, mit dem Tablett vorbeikommt. «Meine Damen ...» Ich trinke und trinke immer weiter. Auf dem Teewagen vor der Küche stehen noch offene Flaschen, gezielt leere ich eine nach der anderen.

Der Unterschied zwischen Madame Conti und mir ist der zwischen Kern und Schale, er springt einem ins Auge, dass es wehtut. Es widert mich an.

Es ist keine Wut und auch keine Hoffnungslosigkeit, es ist enormer Ekel, der mir die Brust zuschnürt, und ich kann nur versuchen, ihn in Alkohol zu ertränken, was desinfiziert.

Instinktiv greife ich nach meinem Handy, und als ich auf dem Display mehrfach Axels Namen sehe, schiebe ich es tief in die Tasche zurück, doch die Tränen lassen sich nicht mehr aufhalten. Wird er mich denn niemals in Ruhe lassen? Werde ich niemals die Reißleine ziehen?

> 20:43 Fährst du Weihnachten zu deinen Eltern?
> Dann grüß sie bitte lieb von mir.
> 20:44 Und Camille und Marc natürlich auch.

Ich bin inzwischen voll wie eine Strandhaubitze, entweder ich vertrage weniger als früher, oder ich habe falsch gezählt. Ich schwanke, und mir ist warm, ich würde gern tanzen, aber allein, wie damals auf der ersten Fete meines Lebens, als sich kein Partner fand? Da beherrsche ich mich lieber. Ich lehne mich an irgendeinen Türrahmen und trinke ein weiteres Glas, als ich plötzlich keine Luft mehr kriege. Ich torkele in die Küche, von wo eine Tür nach draußen führt, und spüre im nächsten Moment die Kälte an Wangen, Schultern und Knöcheln. Ich ziehe meine Kippen aus der Tasche meines Kleids und setze mich wenig elegant auf eine niedrige Mauer, mit der Madame Contis winziger Garten eingefasst ist. Als ich die Beine ausstrecke, habe ich einen fantastischen Blick auf meine weißen Schienbeine und Füße, die wie immer in Sneakers stecken. Ich fand, dass ich durch den Kontrast zwischen dem tiefen Dekolleté und den ausgelatschten Turnschuhen ich selbst bleiben konnte. Im Endeffekt habe ich das Gefühl, mich selbst zu betrügen, weil die Diskrepanz entweder von einem lächerlichen Bedürfnis zu gefallen oder von latenter Faulheit zeugt, dem fehlenden Willen, Dinge zu Ende zu führen. Wäre es zu viel verlangt gewesen, dass ich mir ein Paar angemessene Schuhe gekauft hätte?

Ich ziehe an meiner Zigarette, und das chemische Mentholaroma lässt mir Zunge und Gaumen gefrieren, sodass ich klitzekleine Kristalle, winzige Gletscher wieder ausatme. Es ist nicht kalt genug, als dass die Tränen auf halbem Wege auf meiner Wange hängen bleiben, dabei schmecken sie nach Aufgeben, nach Resignation. Meine Schultern beben nicht unkontrolliert, ich schluchze nicht, und auch meine Nase läuft kaum, dennoch besteht keine Chance, dass sich die Schleusentore schließen oder auf sich vereinzelnde filmreife Tränen. Von dem Gefühl der Befreiung, der reinigenden Wirkung des Salzes bin ich weit entfernt. Bei jedem nikotinhaltigen Einatmen und jedem eisigen Ausatmen schnürt der Panzer der Einsamkeit meinen Brustkorb ein wenig fester zu.

Und dann öffnet sich hinter mir die Tür. Kurz badet mein in sich zusammengesunkener Körper in einem behaglichen Licht, das mir fast Lust macht, wieder hineinzugehen, mich nach drinnen zu flüchten und dort Arme zu finden, in die ich mich werfen kann. Jemand kommt näher, während das goldene Licht wieder verschwindet. Ich erkenne Hémons lange, dünne Gestalt, nachdem ich kurz zuvor bereits seinen Geruch wahrgenommen habe. Ein neuer Geruch nach Pfefferminz und etwas sehr Männlichem, ganz anders als jener, der bei mir schlechte Erinnerungen hervorruft. Axels Geruch verblasst in meinem Gedächtnis und wird von dem unaufdringlichen Duft des Mannes überlagert, der jetzt neben mir sitzt. Ich sauge ihn förmlich durch die Nase ein und fülle meine Lungen bis zum Anschlag, inhaliere, so viel ich kann.

«Dir geht's nicht besonders, stimmt's?»

Seine Stimme klingt so warm wie das Licht. In mir rührt sich etwas, irgendwo unter dem Panzer, unter der Zwangsjacke. «Wie kommst du darauf?»

Mein Sarkasmus nervt mich selbst, dennoch kommt er immer wieder durch, es gelingt mir nicht, ihm einen Maulkorb zu verpassen. Hémon rückt näher an mich heran, sein erhitzter Körper wärmt mich ein wenig, glättet die Gänsehaut auf meinen nackten Armen. Da ich trotzdem noch zittere, legt er mir wie ein echter Gentleman das Sakko seines Dreiteilers wahnsinnig elegant über die Schultern. Er öffnet seine Manschettenknöpfe und krempelt sorgfältig mit geschickten Griffen beide Ärmel hoch. Dann beugt er sich vor und stützt sich mit den Ellenbogen auf den Beinen ab, die Hände zwischen den Knien gefaltet. Er hat jetzt nichts mehr von dem heiteren Barmann, der er drinnen gewesen war. Ich weiß sein Gespür für die Umstände zu schätzen, seinen sorgsam bemessenen Ernst.

«Man muss nicht Sherlock Holmes sein, deine Traurigkeit springt einen förmlich an.»

Ich richte den Blick in die Ferne und zünde mir an dem noch glühenden Stummel der alten Zigarette eine neue an. «Ich bin gerne für mich allein traurig», erwidere ich matt.

Ich verspüre Lust auf einen weiteren Drink. Hémon hat einen in der Hand, in dem robusten Glas befindet sich eine braune Flüssigkeit, sie sieht nach etwas Starkem aus, wahrscheinlich Whisky. Vielleicht gehört er zu der Sorte Männer, die gern von Single Malt und Scotch sprechen, von Torf und Rauch. Entschlossen greife ich nach dem Glas und leere es in einem Zug. Der Alkohol verbrennt mir erst die Speiseröhre, dann den Magen, dennoch verziehe ich keine Miene oder spucke das Zeug gar wieder aus wie eine Debütantin auf ihrem ersten Ball. Ich erinnere mich an meine erste Zigarette, auch da war ich souverän, habe nicht gehustet und zum großen Erstaunen meiner Klassenkameraden den scharfen Qualm sogar runtergeschluckt, dabei hatten sie sich insgeheim schon darauf gefreut, sich über mich lustig machen zu können. Lange Zeit war ich davon überzeugt gewesen, die angeborene Gabe fürs Rauchen wäre mir im Traum gekommen. Ich hatte einmal geträumt, dass ich meine erste Kippe am Fenster meines Zimmers rauche – was einen Schreianfall meiner Mutter zur Folge gehabt hätte, und genau deshalb habe ich es im Traum getan. Dieser erste Traum-Zigarettenzug hatte das erwartungsgemäße Husten zur Folge, ich hustete mir die Lungen aus dem Leib und fand, dass es widerlich schmeckte, versuchte, so viel Spucke wie möglich zu produzieren, um ihn vergessen zu machen, habe dann aber in einem frühen Delirium der Selbstzerstörung oder um mir zu beweisen, wie souverän ich bin, weitergeraucht, bis der Filter brannte. Den Stummel habe ich auf den Dachziegeln unter dem Fenster ausgedrückt und die Kippe anschließend in der Dachrinne entsorgt, betend, dass sie dort hängen bleiben und nicht sofort oder in naher Zukunft runterfallen möge, was meine Tat für jeden sichtbar gemacht hätte. Als ich am nächsten Tag aufwachte, hatte ich noch einen aschigen Geschmack und ein pelziges Gefühl im Mund. Ich habe mir die Finger an die Nase gehalten und mich gewundert, dass sie nicht nach erkaltetem Tabak rochen. So real war der Traum gewesen. Das war meine erste Kippe, und als mir fast ein Jahr später eine Black Devil Vanille von einem kleinen Typen mit ungeschnürten Vans angeboten wurde, der sich cool geben wollte, war es für mich schon nicht mehr neu.

Nach dem längeren Schweigen, mit dem ich mich sehr wohlfühlte, fragte Hémon behutsam: «Warum erzählst du mir nie was, Anaïs? Warum redest du nicht mit mir?»

«Wir reden doch.»

«Du weißt genau, was ich meine. Du sprichst nie darüber, was du wirklich denkst.»

«Was soll ich dir denn erzählen? Sind wir etwa befreundet? Das wusste ich gar nicht.»

Die Worte verlassen meinen Mund wie unter Einfluss einer Vollnarkose, deren Wirkung sich verzögert. Mein Verhalten ist erbärmlich, ich aber bin zu betrunken, um es zu bemerken.

«Ja, ich dachte, wir wären Freunde geworden!», widerspricht Hémon und legt den Arm um meine Schultern, um mich zu stabilisieren, da ich schwanke wie der Schiefe Turm von Pisa.

«Aber warum zum Teufel willst du mit mir befreundet sein?»

«Ich weiß es nicht, Anaïs. Ich mag dich einfach.»

Ich rücke ein Stück von ihm ab, gerade genug, um zu sehen, wie er leicht errötet. Ich wette, er bereut, keinen Whisky mehr in der Hand zu haben, der ihm Halt gegeben hätte.

«Trotz des heißen Kaffees auf deinem Hemd? Trotz meiner Stimmungsschwankungen und meines Schweigens?»

Er lacht. Während sich auf seinen Wangen im Schatten des Dreitagebarts zwei Grübchen bilden, sieht er mich liebenswürdig und strahlend an. Ich sauge das alles in mich auf, und es rührt mich gehörig. Er wird wieder ernst und blickt zwischen seinen Füßen auf den Boden, der mit einer dünnen Schicht Raureif bedeckt ist.

«Das geht bestimmt vorbei.»

«Was meinst du?», frage ich verwirrt.

«Der Schmerz, die Trennung.»

Stirnrunzelnd zünde ich mir, um nicht antworten zu müssen, eine dritte Zigarette an. Das Menthol zerreißt mir die Mundhöhle. Mir ist eiskalt, und ich würde mich gern an ihn schmiegen, er ist so groß und warm neben mir, auch wenn es nur dazu dient, dass mein Körper nicht blau und meine Gedanken nicht noch schwärzer werden.

«Entschuldige, es geht mich nichts an.»

Ich nicke emsig mit dem Kopf, er soll nicht glauben, dass ich anderer Meinung bin.

«Es ist nur ... Mir ging's genauso. Ich war untröstlich und hatte das Gefühl, nichts mehr wert zu sein.»

«Wie war sie?»

Die Frage rutscht mir raus, ehe mein benebeltes Hirn realisiert, wie grausam sie ist. Er richtet sich auf, reibt sich nachdenklich das Kinn und schiebt sich die Brille die leicht gekrümmte Nase hoch.

«Sie war alles. Kultiviert, schön, lustig, sie hat gern getanzt, ging gern ins Kino, war unabhängig, und sie trank gern ein Glas Wein in der Badewanne, wir haben uns super verstanden, waren immer auf derselben Wellenlänge. Bis sie wieder mit ihrem Ex geschlafen hat.»

«Schlampe», murmele ich, was er mit einem zynisch-schiefen Lächeln kommentiert.

«Hmmm. Jedenfalls habe ich sie freundlich gebeten zu gehen. Was mir dann am meisten wehtat, war eigentlich, dass sie nicht einmal versucht hat, mit mir zusammenzubleiben. Sie ist einfach gegangen, und ich blieb allein zurück, mit nichts als einem dunklen Schatten, wo vorher wir beide waren.»

Er und ich haben anscheinend einiges gemeinsam. Unter der Fassade des gut gekleideten Spießers verbirgt sich offensichtlich eine Narbe, die in Form und Tiefe ein wenig der meinen ähnelt, wenn ich es richtig beurteilen kann.

«Und dann verging die Zeit», fährt er fort, «alles vergeht irgendwann. Ich habe sie nie mehr wiedergesehen, ich bin ja kein Masochist, aber inzwischen geht es mir wieder gut. Auch du wirst heilen.»

«Er war so freundlich, mich zu verlassen, bevor er mit der anderen geschlafen hat», sage ich leise und lallend. «Was mich fertiggemacht hat, war, dass er unsere Beziehung in den Wind geschossen hat, noch ehe er sich sicher sein konnte, dass die Neue es wirklich wert war.»

Hémon brummt etwas zur Antwort, das ich als «manchmal ist das Leben ein Arschloch» interpretiere. Mein Blick verliert sich in der Dunkelheit, in der man nicht mehr als zwei oder drei Meter weit sehen kann, die ideale Nacht für tiefschürfende Gespräche. Ich nehme den Beginn einer Migräne in meinem Schädel wahr, ich muss unbedingt weitertrinken oder ein Aspirin nehmen – oder doch schlafen gehen? Hémon streicht mir behutsam und freundschaftlich über die Schulter, als wollte er sagen: «Du wirst sehen, es wird besser.» Womit ich nicht gerechnet habe, ist der knisternde Funkenregen, den die Geste in meinem ganzen Körper auslöst.

Es ist ewig her, dass ein Mann mir gegenüber auch nur einen Hauch zärtlich gewesen ist. Axels höfliche Küsschen, dass er gelegentlich nach meiner Hand griff, so kräftig, dass ich unwillkürlich das Gesicht verzog, oder seine Hände auf meinen Rücken legte, wenn ich keine Luft bekam, das alles war keine Zärtlichkeit. Das war Anstand. Dass mich ein Mann geliebt – oder zumindest gemocht – hat, ist ewig her.

Ich wende mich wieder Hémon zu, seine Augen weiten sich, und sein Mund bildet zögernd ein O, dem ich nicht widerstehen kann. Ich küsse ihn, spüre seinen alkoholisierten Atem, vergrabe meine steif gefrorenen Hände in seinem frisch gewaschenen, gekämmten Haar, ich presse mich an seinen warmen Körper. Seine Lippen schmecken nach dem Schokoladenkuchen, den ich gebacken, aber nicht gegessen habe, er duftet nach Wald und Kaminfeuer, meine Hand gleitet an seinem Hals entlang bis auf die Brust, wo ich fühle, dass sein Herz pocht wie verrückt. Ich weiß nicht, wie es geschah, aber plötzlich sitze ich rittlings auf seinem Schoß, mein Rock hat sich hochgeschoben, die Zigarette ist vergessen und liegt erloschen auf dem nassen Boden.

Kurz lockere ich die leidenschaftliche Umarmung. «Gehen wir rauf oder lieber zu dir?», hauche ich mit glühenden Wangen, die Stirn an seine gepresst.

Doch zu meiner großen Überraschung umfasst Hémon unendlich zärtlich meine Handgelenke und schiebt unsere Körper auseinander. Er weist mich ab, so einfach ist es. Erst in diesem Moment fällt mir auf, dass er mich überhaupt nicht zurückgeküsst hat.

Reue

Wie kann ihre Haut so kalt sein, wenn meine so glüht? Ich verstehe nicht, was sie auf mir tut, was sie mit uns tut, was sie vorhat. Es ist alles irreal, aus dem Takt geraten, der Tiefpunkt einer ohnehin eher mittelmäßigen Phase. Sobald sie von meinem Schoß wieder auf das Mäuerchen gerutscht ist, stehe ich auf und habe plötzlich das dringende Bedürfnis zu gehen. Nicht um Distanz zwischen uns zu schaffen, sondern um sicherzustellen, dass zumindest eins der beiden Elemente, die mich ausmachen, funktioniert. Wenn der Geist gerade vollkommen gaga ist, hilft es zu wissen, dass zumindest der Körper noch einigermaßen normal arbeitet.

Verletzt sieht mich Anaïs aus großen Augen an. Sie wirkt jetzt steif und verkrampft und nicht stockbetrunken, aber auch nicht so, als hätte sie die Kontrolle über sich zurückgewonnen. Sie wirkt abwesend. Ich fühle mich schlecht, auch wenn ich weiß, dass ich gar nicht anders hätte reagieren können, dass es unmöglich gewesen wäre, mich mit einer sternhagelvollen und kreuzunglücklichen Frau zu vergnügen. So unverfroren bin ich nicht.

Ich gehe auf und ab, bis ich irgendwann vor ihr stehe. Lieber wäre mir gewesen, sie wäre ebenfalls aufgestanden, damit sie nicht glaubt, ich würde auf sie herabsehen. Doch sie hebt lediglich die Lider, und ich begegne ihrem todtraurigen Blick.

«Tut mir leid, ich ... ich kann nicht ...», beginne ich stammelnd.

Meine Stimme holt sie in die Realität zurück, reißt sie aus der Starre wie aus einem grausamen Schlaf, der von Kreaturen mit gierigen Fingern und langen Zähnen bevölkert war.

«Ach nee, das habe ich gesehen», antwortet sie gehässig.

Ihr Blick ist jetzt nicht mehr verletzt, sondern giftig, und ihre Pupillen feuern einen Blitz nach dem andern ab. Ich bin mir sicher, dass sie mir nicht die Möglichkeit geben wird, mich zu erklären.

«Nein, es ist nicht so, wie du denkst», beginne ich erneut, indem ich all meinen Mut zusammennehme.

Endlich erhebt sie sich. Ich überrage sie noch immer um ungefähr dreißig Zentimeter, aber der Zorn, der ihren zitternden Körper erfasst hat, trifft mich wie eine schallende Ohrfeige. Mich wundert, dass ich nicht aus der Nase blute.

«Wie dumm bin ich eigentlich?», presst sie zwischen den Zähnen hindurch. «Wie überraschend, dass ein Typ wie du eine Frau wie mich nicht will. Ziemlich naiv von mir.»

Da ist er wieder, dieser beißende Sarkasmus. Ich will sie nicht unterbrechen, spüre aber ebenfalls Wut in mir aufsteigen, weil ich mich missverstanden fühle und als jemand gesehen werde, der ich nicht bin. Ich bin kein Snob, ich halte mich nicht für unfehlbar, und es macht mich wahnsinnig, dass sie das offensichtlich von mir denkt. Aber wie soll ich ihr erklären, was mich umtreibt, was meiner Meinung nach auf dem Spiel steht? Dass ich kein großer Befürworter von Sex aus Verzweiflung bin. Dass ich sie mag, sehr sogar, aber dass es weder gut noch fair wäre, sie auszuziehen, mit ihr zu schlafen und sie dann sich selbst zu überlassen. Dass ich befürchte, unsere sich gerade entwickelnde Freundschaft würde, wenn es so weit käme, im Keim erstickt werden, und dass wir danach alles täten, um uns aus dem Weg zu gehen. Dass ich keine Prognosen abzugeben wage, wer von uns beiden den anderen nach dem Aufwachen mehr hassen würde. Dass sich ein so gefährlich wackeliges Fundament wie eine schnelle, etwas enttäuschende Nummer, die sie nichts vergessen lassen würde, nicht dazu eignet, um etwas aufzubauen. Und damit meine ich weder Schlösser noch Eheverträge, sondern nur etwas einigermaßen Solides.

«Du hältst dich für zu gut für mich, stimmt's?», zischt sie und entfernt sich in Richtung der Treppe, die zu ihr hinaufführt.

Kurz sehe ich unsere miteinander verschlungenen Körper unter dem weiten Himmel des Glasdachs vor mir, die Vorstellung lässt mich erstarren. Ich atme bewusst langsam aus. Das ist nicht der Moment, um sich gehen zu lassen.

«Nein, das ist es nicht, sicher nicht.»

Sie stolpert und fällt fast lautlos der Länge nach auf dem Boden. Im Hof herrscht eine drückende Stille, während drinnen die Party nach wie vor voll im Gang ist, die Dreiklänge einer Walzermelodie dringen mir in die Ohren. Ich laufe zu ihr und greife nach ihrem Arm, um ihr aufzuhelfen. Ihre Schuhbänder sind offen, die Schleife in ihrem Nacken ebenfalls. Das Kleid droht jeden Moment hinunterzurutschen und eine Brust zu entblößen, ihre Knie sind aufgerissen, kleine braune Erdklumpen haben sich in der Haut festgesetzt. Nichts empfinde ich für diese Frau, die ich dort liegen sehe.

Als ich sie vorhin in dem Kleid sah, während sie mit den Häppchen beschäftigt war, fand ich sie wunderschön. Über die Turnschuhe musste ich schmunzeln, aber ich hatte das Gefühl, in ihre Seele blicken zu können, natürlich war es Einbildung, aber für einen kurzen Moment war es wahr. Ich sah eine verborgene Sinnlichkeit aufblitzen und die unbändige Sehnsucht, sich zu erden, zu ankern, um sich nicht zu verlieren. Sie hat sich dann umgedreht und mich angelächelt, fast entschuldigend, als wäre sie selbst erstaunt, dort zu sein – ich war hingerissen.

Und jetzt, da sie halb nackt ist und sich mir anbietet, drängt es mich nicht, ihr alles zu geben und sie hinaufzutragen, um sie im Liebesspiel zu erobern. Ich finde es nicht abstoßend, dass sie betrunken ist, sie ist meiner deshalb auch nicht weniger würdig, wie sie anscheinend glaubt. Ich kann nicht leugnen, dass ich mir nichts Schöneres vorstellen kann, als mit jeder einzelnen Zelle meines Körpers mit ihr zu verschmelzen. Doch es ist für mich ausgeschlossen, dass es auf diese Weise und unter so traurigen Bedingungen geschieht. Dass so etwas keine Zukunft hat, ist vorprogrammiert, und ich binde mich nicht ohne ein Morgen.

Nach wie vor halte ich sie am Arm fest, entsprechend feucht ist meine Handfläche. Nachdem ich ihr eine gefühlte Ewigkeit in die Augen gesehen habe, befreit sie sich aus meinem Griff, und ich wäre nicht verwundert gewesen, wenn sie mir ins Gesicht gespuckt hätte, so voller Hass sind ihre Züge. Sie reißt sich von mir – und diesem Abend – los, klettert schwankend die Treppe hinauf, und nachdem sie gut zwei Minuten lang das Schlüsselloch gesucht hat, lässt sie übertrieben laut die Tür hinter sich zuknallen.

Ich hole tief Luft, um mich von dem Mahlstrom an Gefühlen zu befreien, der mich heimsucht. Auf den wenigen Metern, die mich räumlich von der Feier trennen, entdecke ich ein Päckchen Zigaretten auf dem Boden, während ich noch hoffe, dass unsere Abwesenheit nicht allzu stark aufgefallen ist. Plötzlich durchzuckt mich ein Gedanke. Auf der Suche nach einem Stift will ich die Hand in die Innentasche meines Sakkos schieben, als mir einfällt, dass ich sie Anaïs über die Schultern gehängt habe. In der Hosentasche finde ich schließlich – ganz der eifrige Lehrer, der ich bin –, was ich brauche. Ich kritzele ein paar Worte auf die weiße Innenseite des Päckchens, das ich anschließend auf die Fußmatte vor ihre Tür lege. Es gefiele mir nämlich gar nicht, wenn unsere schemenhafte, sich gerade erst entwickelnde Geschichte hier und jetzt schon wieder beendet wäre.

Das Erwachen

Der Kater am Morgen ist mehr als brutal. Etwas bohrt in meinem Kopf wie ein Schlagbohrer, ich bin dehydriert, meine Haut spannt, und mein Bauch rumort. Ich habe Angst, kotzen zu müssen, wenn ich mich zu schnell bewege. Langsam richte ich mich auf und öffne den Vorhang einen Spaltbreit, ich verziehe das Gesicht und blinzele, alles tut höllisch weh. Ich weiß, wo ich bin, wer ich bin und was ich gestern Abend gemacht habe, aber ich brauche zehn Minuten, die ich in den Hof hinunterstarre, ehe ich mich verbittert an den Riesenkorb erinnern kann, den ich mir eingefangen habe.

Was hat mich nur geritten, mich Hémon an den Hals zu werfen wie eine liebeshungrige Wilde? In dem Moment erschien mir alles logisch. Ich wollte unsere beiden einsamen Herzen in Einklang bringen, unsere Seelen miteinander verknüpfen, und nichts erschien mir reiner als dieser Kuss, nichts normaler, als ihn zu intensivieren. Ich wollte ihn entkleiden, seine Fahne einatmen, mit Haut und Haar in ihm ertrinken. Nachdem ich nun wieder einigermaßen nüchtern bin, sehe ich die Szene mit wachsendem Entsetzen vor mir.

Seine kategorische Weigerung, mir nahe zu sein und mir beim Vergessen zu helfen, hat mich kalt erwischt, tief getroffen, fertiggemacht. Zurückgewiesen worden zu sein, lässt mich vom Glauben abfallen. Ich habe immer geglaubt, davon ausgehen zu können, dass sich die Männer des weiblichen Körpers nach Belieben bedienten. Ich habe immer geglaubt, je schwächer und verletzlicher wir sind, je weiter vom klaren Bewusstsein und unserem Normalzustand entfernt, desto eher würden sie die Gelegenheit ergreifen, uns zu manipulieren, flachzulegen, auszunutzen. Ich weiß sehr gut, dass nach einem Mal Sex nicht alles gut, erreicht und schön gewesen wäre, ich bin ja nicht dumm, aber einen Moment lang, einige Minuten oder vielleicht auch etwas länger hätte ich mich gern ein bisschen weniger leer gefühlt. Ich sehe mich wieder, wie ich erbärmlich und derangiert in ordinärer Pose einen Mann anflehte, mich zu nehmen, was er ablehnte. Er hat mich abgelehnt, mir dieses Vergessen verwehrt, diese Parenthese, dieses Intermezzo, als mein Körper Leiden gegen Leidenschaft getauscht hätte.

Verzweifelt hebe ich den Blick. Das Bewegen der Augäpfel in ihren Höhlen lässt mich vor Schmerzen aufstöhnen. In einer Küchenschublade finde ich zwei Aspirin, die ich in einem großen Glas Wasser auflöse. Dazu eine Kippe und ein Kaffee, dann wird es schon wieder gehen. Ich greife in meinen Bademantel und ziehe die Taschen des auf dem Boden liegenden schwarzen Kleids von innen nach außen wie das Tütchen eines Kondoms, wenn man es öffnet. Daneben hängt Hémons Sakko traurig über dem Stuhl. Ich wende den Blick ab. Welch Ironie, die beiden abgelegten Kleidungsstücke liegen dort wie nach einer wilden Liebesnacht.

Aber meine Zigaretten sind nirgends zu finden. Am liebsten würde ich alles kaputt schlagen, so sehr geht mir das Leben auf den Keks, aber den Lärm würde mein Kopf nicht ertragen. Ich setze Kaffee auf, der mich durch den Tag bringen soll, zuvor brauche ich jedoch unbedingt eine Zigarette.

Mehr als widerwillig ziehe ich mir eine weite alte Hose und ein übergroßes Sweatshirt direkt über die nackte Haut, schlüpfe ohne Socken in meine Sneakers und mache mich mit einem Zehner in der Tasche auf den Weg zum Tabakgeschäft. Als ich die Tür öffne, komme ich gerade noch rechtzeitig zum Stehen, ehe ich die vermissten Zigaretten hoffnungslos platt getreten hätte.

Erfreut, sie wiedergefunden zu haben, und gleichzeitig verärgert, mich umsonst angezogen zu haben, öffne ich das Päckchen, nachdem ich wieder in meinen Bademantel gehüllt bin, ziehe eine Zigarette hervor und genieße den ersten Zug wie ein kostbares Gut. Der Kaffee ist fertig, und das Aroma erfüllt das ganze Apartment. Ich schenke mir einen Becher ein und bemerke, als ich die Zigaretten zur Seite räume, aus den Augenwinkeln ein schwarzes Gekritzel innen in dem Päckchen. Ich beuge meinen nach wie vor benebelten Kopf nach unten, und es gelingt mir zu entziffern:

Wir wär's mit einem Kaffee? Wär gut, wenn wir reden. H.

Zu meiner eigenen Überraschung muss ich lächeln, das kaum lesbare H. erinnert mich an das A., bei dem ich es in meinem Brief belassen hatte, weil es mir zu schwergefallen war, meinen ganzen Namen zu schreiben. Hier füllt der Buchstabe jedoch den gesamten verbliebenen Platz. Die Schrift wirkt selbstbewusst und entschlossen. Sie sagt: «Ob du mich entziffern kannst oder nicht, ist mir egal, ich habe meinen Job erledigt, jetzt bist du dran.»

Etwas in meinem Inneren wird weich bei dem Gedanken, dass dort irgendwo jemand auf mich wartet. Und sei es nur, um einen Kaffee zu trinken und zu reden. Um *miteinander* zu reden.

Die Präzisierung gefällt mir, die Annahme, dass wir beide

uns etwas zu sagen haben, etwas Wichtiges. Ich werde ehrlich mit ihm sein müssen, ich werde ihm sagen müssen, dass es mir nicht gut geht. Unvermittelt kommt mir in den Sinn, wie sich seine Lippen anfühlten. Dieser einseitige Kuss war nicht sanft, nicht zart, nicht schön, aber er ließ mich erahnen, was alles möglich ist. Auch ich mag diesen Französischlehrer mit Brille. Auf jeden Fall mag ich seine Aufrichtigkeit, sein Lächeln und wie er riecht. Ich würde gern einen Kaffee mit ihm trinken, ja.

Ich wähle seine Nummer, halte das Handy an mein Ohr und warte darauf, dass der schrille Klingelton meine Migräne befeuert. Er hebt schnell ab und meldet sich mit einem ein wenig verschlafenen, aber – war es denn möglich? – hoffnungsvollen «Hallo?».

«Kaffee ist gut.»

Mühevoll unterdrückt er ein Lachen, ich meine zu hören, wie er sich das Gesicht reibt.

«Tut mir leid, dass ich dich geweckt habe ...», füge ich verlegen hinzu.

«Nein, nein! Obwohl ... doch», murmelt er und unterdrückt das Lachen nicht mehr. «Macht aber nichts. Ist noch ein bisschen früh, aber sagen wir 14:00 Uhr? In dem Café am Ende der Straße?»

Ich kichere dümmlich, was mich nervt, aber ich lasse es zu. «Passt, bis später. Nochmals, tut mir leid.» Ich lege auf, ehe ich meine Meinung ändern kann.

Weiterhin ignoriere ich die Nachrichten, die sich in meinem Handy anhäufen. Es ist wie bei Facebook, wenn ich alles blockieren würde, hätte ich Angst, die Macht verloren zu haben, so kann ich mir wenigstens einbilden, die Zügel in der Hand zu halten. Axel nicht zu antworten, wiegt meine innere Zerrissenheit nicht auf, aber es ist besser als nichts. Auch finde ich es nicht rühmlich, dass ich seine Nachrichten lese, in denen er vorgibt, sich Sorgen um mich zu machen, ohne jemals auf die Idee zu kommen, mein Schweigen als das zu interpretieren, was es ist – dass ich ihm nie mehr antworten will –, aber es lässt mich ein wenig ruhiger werden. Ich lege das Handy auf den Tisch und gehe duschen. Ich stinke nach Alkohol, Frust und Scham.

Als ich um 14:00 Uhr das Apartment verlasse, spüre ich noch immer einen Druck im Schädel, und jede Bewegung verursacht Schmerzen. Mein Magen zieht sich vor Nervosität zusammen, verhält sich ansonsten aber ruhig. Ich fürchte mich vor dieser Begegnung, weil ich nicht weiß, wie man jemandem gegenübertreten soll, dem man am Vortag hemmungslos an die Wäsche gegangen ist. Ich weiß nicht, warum dieser jemand so nett zu mir ist, und ich weiß nicht, was er von mir will, und Unwissenheit führt zu Angst, wie jeder weiß.

Ich schiebe die Tür des Cafés auf, es ist noch früh, und vor allem haben wir den 24. Dezember. Die meisten Sterblichen haben an diesem Tag anderes zu tun, als sich für ein verkrampftes Treffen in einem Café zu verabreden, daher ist es leer. Ich muss nicht lange suchen, bis ich Hémon finde, der ganz hinten an der Wand vor einer riesigen Schale Kaffee sitzt. Auch er hat Ringe unter den Augen, sein Bart ist dunkler als gestern, und er ist ohne Brille unterwegs. Er schickt sich an aufzustehen, als ich mich nähere, aber ich gebe ihm zu verstehen, dass er die Höflichkeiten lassen soll. Ich setze mich ihm gegenüber, ohne ihn zu begrüßen. Wären Wangenküsschen angemessen gewesen, oder hätte ich seine Hand schütteln sollen? Beides kommt mir unpassend vor.

«Hey, hallo», sagt er mit ernster Miene, aber sichtbar froh, mich zu sehen. «Ich dachte schon, du kommst gar nicht.»

«Das fängt ja gut an.»

Wohlwollend lächelt er mich an. Eilig halte ich ihm sein Sakko hin, das er lässig, aber auch ein wenig überrascht annimmt. Was habe ich mir eigentlich dabei gedacht? Es ihm einfach so zurückzugeben? Als ich es loslasse, ertappe ich mich tatsächlich bei dem Gedanken, dass ich es länger hätte behalten sollen. Doch dafür ist es jetzt zu spät, er legt es bereits über die Lehne seines Stuhls. Mit ihm in der Nähe, um es auszufüllen, kommt es mir auch schon viel weniger traurig vor.

Ich bestelle einen Verlängerten, und wir starren uns an, bis der Kellner ihn vor mir abstellt, dann räuspere ich mich in die unbehagliche Stille hinein, die uns umgibt.

«Was gestern angeht ...», beginne ich wohl oder übel.

«Nein, lass mich reden. Ich habe versucht, es dir zu erklären, aber du wolltest nicht zuhören.»

«Oh ...», murmele ich und erröte. «Ich war ... gereizt.»

«Dann lass mich jetzt reden.»

Ich nicke wortlos, reiße das Tütchen mit dem Zucker auf, schaue zu, wie er in die Tasse rieselt, und rühre ihn unter.

«Ich muss dir etwas sagen. Camille hat mit mir über dich gesprochen, darüber, warum du hergekommen bist», beginnt Hémon zögernd mit seiner tiefen Stimme, die kaum lauter als ein Murmeln ist.

«Wie überraschend», antworte ich amüsiert lächelnd, «dann kennst du jetzt also all meine dunkelsten Geheimnisse.»

«Ah, das bezweifele ich. Und es liegt sicher nicht an deinen Turnschuhen und deinem mürrischen Gesicht, dass ich mir gar nicht vorstellen kann, dass du vieles verbirgst.»

Ich beschließe, nicht auf diesen Affront einzugehen.

«Ich habe dich gestern verletzt», fährt er ruhig fort und sieht mich mit seinen leuchtenden Augen eindringlich an.

Das ist keine Frage, und die Wahrheit steht ihm gut. Sie verleiht Hémon eine zusätzliche Dimension über die wir anderen, wir armen Lügner, nicht verfügen. Oder es ist die ernste Miene, die durch seine markante Kieferpartie noch verstärkt wird, die ihm diese Aura verleiht.

«Ich konnte dir nicht geben, was du wolltest.»

Er beginnt, mit seinem Kaffeelöffel zu spielen, und wendet den Blick von mir ab, als sei er plötzlich befangen.

«Was wollte ich denn deiner Meinung nach?», erkundige ich mich. «Das würde ich wirklich gern wissen.»

«Die Leere in dir füllen? Vögeln, um zu vergessen? Ein wenig stärker spüren, dass du lebst? Ich weiß es nicht genau, aber was ich weiß, ist, dass ich nicht der Richtige für solche Momente bin.»

Ich hätte mich für weniger durchschaubar gehalten, offenbar war ich wie ein offenes Buch für ihn. Ich warte, was er mir noch zu sagen hat, und starre dabei auf seine Kaffeetasse, die noch nahezu voll ist, während ich meine schon fast leer getrunken habe. Spontan schiebt er mir seine Tasse hin.

«Ich habe dir gesagt, dass ich dich mag. Das stimmt, das war keine Höflichkeit, ich habe dich *wirklich* gern.»

Er reibt sich lange die Augen und scheint sich zu ärgern, dass ihm die passende Vokabel fehlt.

«Aber ich ... ich bin kein Fan von Sex im Suff, so was ist schwachsinnig.»

Seine Worte treffen mich wie Peitschenhiebe. Ja, ich war betrunken, aber ich weiß, zu welcher Sorte Frau ich gehöre, und ich bin ganz sicher keine, die angesichts ihrer Liebesabenteuer erröten müsste. Wenn er meinen erbärmlichen Avancen nachgegeben hätte, wäre ich sogar stolz gewesen, wenn man bedenkt, wen ich mir da geangelt hätte. Heißt das, er wäre vor Scham im Boden versunken, wenn er mit mir geschlafen hätte? Hémon sieht in meinem Blick, wie geladen ich bin, und beginnt sofort zurückzurudern.

«Fürs *Bumsen* habe ich nichts übrig, Anaïs», sagt er mit unübertroffener Ernsthaftigkeit. «Ich finde das sehr beliebig. Wirklich, das interessiert mich einfach nicht.»

«Ach so? Du magst keinen Sex?»

Ich bin neugierig geworden. Unglaublich, dass ein so attraktiver Kerl sein Potenzial nicht maximal ausschöpft. Er seufzt; was er mir sagen will, fällt ihm offenbar schwer, weshalb ich mich zurücksetze und beschließe, einmal mehr zu schweigen.

«Ich mag Sex, darum geht es nicht. Aber mich stört, wenn er sinnlos ist», erklärt er und massiert sich die Schläfen. «Ich mag es, wenn Dinge Sinn ergeben.»

«Sinn?»

Ich weiß, dass ich naiv wirke, vielleicht sogar ein wenig schwer von Begriff, aber ich verstehe absolut nichts von dem, was er sagt.

Er holt tief Luft, ehe er ansetzt: «Wenn es dazu kommen sollte, dass du und ich eines hypothetischen Tages miteinander schlafen», sagt er nun ohne Umschweife, «dann fände ich es schön, wenn es geschieht, ohne dass du zwei Promille hast. Wenn wir beide voll anwesend sind und es wirklich beide wollen, damit es auch echt ist.»

Er wirft mir einen warnenden Blick zu, doch ich kann mir eine sarkastische Bemerkung nicht verkneifen.

«Dann stehst du also auf Tantra-Sex und so was?»

«Du jedenfalls stehst anscheinend darauf, superfies zu sein.»

Unbehagliches Schweigen legt sich über unser Wortgefecht. Hémon rückt ein Stück mit dem Stuhl von mir ab, als wollte er gehen, sein Blick aber bleibt fest auf mich geheftet, wenn auch weniger leuchtend als zuvor. Ich bin wie hypnotisiert, zum ersten Mal seit langer Zeit spüre ich das Bedauern in mir, jemanden womöglich verletzt zu haben.

«Es tut mir leid, du hast recht. Ich kann echt fies sein. Besonders, wenn mir etwas peinlich ist.»

Es lag nicht nur am Alkohol, dass ich gestern so draufgängerisch war. Ich fühle mich zu ihm hingezogen, das lässt sich nicht leugnen, und seit einiger Zeit knistert es in der Luft, die wir atmen, wenn wir uns einander nähern, und die mich, in betrunkenem Zustand, jeglichen An- und Abstand vergessen ließ. Die Gefühle für ihn spüre ich im Bauch, ein bisschen aber auch im Kopf, glaube ich. Er sieht mich nicht mit Verachtung an, was ich unwillkürlich jedes Mal erwarte, wenn sich ein Mann mit mir abgibt. Stattdessen beobachtet er mich aufmerksam, interessiert und auf eine gewisse schelmische Art, die es mir schwer macht, mich zu konzentrieren.

«Wow, wenn dir etwas peinlich ist ... Was ist dir denn peinlich?»

Sehnsüchtig schiele ich in Richtung Ausgang, ich könnte auch auf die Toilette gehen. Vielleicht komme ich dann darum herum, seine Offenheit zu erwidern.

«Ich habe mich gestern unmöglich benommen. Aber als du über deine Ex gesprochen hast, habe ich etwas verdreht gedacht, dass meine und deine Traurigkeit gut zusammenpassen würden.»

Er lacht kurz und kehlig.

«Du hast natürlich vollkommen recht», rede ich schnell weiter, ehe mich der Mut verlässt, «ich habe Lust zu vögeln, um zu vergessen, auch wenn ich noch nie die Gelegenheit hatte, das laut auszusprechen. Jedenfalls nicht vor einem Mann und schon gar nicht vor einem, den ich erfolglos zu vögeln versucht habe.»

Ich beiße mir so kräftig auf die Innenseite der Wange, dass ich Blut im Mund schmecke. Inzwischen rede ich wie von selbst.

«Es ist seltsam, hier zu sein, dich anzusehen, von dir angesehen zu werden. Eigentlich müsste ich mich gedemütigt fühlen, aber je mehr wir reden, desto weniger geht es mir so.»

«Mir gefällt es ganz gut, wenn dir etwas peinlich ist», sagt Hémon mit einem Lächeln in der Stimme, auch wenn sein Gesicht nahezu reglos bleibt, wobei sich nun doch der Schatten eines Grübchens auf seiner schlecht rasierten Wange abzeichnet. «Du bist viel gesprächiger, und das ist schön.»

Amüsiert hebe ich den Blick zur Decke.

«Du solltest mir nicht trauen», sage ich und bereue es im nächsten Moment bereits.

Sofort wird sein Lächeln breiter und strahlender. Er ist entspannt, lehnt sich sogar zurück und fährt sich mit der Hand durchs Haar. Ich bin mir nicht sicher, ob ich den leicht altmodischen Pfefferminzgeruch seines Shampoos je wieder vergessen kann.

«Ach ja? Und warum nicht?», hakt er freiheraus nach, meine Worte scheinen ihn keineswegs zu beunruhigen.

«Es geht mir nicht gut, Hémon. Ich weiß nicht, wer ich bin, wohin ich will, was ich tue, und ich bin insgesamt ziemlich unglücklich.»

Langsam nickt er und wirkt alles andere als überrascht.

«Mit Romantik hat das nichts zu tun, das kann gar nicht gut gehen.»

«Ach, findest du nicht, dass du hier ein Klischee bemühst, die leidende Frau, die ihren Verehrer bittet zu gehen, um sich zu schützen? Ich bin alt genug, um selbst zu entscheiden, was ich will.»

Sein Ton ist unmissverständlich, und ich wende verlegen den Blick ab. Dann beugt er sich plötzlich vor und faltet die Hände auf dem Resopaltisch im schlechten Holzimitat. Ich bin fasziniert von seinen sehr weißen und perfekt gefeilten Nägeln.

«Es ist zu spät, Anaïs. Ich mag dich, das habe ich dir gesagt.» Kurz zuckt er mit den Schultern. «Den Rest wird man sehen.»

Ich imitiere seine Geste, allerdings weniger entschlossen. Den Rest wird man sehen.

Auf unser Wohl

Verschneit sieht die Stadt insbesondere morgens hübsch und verwunschen aus. Das Licht, das nur mit Mühe durch den dicken Vorhang in meinem Schlafzimmer dringt, hat eine surreale Qualität, es ist von einem fast silbrigen Blau, und die Luft wirkt irgendwie transparenter als sonst. Immer wieder hole ich tief Luft, als wäre jeder Atemzug der letzte.

Die typische allgemeine Lethargie am Jahresende gibt mir die Chance, mein Gleichgewicht wiederzufinden. Ab und zu werde ich von einem überraschenden Gefühl heimgesucht. Eine scheue Dankbarkeit überkommt mich hinterrücks, wenn mir schlagartig bewusst wird, dass es normal für mich geworden ist, Madame Conti auf bestimmten Wegen zu begleiten, oder wenn sie, anspruchsvoll wie eh und je, den von mir zubereiteten Espresso in kleinen Schlucken trinkt und dann nickend die Tasse abstellt, mich mit leerem Blick streift und ein *molto bene* murmelt, das mich stolz macht. Die böse Stimme, die mir ins Ohr flüstert, dass ich wertlos bin, meldet sich seltener. Im Moment fehlt mir die Kraft, unglücklich zu sein, es ist mühsam und erfordert, paradoxerweise, zu viel Energie.

«Nein, Mama, ich komme auch an Silvester nicht zurück.»

Ich liege auf dem Sofa, das auf laut gestellte Handy liegt auf dem niedrigen Tischchen davor, meine Mutter ist in der Leitung. Es ist eine Neuauflage des Gesprächs, das wir letzte Woche schon geführt haben, als ich ihr verkündete: «Nein, Mama, ich komme an Weihnachten nicht zurück.»

Dieses Mal bin ich weniger defensiv, doch dafür haben meine Ausführungen eine riesige Schwachstelle – ich habe nämlich keine Entschuldigung. Selbst wenn ich nicht davon ausgehen konnte, dass Catherine, meine Mutter, beim letzten Mal wirklich verstanden hat, warum ich lieber bei der Geburtstagsfeier meiner Vermieterin helfen wollte, als über Weihnachten zu meiner Familie zu fahren, konnte ich ihr in dem Fall zumindest mit einer moralischen Verpflichtung kommen, mein Versprechen nicht brechen zu wollen. So ein Argument fehlt mir jetzt. Dabei habe ich auch an Silvester nicht vor, mich in den Zug zu setzen und den Schutz der Stadt zu verlassen, aber meine Mutter will davon nichts wissen.

«Schatz, es ist doch lächerlich, du wirst Silvester nicht allein in deinem Verschlag verbringen!»

«Ich wohne nicht in einem Verschlag. Und ich habe keine Lust auf Feiern.»

Sie muss sich beherrschen, um nicht laut zu werden. «Ich verstehe dich nicht, Anaïs», sagt sie stattdessen spitz.

«Ja, das ist mir klar, Mama.»

«Du willst nur deine Mutter nicht sehen, das ist es, stimmt's?»

Ich hole sehr tief Luft, um nicht allzu sarkastisch darauf zu antworten. Natürlich nicht, ich will meine Mutter nicht sehen. Ich will nicht den Zug in die umgekehrte Richtung nehmen, ein Lächeln aufsetzen und für Limoges einen Sinn erfinden, einen Sinn, der meine Eltern beruhigen würde. Auch will ich sie nicht enttäuschen, falls meine Lügen nicht überzeugend sind. Ich will mich nicht verstellen.

«Anaïs, du fehlst uns, weißt du?»

Ich seufze. Das ist so typisch meine Mutter, das *mir* hinter dem *uns* zu verstecken, auch wenn sich niemand davon täuschen lässt – Camille hat mich bereits vorgewarnt, als ich bei ihr anrief, weil ich Ninon, die noch zu klein ist, um sich über meine Abwesenheit zu ärgern, frohe Weihnachten wünschen wollte.

Ich glaube, meine Mutter macht sich tatsächlich Sorgen, aber das tangiert mich nicht. Ich habe keine Ressourcen, um mich schuldig zu fühlen. Ich antworte ihr, ohne ihr allzu sehr wehzutun, aber auch, ohne klein beizugeben, als mein Handy vibriert. Ein helles *Pling* meldet eine neue Textnachricht. Nervös und darauf hoffend, dass sie nicht wieder von Axel ist, werfe ich einen Blick aufs Display, während meine Mutter aus dem Gerät keift: «Was ist das? Das stört, sag mir einfach, wenn's nicht passt.»

```
18:34 Hallo. Hast du Silvester schon
was vor?
Wenn nicht, ist das eine feierliche
Einladung für den Abend. Bei mir, mit
ein paar Freunden.
```

«Mama, ich muss aufhören», rufe ich in Richtung meines Handys und muss insgeheim lächeln. «Ich verbringe Silvester mit einem Freund.»

«Welchem Freund?»

«Bis nächstes Jahr!»

Ich beende das Gespräch mit einem triumphierenden Tippen auf den Touchscreen.

Gibt's Alkohol, und kann ich rauchen? 18:38

Wenn ja, bin ich dabei. 18:39

Drei kleine Punkte erscheinen. Hémon schreibt. Mein Magen zieht sich zusammen. Ich fühle mich, als wäre ich gerade auf einen Abschlussball eingeladen worden, nachdem ich mich bereits damit abgefunden hatte, es mir im Pyjama vor dem Fernseher gemütlich zu machen und alte *Top Chef*-Folgen zu gucken. Die Vorstellung war sogar verlockend. An die letzten Silvesterabende, die ich mit Axel und seinen Managerfreunden verbracht hatte, denke ich ungern zurück, weil sie von dem Gefühl geprägt waren, kaum wahrgenommen zu werden und nichts Spannendes zu erzählen zu haben. Wer dreimal in der Businessclass um die Welt gejettet ist, interessiert sich nun mal nicht für eine Frau, die beruflich Töpfe verkauft.

18:43 Deine Erwartungen sind ja sehr niedrig, wow.

18:44 Aber ja und ja, und was zu essen und Musik gibt's auch, eine Party halt.

Ich muss kichern.

Du rettest mich aus den Fängen meiner Mutter! 18:45

Dafür wäre ich aber auch mit in die Kirche gegangen oder hätte Trivial Pursuit gespielt. 18:47

18:49 Forderst du mich gerade zum Duell heraus?

Da würdest du sicher gewinnen, bin eine schlechte Verliererin, also lieber richtig Party. 18:50

18:54 Super. Bis bald also.

Ich starre in das bläuliche Licht des Displays, und der Hauch eines Lächelns huscht über meine aufgesprungenen Lippen.

Mehrere bewusst lockere Nachrichten und einige Tage später stehe ich also in meiner schönsten Jeans und meinem schönsten Pulli, dem einzigen, der nicht an den Ärmeln durchgescheuert ist, in Hémons Wohnzimmer. Der Schnee ist geschmolzen, und die Luft ist milder geworden, um den Übergang zu erleichtern.

Ich bin zu spät gekommen, als hätte ich noch Wichtigeres zu tun gehabt – nur um nicht als Erste auf der Matte zu stehen. Die Bässe dröhnten mir schon auf dem Hausflur entgegen. Langsam war ich die drei Treppen hinaufgestiegen und hatte mich sorgsam vorbereitet – auf nichts, um nicht enttäuscht zu werden. Es ist nur eine Party wie jede andere, sagte ich mir, als ich an die Tür klopfte. Hémon öffnete, und ich fragte mich, wie es eine Party wie jede andere sein konnte. Er lächelte mich strahlend an, und plötzlich war alles so hell, dass ich die Augen schließen musste.

«Hiii, ich dachte schon, du kommst nicht mehr!»

Eindeutig. Er hat bereits getrunken, wie die rosigen Wangen und glänzenden Augen verraten, aber er freut sich aufrichtig, mich zu sehen. Als er mich kurz an sich drückt, nehme ich den Geruch wahr, der entsteht, wenn man sich mit vielen anderen Menschen in warmen, geschlossenen Räumen aufhält. Ich atme tief ein. Er nimmt mir den Mantel und die Flasche ab, die ich mitgebracht habe, aber nimmt mir auch die Unsicherheit, als er mich all seinen Freunden mit einer anscheinend mühelosen Herzlichkeit vorstellt. Ich drücke schwielige Hände, hauche Küsschen auf gepuderte Wangen, rieche Parfums und Eau de Cologne. Mir dreht sich der Kopf, und ich rieche Gras, während Hémon mich mit einem entschuldigenden Blick kurz allein lässt, um zwei in Pailletten gekleidete Frauen zu begrüßen, die Händchen haltend vor der Tür stehen. Ein freundlich aussehender Mann mit leicht eingefallenen Wangen, der seinen schmächtigen Körper unter einem Hemd mit rosafarbenen Flamingos verbirgt, reicht mir einen Drink.

«Du bist also Tizianas Schützling?»

«So kann man es nennen. Und wer bist du?»

«Ein Studienfreund», antwortet er und prostet mir zu. «Eddie.»

Lächelnd erhebe ich ebenfalls mein Glas, trinke einen Schluck und spüre, wie der mit Orangensaft kaschierte Rum in meiner Speiseröhre brennt. Ich frage ihn, warum er rosa Flamingos trägt. Er erzählt es mir. Ich höre ihm zu und denke bei mir: So macht man das also. Ist es so einfach? Es genügt, einem Unbekannten eine Frage zu stellen und sich für die Antwort zu interessieren, und schon läuft's. Man gehört dazu. Bekannte von Eddie gesellen sich zu uns, es wird gelacht, meine Zunge löst sich mit jedem Drink mehr, und ich stelle fest, dass es hier keinen Manager und keine Businessclass gibt und mir niemand einen mitleidigen Blick zuwirft, als ich erwähne, dass ich arbeitslos bin. Eine blonde Frau mit knallroten Lippen versetzt mir sogar kumpelhaft einen Hieb in die Seite: «Kenn ich, ganz schön ätzend.» Wir stoßen abermals an, dieses Mal fröhlich kichernd aufs Arbeitsamt. Hémon ist nicht weit, unsere Blicke bleiben aneinander hängen, er lächelt nach wie vor.

Später kapert jemand die Playlist und sorgt für eine ausgeklügelte Sequenz an Elektroklängen, die nur dafür erstellt wurde, die improvisierte Tanzfläche in der Mitte des Raums zu füllen. Die Möbel waren offenbar zur Seite gerückt worden. Wie es hier wohl aussieht, wenn keine Party stattfindet? Die hintere Wand ist vollständig von einem Regal eingenommen, in dem sich zerlesene Taschenbücher und edel gebundene Ausgaben aneinanderreihen. Das Sofa auf der gegenüberliegenden Seite ist schmal, aber ein tiefer Samtsessel lädt zum Fläzen ein, wie eine Frau im Hosenanzug beweist, die lässig ein Bein über die Armlehne geschwungen hat. Es ist zu dunkel, und es herrscht zu viel Trubel, als dass ich mich unauffällig umschauen könnte. Bei Tageslicht und wenn wir allein wären, würde Hémon sicher eine Jazzplatte auflegen, das scheint mir sein Ding zu sein.

Überall sind Leute. Hundertzwanzig Schläge pro Minute, die in meinem Brustkorb vibrieren, und die beiden Pailletten-Frauen suchen das Licht, als sie sich zwischen den anderen Tanzenden küssen. Ich tanze ebenfalls, meinen Pulli habe ich schon lange über einen Klappstuhl gehängt, ich habe Schweißflecken unter den Achseln, mein Gesicht glüht vom Alkohol und von ungestümer Freude. Die Blonde mit den roten Lippen nimmt meine Hand und lässt mich Pirouetten drehen, ich stolpere, und sie fängt mich auf, bevor ich falle, dann wechselt das Lied, und sie wirft jubelnd die Arme in die Luft. Meine Ohren pfeifen, mir ist zu heiß, aber ich tanze wie in Trance immer weiter, als gäbe es kein Morgen. Hatten die Feiernden vor dem Beginn des dritten Jahrtausends diesen Wettlauf gegen die Uhr auch zelebriert, tanzen gegen die Zeit, tanzen bis zum Umkippen?

Das Runterzählen hat begonnen, angestimmt von Eddie mit seinem Bariton – die Musik lässt nun Raum für das Grölen der Gäste, die, den Blick an die Decke gerichtet, den Neustart heraufbeschwören. Drei, zwei, eins. Ich bin heiser, als um mich herum ein vielstimmiges «Frohes neues Jahr» aufbrandet. Ich werde von der allgemeinen feuchtfröhlichen Küsserei vereinnahmt, langsam wird die Musik wieder schneller und lauter und erfüllt den Raum wie Lachgas. Nach wie vor herrscht dichtes Gedränge, das durch die Wohnung wogt wie eine unaufhaltsame und unberechenbare Sturmflut. Berauscht lasse ich mich treiben, bis ich irgendwann gegen Hémon stoße. Wie ein Fels in der Brandung steht er mitten im Getümmel, nur sein Haar ist zerzaust, die Ärmel hat er aufgekrempelt. Er sieht mir tief in die Augen, und zum zweiten Mal an diesem Abend zieht er mich an sich und drückt mich – ein bisschen fester als notwendig vielleicht und auf jeden Fall ein bisschen zu keusch. Er riecht inzwischen anders, nach einer Mischung aus Kräutern, Rum und Schweiß, aber an seinem offenen Hemdkragen, in der Kuhle zwischen Hals und Schlüsselbein, nehme ich immer noch Seife und Minze wahr. Ich presse die Hände in seinen Rücken und spüre die Muskeln unter den Schulterblättern. Er lässt mich los und hält mich auf Armeslänge von sich entfernt, ohne den Blick von mir abzuwenden. Er sieht mich oft an, dieser Mann. Was sieht er?

Eigentlich könnten wir uns küssen. Doch ich wende den Kopf ab, er beißt sich auf die Lippe, ich lächele, als würde ich mich entschuldigen, und er nickt. Für den Moment gehen wir auseinander.

Ein erster schmaler Lichtstreifen erscheint am Himmel. Die Gäste, die noch nüchtern genug waren und in der Nähe wohnen, sind nach Hause gegangen. Einige andere schlafen zusammengerollt auf Sesseln unter sich sanft hebenden und senkenden Decken und Mänteln, mit denen man sie zugedeckt hat. Ich stehe, aufs Geländer gestützt, auf dem Balkon und lasse den Blick über die mit Raureif überzogenen Dächer schweifen. Alles nach Mitternacht ist in meinem Kopf verschwommen – nicht weil ich zu viel getrunken hätte und mein Gedächtnis außer Kraft gesetzt gewesen wäre, sondern weil ich nach Mitternacht komplett losgelassen habe. Ich habe beschlossen, mir keine Gedanken mehr darüber zu machen, was man über mich denkt, und hatte keine Zeit mehr, bei jeder Kleinigkeit zu grübeln, ob ich mich eventuell sozial unangemessen verhalten haben könnte. Während der Tag gerade erst anbricht, blicke ich also zurück, und die Erinnerungen leuchten wie Lichtblitze in mir auf. In dieser Nacht bin ich ganz bei mir gewesen.

Mit einem leisen Knirschen öffnet sich die Balkontür hinter mir. Die kalte Luft strömt in den Raum, und im Austausch dafür spüre ich menschliche Wärme neben mir. Hémon reicht mir eine dampfende Tasse. Auf der Uhr ist es bereits Morgen, doch die Winternacht hat noch alles fest im Griff, ich klappe meinen Kragen hoch, um meinen nackten Hals zu schützen. Der Kaffee wärmt meine Finger, ich ziehe eine Kippe aus einem platt gedrückten Zigarettenpäckchen und zünde sie an, ohne zu zittern. Er hat sich neben mir auf dem schmiedeeisernen Geländer aufgestützt, und mir ist bewusst, wie nah wir uns sind, wie sich unsere Atemluft vermischt.

«Danke für die Einladung», sage ich und stoße eine graue Qualmwolke aus.

Aus Angst vor einem mitleidsvollen Blick in seinem müden Gesicht, den ich den ganzen Abend habe vermeiden können, drehe ich den Kopf in die andere Richtung.

«Ich danke vor allem dir, dass du gekommen bist.»

Seine Stimme klingt ein wenig rau, weil er alle Lieder von Queen aus voller Kehle mitgesungen hat, die zwischen zwei und vier Uhr morgens gespielt wurden. *Don't stop him now,* lautete wohl die Devise.

«Hast du nicht geschlafen?»

Ich zucke mit den Schultern. Schon bevor er gekommen ist, habe ich minutenlang beobachtet, wie sich die Nacht unendlich langsam auflöst. Davor hatte mich ein ausführliches Gespräch mit einer der verliebten Pailletten-Frauen wach gehalten, bei dem ich erfuhr, dass sie Sonia heißt und wir beide eine Leidenschaft für Podcasts über die Ermittlungen bei Kriminalfällen haben.

«Ich war nicht müde», antworte ich und unterdrücke ein herzhaftes Gähnen.

«Und du bist nicht gegangen», ergänzt er. Das Ende des Satzes lässt er in der Luft hängen, dass es fast wie eine Frage klingt.

«Gut beobachtet, Sherlock Holmes.»

Ich trinke einen weiteren Schluck und hoffe, das Teein wirkt, bevor ich mich auf den Heimweg mache. Ich bin zu Fuß gekommen, und die Vorstellung, die Strecke mit einer durchgefeierten Nacht in den Beinen zurücklegen zu müssen, ist, als würde man mir Knüppel zwischen dieselben werfen. Ich stelle die leere Tasse neben mich auf den Boden und rauche meine Zigarette zu Ende, ohne dass die Stille, die uns umgibt, etwas zur Kälte beitragen würde. Ich lege den Kopf an Hémons Schulter. Die Wolle seines dicken Pullis kratzt ein wenig an meiner Wange.

«Ich habe mich gut gefühlt.»

Er legt den Arm um mich, und ich meine, einen leisen Seufzer zu vernehmen.

«Deine Freunde sind nett», rede ich schnell weiter, um mich davon abzulenken, was sein Atemzug gerade in meinem Bauch auslöst.

«Das stimmt», sagt er mit einem Lächeln in der Stimme. «Es hätte ja auch sein können, dass ich hundsgemeine Freunde habe.»

«O.k., ich sehe, Monsieur macht sich über mich lustig.»

«Nein, echt nicht.»

Ich rede weiter, versuche zu erklären, warum ich nicht das Weite gesucht habe, sondern immer noch hier bin.

«Als ich den Kumpels von meinem Ex zum ersten Mal begegnet bin, haben mich alle gefragt, was ich beruflich mache. Ich fand es schrecklich, weil ich ja nichts besonders Interessantes vorzuweisen hatte.»

«Hmm, ich bin mir sicher, dass das nicht stimmt, aber egal.»

«Hier hat mir kaum jemand diese Frage gestellt. Wir haben über ganz andere Dinge geredet als über meinen nicht existenten Karriereplan. Über Essen, die Stadt, ob wir lieber Schaumstoffarme oder Holzbeine hätten. Es war echt cool.»

Ich habe keine Lust, mich aufzurichten, den Kopf von seiner Schulter zu lösen, die Welt wieder im Lot zu sehen. Mir gefällt dieser verschobene Winkel, aus dem die Dächer fast flach aussehen. Ich sehe es nicht, aber ich merke, wie sich Hémon die Brille hochschiebt. Ich höre, wie er sich mit den Händen über die Bartstoppeln reibt.

«Sie fanden dich cool», sagt er schließlich mit sanfter Stimme.

Ein Kichern entsteht in meiner Kehle, wo sich Luftröhre und Nase treffen. Er zieht mich fester an sich, als wollte er mich daran hindern, dass ich mich von diesem Bekenntnis distanziere. In der Tat muss ich mich beherrschen, mich nicht loszureißen und den Kopf zu schütteln, um die fixe Idee zu vertreiben, womöglich anders gewirkt zu haben, als ich wirklich bin.

«Pssst, Anaïs. Mach den Moment nicht kaputt, das wäre gar nicht cool.»

Ich höre mich laut lachen, was die Nacht und meine innere Barriere noch ein wenig weiter fortschiebt. Hémon zuckt erschrocken zusammen. Man könnte meinen, er habe zum ersten Mal den Schrei eines ängstlichen Vogels gehört. Ich erröte, während ich weiterlache. Es ist eine kühne Mischung aus Gold und Blassrosa – aus purer Freude und scheuer Scham. Er sagt nichts, er ist nicht taktlos. Wir verfallen wieder in ein behagliches Schweigen, nebeneinander und doch gemeinsam, den Blick in den Himmel gerichtet. Ich halte mich mit beiden Händen am Geländer fest und wage es nicht, mich zu bewegen, die Vorstellung, Hémon erneut zu verärgern, noch einmal alles zu ruinieren, lässt mich reglos verharren.

Ich entdecke in mir eine neue Zerbrechlichkeit, die mir durchaus willkommen ist, solange sie dazu führt, dass Hémon seinen Arm um mich legt. Es gibt Menschen, die einen wachsen lassen, egal, wie klein man ist.

Periode

So vergehen im neuen Jahr einige Tage, ohne dass die Last des Kummerpanzers mich erdrückt. Fast glaube ich, es würde genügen, kurz und entschlossen die Schultern zu schütteln, um mich endgültig von ihm zu befreien. Doch das ist eine Illusion, und ich merke, wie hartnäckig er an mir festhängt. Er hält mich auch warm. Nachdem er so lange mein einziger Begleiter gewesen ist, habe ich Angst davor zu frieren. Und zu erwachen.

Aber heute habe ich meine Periode bekommen. Es ist das dritte Mal, dass ich sie in Limoges bekomme, alles krampft sich zusammen, dann noch einmal, ich brauche dringend einen Kaffee. Ich hatte nicht damit gerechnet, diese Morgenstunden der anderen Art noch einmal zu erleben und noch einmal zu dem kleinen Eckgeschäft rennen zu müssen, um dort ein Paket extrasaugfähige Binden zu kaufen. Ich hatte mir keinen Vorrat angelegt. Ich hatte keine Ahnung, wie mein Leben hier einmal aussehen würde.

Nachdem ich den Kaffee aufgesetzt habe, hole ich aus der Schublade eine der kostbaren Tabletten. Ich spüre die berüchtigte Migräne hinter dem rechten Auge, die mich so oft am ersten Tag heimsucht. Ich werde sie nicht vollständig eliminieren, aber zumindest versuchen können, sie ein wenig zu unterdrücken. Meine Reserven sind etwas geschrumpft, aber noch nicht dramatisch, penibel zähle ich nach: zwei volle Schachteln, ein ganzer Streifen und sieben Tabletten zusätzlich zu der, die ich in der Hand halte. Das müsste reichen.

Ich gieße den bitteren schwarzen Kaffee in den Becher, den ich von Madame Conti zu Weihnachten bekommen habe. Ich hatte kein Geschenk für sie, außer dem Fünf-Gänge-Menü, dessen Höhepunkt die traditionelle «Bûche de Noël» war. Zweieinhalb Tage hat es gedauert, bis die Cremerolle fertig war. Ich liebe meinen neuen Becher – wie sich die runde Form in meinen Händen anfühlt, die goldenen Linien, dort, wo die Keramik gesprungen ist, die Eleganz des kunstvollen Flickwerks, das dem Unperfekten seine wahre Schönheit verleiht.

Die ersten Sekunden nach dem Aufwachen fühlte ich mich, als könnte ich jeden Berg erklimmen. Kaum dass ich aufgestanden war, holte mich die Realität jedoch ein. Im aufrechten Zustand wiegt die Schwere tonnenschwer in meinem Bauch, und ich weiß sicher, ich spüre, dass ich bluten werde. Jetzt, sofort und ohne Aufschub. Mit einer Hand zwischen den Beinen, um meine Unterhose möglichst nicht einzusauen, haste ich zur Toilette und könnte schon wieder heulen. Nachdem ich mich abgewischt habe, ist das Klopapier voll mit schmierigem, rostfarbenem Blut. Beim ersten Mal fand ich es eklig. Fünfzehn Jahre und fast zweihundert Monde später habe ich mich daran gewöhnt.

Ausnahmslos jeden Monat erwacht der animalische Instinkt in meinem Körper. Zu Beginn, als Jugendliche, überraschte mich der Blutfluss oft im falschesten Moment, ich bemerkte ihn erst, wenn es schon zu spät war, er mir bereits die Beine hinunterlief und die Hose fleckig war. Es war erniedrigend, immer neue Techniken zu entwickeln, den Pulli in einer Weise um die Taille zu knoten, dass der zinnoberrote Fleck, der sich an meinem Hintern gebildet hatte, nicht zu sehen war. Doch nach und nach entwickelte ich eine Art sechsten Sinn. Inzwischen kenne ich die Warnzeichen, die Periode klopft diskret an. Ich werde davon wach, egal, wie tief ich vorher geschlafen habe, wie viel Alkohol ich im Blut habe oder wie müde ich bin. Es ist ein sanftes und natürliches Aufwachen. Ich frage mich, warum ich die Augen aufschlage, obwohl es noch dunkel ist oder mein Wecker noch nicht geklingelt hat, und merke dann, dass ich auf die Toilette muss. Unwillig, mich in die Kälte zu begeben, wenn es unter der Decke kuschelig warm ist, bleibe ich zaudernd liegen, stehe letztlich aber doch jedes Mal auf, nicht weil ich so dringend muss, sondern weil ich nicht mehr einschlafen kann ... Und mein Körper hat immer recht, diese unsichtbare Kraft hat noch kein einziges Mal falschen Alarm geschlagen. Das Blut und die damit einhergehenden Krämpfe, die ohne erkennbares Muster unvermittelt einsetzen, nerven mich nach wie vor, gleichzeitig aber beruhigt mich die einem Uhrwerk gleichende Genauigkeit.

Heute aber leide ich mehr als sonst. Vielleicht weil es das dritte Mal zu oft ist, vielleicht weil sich der Schmerz heute tiefer, wie eine Nadel, in meinen Kopf bohrt. Vielleicht. Ich gebe Kaffee und Tablette Zeit, ihre Wirkung zu entfalten, doch ich warte vergeblich. Unter der Dusche lasse ich siedend heißes Wasser auf meinen Schädel prasseln und halte mir, an die geflieste Wand gelehnt, mit beiden Händen den Bauch, von dem ein fieses Stechen ausgeht. Ich unterdrücke ein wütendes Schluchzen. Immer wieder verrät mich dieser selbstzerstörerische Körper, werde ich ihn je zähmen können? Mit einer Bleikugel im Unterleib schleppe ich mich, bei gleichzeitig leerem Magen und Brechreiz, zum Fenster, ziehe erst den Vorhang zu und mir dann wieder die Decke über den geschundenen Körper. Bevor ich die Lider schließe, um keinen Funken des unerträglichen Lichts mehr sehen zu müssen, fällt mir der Büchereitag ein. Schnell schicke ich eine Nachricht an Hémon.

```
                Hallo, ich hab meine Tage und Migräne.
               Ich kann Tiziana heute nicht begleiten.
                                                 07:52
                    Kannst du sie anrufen und ihr sagen,
                                dass ich krank bin? 07:53
                Ich kann nicht telefonieren, mein Kopf
                                  explodiert sonst. 07:54
```

Einige Sekunden später – ich muss ihn kurz vor dem ersten Klingeln erwischt haben.

```
07:55 Ich kümmere mich darum. Brauchst
du was?
```

```
               Dass man mich bewusstlos schlägt. 07:55
```

Es dauert eine Weile, bis er antwortet, seine wohlmeinenden Absichten hatte ich offensichtlich gerade zunichtegemacht.

```
07:59 Tut mir leid, da muss ich leider
passen. Gute Besserung.
```

Seufzend lege ich das Handy unter mein Kopfkissen und rolle mich erschöpft auf die Seite.

Drei Mal klopft es an meiner Tür, was noch nie vorgekommen ist. Es klingt ein wenig gedämpft, als wenn der Klopfer oder die Klopferin den Finger in Samt gewickelt hätte. Ich kann mich nicht dazu durchringen, «Ich komme» zu rufen, weil ich fürchte, meine Stimme würde meinen Augapfel durchschneiden wie ein Skalpell, also bete ich, dieser unerwartete Besuch möge wieder abziehen. Stattdessen höre ich von unten: «Ich bin's! Bleiben Sie, wo Sie sind, ich komme rein!»

Vom Rasseln eines Schlüsselbundes begleitet, tritt sie ein, ihre flachen Absätze klappern übers Parkett. *Klick, klick, klick, klick.* Ein Rascheln – vielleicht von ihrer Jacke, die sie auf dem Sofa ablegt, ehe sie geräuschlos in das abgedunkelte Zimmer kommt, wo ich, den Arm schützend über die Augen gelegt, ausgestreckt und tatenlos auf dem Bett liege. Sie zögert nur sehr kurz, dann lässt sie sich auf der Bettkante nieder, genauer gesagt in dem Halbkreis, den mein zusammengekauerter Körper bildet, und legt ihre faltige Hand federleicht wie eine Puderquaste auf meine hochgezogene Schulter.

«Ihnen geht's wohl noch nicht wieder besser.»

Mir entweicht ein würgender Laut. Ich stottere, will höflich sein und mich möglichst menschlich benehmen, bleibe aber eine gestaltlose Masse, die vor Schmerzen nicht ein noch aus weiß. Madame Contis Stimme ist nur ein leises Murmeln ohne irgendwelche Zisch- und Schnalzlaute – zum Glück. Wie Honig gleitet sie in meine Ohren, bleibt nirgends hängen und verursacht keinen bohrenden Schmerz.

«Ich habe Ihnen für heute Abend eine Brühe mitgebracht», sagt sie verschwörerisch.

«Oh danke, das wäre aber nicht nötig gewesen», sage ich trübsinnig und matt.

«Jetzt hören Sie aber auf mit dem Quatsch, Anaïs! Ich hätte Sie hier sicher nicht sich selbst überlassen!»

Behutsam, aber beharrlich weist sie mich in ihrem rhythmischen Akzent zurecht. Dabei streichelt sie mich mit der Hand, die auf meiner Schulter liegt – eine Geste wie zur Beruhigung eines Kindes, das sich wehgetan hat, oder eines verletzten Tiers. So zart bin ich in meinem ganzen Leben noch nicht liebkost worden, während gleichzeitig der in mir tobende Kampf Blut zwischen meine Lippen und schwarze Flecken in mein Sichtfeld drückt. Doch eine solche Fürsorge wärmt. Befangen richte ich mich ein wenig auf, mir ist bewusst, dass ein Abdruck des Kopfkissens auf meiner Wange zu sehen ist und mir die schweißnassen Haare an der Stirn kleben. Ich ziehe eine Grimasse, weil mich unvermittelt ein Krampf heimsucht – einen Muskel zu bewegen, kann den nächsten mobilisieren.

«Meine arme Kleine, was für ein Mist, ich war erleichtert, als ich davon befreit war, das kann ich Ihnen sagen.»

«Erzählen Sie mir das nicht», presse ich zwischen den Zähnen hervor. «Ich warte auf die Menopause wie auf den Messias. Wenn man mir den Uterus entfernen würde, gleich jetzt und hier, würde ich wahrscheinlich sogar dafür bezahlen.»

Stille.

«Zu meiner Zeit hat man dir die Gebärmutter wegen nichts und wieder nichts rausgeholt. Ich habe schon lange keine mehr. Es ist mehr als fünfzig Jahre her, seit ich zum letzten Mal geblutet habe!»

«Oh. Das tut mir leid, das ... das wusste ich nicht.»

Madame Conti lacht trocken auf. Ihre Hand ruht nach wie vor auf meiner Schulter, der Stein ihres Rings reflektiert das schwache Licht, das in den dämmrigen Raum dringt.

«So etwas erzählt man ja auch nicht mal eben zwischen Hauptgang und Dessert! Aber nun bleiben wir mal auf dem Teppich, meine Liebe, es hat mich nie wirklich gestört.»

«Was ist passiert?»

Das leise Gespräch wirkt wie ein Damm. Unsere nur wenige Dezibel lauten Stimmen schützen mich vor der Sturzflut, die in mir niedergeht.

«Es gab irgendein Problem. Fibrome, Zysten, so genau weiß ich es nicht mehr. Jedenfalls hat es wehgetan und war wohl auch nicht ganz ungefährlich», sagt sie in dem Ton, in dem man sich an lange zurückliegende Zeiten erinnert. «Sie haben dann kurzen Prozess gemacht und einfach gleich alles entfernt. Ich habe mein Einverständnis gegeben, natürlich! Damit es mir endlich nicht mehr so schlecht geht. Kinder wollte ich sowieso keine, deshalb war es nicht schlimm.»

«Oh. Das ist ... mutig.»

Eine bildhübsche junge Frau, feste Brüste, geschwungene Hüften und ein leerer Unterleib. Es bedarf schon einer gewissen Souveränität zu beschließen, dass das nicht schlimm sei. Madame Contis Hand fühlt sich plötzlich schwerer an, sie rückt ein wenig zur Seite, zögert.

«Ja, aber das wird einem erst später bewusst», sagt sie dann und lacht abermals, ein wenig befangen dieses Mal. «Wenn die Bewerber ausbleiben, weil es die Runde gemacht hat, weil alle wissen, dass die junge De Luca unten leer ist, dass sie niemals Mutter werden kann.»

«Echt? So weit ...»

Sie richtet sich auf und fährt, stolz und würdevoll wie eh und je, mit gestrafften Schultern fort: «Es war echt lustig, oh, là, là, wie habe ich manchmal gelacht, wenn ich an all die Eltern dachte, die sich vorgestellt hatten, dass ich ihre gelackten

Söhne heiraten würde und ihnen einen Arm voller Enkelkinder schenken würde. Während mir schon immer klar war, dass ich keine Kinder haben wollte. Aber ich musste mich operieren lassen, damit sie es glaubten. Was für Einfaltspinsel!»

Sie lächelt.

«Zum Glück bin ich Andrea begegnet. Ihn kümmerte es nicht, es passte ihm sogar ganz gut. Alle sagten zu ihm, er sei verrückt und dass er niemals Erben haben würde. Aber das war für ihn kein Kriterium.»

Ihre Stimme klingt jetzt bedrückt, und ich lege meine Hand auf ihre. Dabei kneife ich die Augen zusammen und schlucke einen Krampf hinunter wie einen bitteren Saft. Sie fährt mit der Hand über die Decke und streichelt meinen Bauch. Ich konzentriere mich auf unsere Atemgeräusche, die nicht ganz im Einklang sind, wieder brandet der Schmerz durch mich hindurch. Doch umsorgt und fast besänftigt, wie ich es in diesem Moment bin, ist er ein wenig leichter zu ertragen. Ich habe das Gefühl, er kann mich nicht vollständig verschlingen.

«Er hat mich weiter geliebt, auch noch, als ich mein Augenlicht verlor. Er meinte, ich wäre von meinem eigenen Spiegelbild erblindet, weil ich so schön war. Darüber mussten wir lachen, selbst darüber.»

Das ist vielleicht das Geheimnis der Liebe, überlege ich, während ich schwach mit meiner feuchten Hand ihre Finger drücke. Mit einem Lächeln kann man alles bewältigen. Uns ist das nicht gelungen, Axel und mir.

Die Trennung

(schon wieder)

Mein Handy vibriert, und Axels Name erscheint auf dem Display. Ich seufze und lese dann:

```
10:11 Heute vor vier Jahren habe ich
zufällig ein Geschäft betreten, und
wir sind uns begegnet. Ich habe es nie
bereut, egal, was seitdem passiert ist.
Liebe Grüße
```

Ich lege das Handy ab. Trinke einen Schluck siedend heißen Kaffee. Blicke erneut ungläubig auf das Display. In meiner Kehle steigt etwas gefährlich auf, ich muss es unbedingt in Schach halten, aber meine Finger kribbeln. In den letzten Wochen habe ich die Nachrichten, die er mir geschickt hat, bewusst ignoriert und mir eingeredet, er würde schon irgendwann kapieren, dass ich nicht mit ihm sprechen will – oder vielmehr, dass es für mich lebenswichtig ist, nicht mit ihm zu sprechen, und das fiel mir gewiss nicht leicht. An den Tagen, an denen ich mit anderen zusammen war und Besseres zu tun hatte, als drei Jahren nachzutrauern, von denen ich nicht den Eindruck hatte, dass sie mich weitergebracht hätten, war es leicht. Zu löschen, ohne zu lesen, das Handy in meiner Tasche zu vergessen. An den weniger ereignisreichen Tagen musste ich mich jedoch zwischen Schmerzenswellen und einer nicht zu leugnenden Einsamkeit gewaltsam von seinen immer gleichen, mit vortrefflicher Beflissenheit geschriebenen Worten lösen, die wohlformuliert seine Sorge und guten Wünsche zum Ausdruck brachten. Alles, um nur nicht der Böse zu sein.

Ich wollte ihn von mir abreißen wie ein altes Pflaster. Ich wollte in einer Rauchwolke aufgehen. Ihm ein bisschen Angst einjagen, damit er ein schlechtes Gewissen bekommt und sich schämt, so sehr, dass es ihn lähmt, dass er sich verkriecht und ganz klein macht. Aber vor allem, ja, vor allem wollte ich mich rächen. Mit jeder Nachricht, die er mir seit der Trennung geschickt hat, sagt er mir indirekt, dass ich niemals gewinnen werde, welches Spiel wir auch immer gerade spielen. Ich kenne die Regeln nicht, und er ist auf jeden Fall gefährlich, aber ich hasse es zu verlieren.

Heute Morgen reißt mir der Geduldsfaden, ich will unbedingt gewinnen. Deshalb greife ich nach dem Handy und tippe wütend:

Du schreibst mir wegen unseres
Jahrestags, nachdem du mich abserviert
hast wie ein Stück Scheiße? Echt jetzt?
Sag mir, dass ich mich irre und du das
nicht gerade getan hast. 10:15

Wenige Sekunden später:

10:16 Warum bist du so verbittert?
10:20 Unsere Beziehung war doch

gut, solange sie gedauert hat. Ich finde jedenfalls, wir sollten unsere gemeinsamen Jahre feiern. Ich bin an deiner Seite so sehr gewachsen.

Ich sehe rot. «So sehr gewachsen»? Ich glaube, ich spinne. Soll ich mich jetzt beglückwünschen, es diesem tollen Mann ermöglicht zu haben, noch besser zu werden, wovon jetzt eine andere profitiert? In welchem Bereich meint er überhaupt «gewachsen» zu sein? Hat er sich irgendwann mal für mich interessiert, wenn es nicht darum ging, sich selbst dadurch in ein gutes Licht zu rücken? Nicht ein einziges Mal. Hatte er irgendwann gelernt, die Waschmaschine anzustellen, anstatt mir vorzuwerfen, dass ihm Socken fehlen? Auch nicht. Und selbst wenn er sich gebessert haben sollte, bin nicht ich es, die davon profitiert, womit diese Information mindestens unnötig, schlimmstenfalls grausam ist.

Unter der Dusche grübele ich weiter. Ohne Unterlass zu bluten, ist schon Martyrium genug, da brauche ich nicht noch einen Ex, der es vielleicht gut meint, aber letztlich alles nur noch schwieriger macht. Durch das warme Wasser auf meinem Bauch lassen die Krämpfe nach, die meinen Uterus von seinem Überschuss befreien. Schon seit einer Woche plage ich mich nun mit diesem schmutzig-schmierigen Gefühl. Jedes Mal frage ich mich erneut, ob ich genug Kraft haben werde, um es durchzustehen.

Der Morgen ist schwierig. Das Blut zu spüren, wenn es fließt, fand ich schon immer unangenehm, aber ich hätte nie geglaubt, dass Axels Worte dieses Gefühl noch übertreffen könnten. Seine idiotische Nachricht lässt mich nicht los, meine

Wut löst sich nicht auf. Zum ersten Mal seit meinem Auszug bedaure ich die große Distanz zwischen uns. Zu gern würde ich heute Abend bei ihm klingeln wie im Film, ihm den Zeigefinger in die Brust rammen und ihm alles an den Kopf werfen, was dazu geführt hat, dass ich «verbittert» bin. Das Positive ist, dass ich auf diese Weise vielleicht in die nächste der Trauerphasen wechseln kann, mit denen mich Camille neulich am Telefon vollgetextet hat. Sie war davon überzeugt, dass damit mein Blick aufs Leben verändert würde.

Als ich mich gegen Mittag, mit Einkäufen bepackt, durch die Stadt schleppe, will ich nur noch eins: mich hinlegen und die Augen schließen.

Im selben Moment, als ein Krampf mich dazu zwingt, stehen zu bleiben, vibriert mein Handy erneut. Ich lasse die Taschen und mich selbst auf eine Bank fallen und lese unter Schmerzen:

`12:14 Bist du sauer? Ich dachte, wir könnten Freunde bleiben?`

Das ist der Tropfen, der das Fass zum Überlaufen bringt. Darin schwimmt noch das Erstaunen über Axels andauernde Fürsorge, obwohl ich mir inzwischen nicht mehr so sicher bin, ob er sich tatsächlich um mich sorgt – und ob ich seine Sorge nötig habe. Ihn nach wie vor im Hintergrund zu wissen, tut mir nicht gut, er muss damit aufhören, so kann es nicht weitergehen. Die neueste Nachricht, die er sicher für vollkommen harmlos hält, erinnert mich daran, wie er oft zu mir gesagt hat: «Aber du bist doch deswegen jetzt nicht eingeschnappt?», womit er mich viel zu selten sauer auf ihn sein ließ und damit verhinderte, dass ich die Schuld bei ihm suchte.

Das muss aufhören.

Ein paarmal aufs Display getippt, und der Anruf ist auf den Weg gebracht, ich klemme mir das Handy ans Ohr, damit ich nicht mehr zurückkann.

«Anaïs?»

Axels verblüffte Stimme lässt die stumme Wut in mir nur noch mehr hochkochen. Ah, damit hättste jetzt nicht gerechnet!

«Ich bin's. Du musst aufhören, mir Nachrichten zu schreiben.»

Meine Stimme lässt keinen Spielraum für Verhandlungen, das glaube oder hoffe ich zumindest. Mein Tonfall duldet keine Widerrede, und ich klinge viel entschlossener, als ich mich eigentlich fühle.

«Aha, hab ich was falsch gemacht?»

«Nicht wirklich. Aber solange du mir weiter Nachrichten schickst ... hinderst du mich daran, ein neues Kapitel aufzuschlagen. Wir können keine Freunde sein. Ich habe die ganze Zeit das Gefühl, auf etwas zu hoffen, was sich nie erfüllen wird.»

Eine Weile herrscht Schweigen am anderen Ende der Leitung, dann höre ich ihn leise etwas zu jemandem sagen, ohne es jedoch zu verstehen. Ich stelle mir vor, dass seine Angebetete bei ihm ist und ihm das alles schrecklich unangenehm ist, auch wenn das eigentlich gar nicht zu ihm passt. Axel kennt keine Scham und fühlt sich in jeder Situation wohl. Ich nutze das Momentum, solange er schweigt, um alles rauszuhauen, was mich bedrückt. Alles, was ich auf dem Zettel, den ich ihm auf den Tisch gelegt hatte, nicht habe sagen können.

«Du hattest recht, zwischen uns lief es nicht mehr. Deshalb bin ich ohne viel Aufhebens gegangen. Du musst dir keine Sorgen machen, du hast mit meinem Leben nichts mehr zu tun. Du hast das Recht verwirkt zu erfahren, wie es mir geht. Du musst dich nicht mehr zwingen, dich dafür zu interessieren.»

«Aber ich muss mich gar nicht dazu zwingen!»

«Wie auch immer ... es ist mir egal. Lass mich einfach in Ruhe, okay?»

«Es tut mir leid ...»

«Das ist mir egal!», schneide ich ihm entnervt das Wort ab. «Axel, es ist mir egal, ob es dir leidtut, ich hab die Schnauze voll, darum geht's hier wirklich nicht!»

Ich höre ihn seufzen und sehe ihn förmlich vor mir, wie sich sein Gesicht verschließt, er die Arme verschränkt und den Zuhörer mimt, der sich eifrig nickend bemüht, alles aufzunehmen, und doch habe ich mich nie wirklich gehört gefühlt.

«Es war nett von dir, so fürsorglich zu sein. Wirklich. Aber es hilft mir nicht weiter. Mir täte es jetzt viel besser, wenn du von der Bildfläche verschwinden würdest, sonst schaffe ich es nie, wieder auf die Beine zu kommen.»

Die Monate, in denen ich jeder Nachricht auflauerte, um bloß nicht zu vergessen, wie es sich anfühlt, für jemanden lebendig zu sein, für jemanden, den ich geliebt habe und der mich geliebt hat, die Monate, in denen ich versuchte, die seit Langem erloschene Flamme am Leben zu erhalten oder wieder aufflammen zu lassen, diese verlorenen Monate haben meine Flügel bleischwer werden lassen. Sonst hätte ich das von Erinnerungen und Bedauern beschwerte Kapitel vielleicht längst schließen können, aber vielleicht ist es dafür noch nicht zu spät?

«Hast du verstanden? Ich will, dass du mich in Ruhe lässt.»

«Okay», sagt er nach langem Schweigen wie jemand, der die Arme sinken lässt.

Verblüfft blicke ich auf die Straße, wo Passanten vorbeigehen, ohne mich eines Blickes zu würdigen.

«Okay?»

«Ja. Ich habe dich verstanden. Tut mir leid», schiebt er noch schnell hinterher und räuspert sich dann, weil es ihm offenbar peinlich ist, dass er sich schon wieder entschuldigt hat. «Ich habe es gut gemeint, aber offensichtlich war es falsch. Ich lasse dich in Frieden. Ich ... Tschüs.»

Er wartet darauf, dass ich antworte, ein letzter freundlicher Gruß zum Abschied, aber ich habe nichts mehr zu sagen. Ich zünde mir eine Zigarette an. Als ich den ersten Zug nehme, höre ich noch ein Seufzen, und dann klickt es in der Leitung: Er hat aufgelegt.

Mein Herz hämmert viel zu laut in meinen Ohren. Hinter mir der Lärm der Stadt. Hupen und mein blutender Unterleib. Ich sacke in mich zusammen. Die Tränen, die mich bislang im Stich gelassen haben, schießen mir nun aus den Augen. Ich schluchze, dass meine bebenden Schultern wehtun, ich pendele vornübergebeugt mit dem Kopf zwischen den Händen vor und zurück, mir geht es dreckig, mir geht es saudreckig, verdammt, ich halte dieses tief in mir eingefräste Leiden nicht mehr aus.

Bourbon

Guten Tag! Dies ist der Anrufbeantworter von Camille. Ich bin derzeit nicht erreichbar ...

Schon zum vierten Mal ruft sie an, doch ihre Schwester geht nicht ran. Natürlich nicht, es ist mitten am Nachmittag, natürlich hebt zu der Zeit niemand ab. Sie versucht es bei Hémon, einmal, zweimal, dreimal. Seine tiefe Stimme begrüßt sie, allerdings ist es auch hier nur die Mailbox, sie krümmt sich noch ein wenig mehr, wie ein toter Ast bricht sie unter der Last zusammen, die sie innerlich zerbersten lässt.

Sie möchte gern von jemandem hören, dass alles gut werden wird. Doch es ist niemand da, und ihr ist kalt.

Sorgfältig stapelt sie die gelb-weißen Schachteln auf dem niedrigen Tisch neben dem Glas und der Flasche Bourbon, die sie im Schrank unter der Spüle gefunden hat. Sie betrachtet alles mit abwesendem Blick. Es ist 15:30 Uhr, der Tag ist grau und bedeckt, als würde er sich bereits zurückziehen.

Ein Glas.

Tränen laufen ihr über die Wangen.

Ein Glas.

Es ist so schwer zu schlafen, ohne sich an jemanden anschmiegen zu können. Jede Nacht, in der sie sich nur an sich selbst wärmen kann, ist die Hölle. Ein heftiger Krampf erfasst ihren Unterleib, und ihr entweicht ein erbärmliches Seufzen.

Ein Glas.

Ihr Handy gibt mit einem leisen Piepton den Geist auf, kein Akku mehr. Schluckauf. Schluchzen.

Ein Glas.

Langsam wird es dunkler und die Straßenlaternen schalten sich ein. Die Kälte von draußen dringt nach drinnen, schwankend sucht sie nach einem Aschenbecher, sie raucht eine Zigarette, noch eine und noch eine dritte, *wozu jetzt noch Maß halten, vortäuschen und so tun, als würdest du selbst schalten und walten. Wozu das alles, frage ich dich. Für nichts. Du hättest ein vernünftiges Leben haben können, aber du hättest es wollen müssen, doch du hast nicht gewollt, und so ist es auch nicht erfolgt. Wie blöd stehst du jetzt da mit deinen dicken Tränen und vagen Krämpfen im Bauch, reiß dich am Riemen, Große, alle sind vorangekommen, nur du hinkst hinterher. Du hast nichts, bist nichts, sieh dich nur an.*

Dein Handy hat sich abgeschaltet, was egal ist, weil jeder, mit dem du reden willst, dich vergisst, du kannst dich nicht auf den Beinen halten, du dumme Gans. Ein Glas. *Bist nicht mal in der Lage, richtig den Schlusspunkt zu setzen. Schluck sie schon runter, diese teuflischen Tabletten, damit wir nicht mehr darüber reden müssen. Die anderen sind dein albernes Verhalten leid.*

Ein Glas. Ein weiteres und noch eins. Die Flasche leert sich immer weiter, und sie zieht einen Streifen Tabletten nach dem anderen aus den Verpackungen, reiht sie schniefend nebeneinander auf. Dann drückt sie jede Tablette einzeln heraus und schiebt sorgfältig jeweils sechzehn zusammen. Nun sagt sie nichts mehr und denkt auch nichts mehr, nicht einmal mehr an das, was sie erwartet.

In letzter Minute

Mit der Faust hämmere ich gegen die Tür, doch die kurzen Schläge verhallen ohne Antwort. Ich klopfe mehrfach und rufe: «Anaïs? Anaïs, mach auf, ich bin's, Hémon!»

Ich lege das Ohr ans Holz und höre nichts. Keinen Schritt, keinen Ton, als würde das Innere des Apartments den Atem anhalten und darauf warten, dass sich der Eindringling endlich verzieht. Mit schlimmsten Befürchtungen haste ich die Treppe hinunter und hole den Zweitschlüssel aus Tizianas Haus, der dort an einem Haken hängt.

Nur mit Mühe gelingt es mir, den Schlüssel im Schloss umzudrehen, ehe ich die Tür mit der Schulter aufstoße und keuchend ins Wohnzimmer stürze. Vor mir sitzt Anaïs auf dem Sofa und würdigt mich keines Blickes. Sie zählt. Sie zählt und zählt noch einmal mit leerem Blick, ohne zu merken, dass ich ihr Apartment betreten habe und nun vor ihr stehe.

Am Fuß des Sofas erblicke ich eine Flasche. Die Luft riecht nach billigem Fusel.

Mehrere verpasste Anrufe auf meinem Handy versetzten mich nach dem Unterricht in eine rasende Panik, wie ich sie noch nie zuvor erlebt hatte. Ich hatte eine böse Ahnung. Auch wenn ich nicht wusste, was los war, so war mir doch klar, dass ich dringend handeln musste, und eilte, ohne auch nur eine

Sekunde nachzudenken, direkt zu ihr. Angesichts dessen, was ich nun vor mir sehe, wird mir bewusst, dass ich mich auf das Schlimmste eingestellt hatte. Und dass ich hätte zu spät sein können. Erleichtert atme ich aus.

Nachdem die mit Schrecken versetzte Luft, die sich in meinen Lungen eingenistet hatte, aus meinem Körper gewichen ist, setzt sich dieser unverzüglich wieder in Bewegung. Anaïs füllt erneut ihr Glas, und natürlich schenkt sie sich mehr ein als die üblichen zwei Fingerbreit. In der Flasche ist nur noch gefährlich wenig übrig. Ich stürze mich auf sie und reiße ihr alles aus den Händen. Sie fährt vor Schreck zusammen und gibt einen erstickten Laut der Empörung von sich. Verstört folgt sie mir in die Küche, wo ich den Rest des Whiskys in den Ausguss gieße. Hilflos versucht sie, mich davon abzuhalten, aber ihre Gesten sind unpräzise, und sie bekommt die Flasche nicht zu fassen. Mit Handfeger und Schaufel kehre ich ins Wohnzimmer zurück, fege alle Tabletten auf und entsorge sie schleunigst in der Kloschüssel. Schrill kreischend erscheint Anaïs hinter mir und versucht ungelenk, mich zurückzuziehen, um mich daran zu hindern, die Spülung zu betätigen. Als sie die Finger in meinen Arm bohrt, schiebe ich sie unsanft von mir weg, und ein wilder Zorn ergreift mich, wie ich ihn noch nie zuvor erlebt habe.

Ich packe sie an den Handgelenken und schüttele sie.

«Wie viele davon hast du geschluckt?»

Die blassen Lippen entschlossen aufeinandergepresst, sieht sie mich an, sie riecht süßlich und unangenehm nach Alkohol. Ihr Teint ist wächsern, und sie hat Ringe unter den roten geschwollenen Augen. Abermals schüttele ich sie kräftig.

«Jetzt antworte schon, verdammt!»

«Ich hatte keine Zeit.»

Nicht dass ich ihr das einfach glaube, aber es deckt sich mit meinem vagen, aber hartnäckigen Gefühl, gerade rechtzeitig gekommen zu sein. Wieder schiebe ich sie von mir weg, ich kann es nicht ertragen, ihr so gegenüberzustehen, ich will sie nicht mehr sehen, ihr abgespanntes Gesicht und ihren angegriffenen Körper nicht mehr sehen, doch sobald sie sich auch nur eine Sekunde außerhalb meines Sichtfelds befindet, steht mir der kalte Schweiß auf der Stirn. Wozu ist sie fähig?

Als wäre sie begriffsstutzig, sieht sie mich vom anderen Ende des Flurs an. Vor Wut kochend, durchmesse ich das Wohnzimmer und habe das Gefühl, all die Verzweiflung aufgesaugt zu haben, die in der drückenden, rauchgeschwängerten Atmosphäre des Apartments hängt und an der sich Anaïs seit Stunden berauscht hat. Fuchsteufelswild marschiere ich auf und ab, während sie mit hängenden Armen und abgespannter Miene im Flur steht. In ihren Augenwinkeln bilden sich Tränen, und mein Herz beginnt langsam, dafür aber so laut zu zerreißen, dass mir fast das Trommelfell platzt.

Während noch vor einer Sekunde vollkommene Stille geherrscht hatte, die das Geräusch meiner Schritte auf dem Parkett und das dumpfe Grollen, das in meiner Kehle aufstieg, erstickte, ist die Luft in der nächsten von dem durchdringenden Schrei aus Anaïs' Mund erfüllt, ein Klagelaut aus ihrem Innersten, der alles erzittern lässt – von den Fensterscheiben über meine Hände bis zum erlöschenden Tageslicht.

Vor Schluchzen bebend, sackt ihr Körper in sich zusammen. Ich laufe zu ihr und fange sie gerade noch rechtzeitig auf, nehme sie in den Arm und drücke sie an mich, so fest, dass ich Angst habe, ihr wehzutun. Sie sagt nichts. Sie weint, wie ich noch nie jemanden weinen gesehen habe, die Tränen fließen ihr über die Wangen, und sie klammert sich an mein Hemd wie an eine Boje, ich spüre, wie sie in meinen Armen abdriftet und kann nichts anderes tun, als zu hoffen, dass meine Anwesenheit genügt, um sie zurückzuholen. Gemeinsam gleiten wir zwischen den beiden Türen zu Boden, sie drückt ihr Gesicht gegen meine Brust, und ich streichle ihr immer wieder über den Rücken, unsere Beine sind miteinander verschlungen, so hatte ich es mir nicht vorgestellt. Ich habe einen Kloß im Hals, der kein Wort vorbeilässt, dabei habe ich so viel zu sagen, und alles ist lächerlich.

Ich nehme wahr, wie sich ihre Muskeln im wellenartigen Rhythmus des Schluchzens zusammenziehen, sie schnieft ganz nah an meinem Ohr, raue Laute entweichen aus ihrem halb geöffneten Mund, und ich spüre ihren warmen, erratischen Atem. Sie lebt, kann man lebendiger sein, als sie es gerade ist – ein klebriges, zitterndes Wesen, ein Meter sechzig Leben, das auf mir liegt?

Ich drücke sie noch fester an mich. Unsere miteinander verschlungenen Körper schwanken von links nach rechts wie trunkene Schiffe bei stürmischer See.

In dem Apartment ist es inzwischen vollkommen dunkel. Am anderen Ende fällt das Licht einer Straßenlaterne durch das Glasdach und bildet eine orange Lache auf dem Boden. Nach einer Weile, die mir wie eine halbe Ewigkeit vorkommt, versiegt das Schluchzen, und die Spannung weicht ein wenig aus Anaïs' Körper. Die Zeit scheint stillzustehen.

«Ich glaube, ich bleibe heute Abend hier, okay?»

Meine Stimme ist nicht mehr als ein heiseres Murmeln, das dennoch die Stille durchschneidet wie einen Stoff. Anaïs krallt sich fester in mein Hemd, als wollte sie mir verbieten zu gehen, ich suche ihren Blick und sehe ihr tief in die Augen, ich habe Angst davor, was ich dort sehen werde. Sehr präsent ist die Verzweiflung, aber noch mehr scheint sie die Angst vor dem Alleinsein zu plagen, wieder sich selbst überlassen zu sein, die Angst, von einer erbarmungslosen Nacht geschluckt zu werden.

Langsam rappeln wir uns gemeinsam auf, meine gefühllosen Beine erwachen kribbelnd. Unsere Schritte führen instinktiv ins Schlafzimmer, wo das riesige Bett, dessen Decke zurückgeschlagen ist, nur auf uns zu warten scheint. Wie ein Roboter zieht sich Anaïs aus. Meine Anwesenheit scheint sie dabei nicht zu kümmern. Jeans und BH landen achtlos auf dem Boden, ehe sie wortlos und fröstelnd in einem langen Hemd und mit Socken an den Füßen unter die Decke schlüpft.

Perplex lege ich mich angezogen neben sie. Wortlos rutscht sie näher an mich heran und legt ihren Kopf auf meine Brust. Einmal mehr schlinge ich die Arme um sie, zu etwas anderem bin ich nicht fähig. Wenn das nur reicht. Ich höre sie schniefen, und im nächsten Moment ist sie eingeschlafen.

Ich hingegen tue kein Auge zu und verbringe die Nacht damit aufzupassen, dass sie noch atmet.

Wiederbeleben

Einige Wochen sind vergangen, seit es mir nicht gelungen ist zu verschwinden, seit ich vollkommen groggy, das Gesicht an Hémons Hals gedrückt, aufgewacht bin und mir zu übel war, um glauben zu können, dass ich es auf die andere Seite geschafft hatte. Einige Wochen ohne Hémon, nachdem ich ihn vor die Tür gesetzt habe.

Es ist gut, nicht tot zu sein. Man kann sich gar nicht vorstellen, wie gut es ist, nicht tot zu sein, bis man mit einem Tag konfrontiert ist, mit dem man nicht mehr gerechnet hatte, auf den man nicht mehr gehofft hatte. In meinem Schädel hämmerte es wie verrückt, und das Erste, was ich dachte, war: «Ich muss *wirklich* mit dem Trinken aufhören.» Kurz zählte ich an den Fingern ab, was ich in letzter Zeit alles bereut hatte, und immer war Alkohol im Spiel. Eine der Ursachen des Problems.

Wie ein Bumerang kam alles zurück, wie in einer Schmierenkomödie, und da ich mich nicht mehr so lächerlich fühlen wollte, beschloss ich, mich elend zu fühlen. Ich setzte mich auf und betrachtete Hémons schlafendes Gesicht, sein wirres Haar, seine glatte Haut, auf die das erste Tageslicht fiel, und mir zog sich das Herz zusammen. Der arme Kerl, der von niemandem etwas verlangt hatte, in welche Scheiße hatte ich ihn geritten.

Ein säuerlicher Geruch stieg mir in die Nase, als ich mich

bewegte – es war mein eigener. Die widerlichen Nachwirkungen einer durchzechten Nacht. Unter der Dusche hoffte ich, Hémon hätte sich in Luft aufgelöst, wenn ich herauskäme. Ich bin für solche Situationen nicht geschaffen, ich werde nicht gern auf die Probe gestellt. Ich träume von unerschütterlicher Ruhe – oder ist «ungerührt» das passendere Wort? Es gibt solche ichbezogenen Menschen, die sich nicht mit dem Seelenzustand anderer belasten, die sich abwenden, ohne sich noch einmal umzudrehen, und jede Nacht tief und fest schlafen. Warum nur gehöre ich nicht zu diesen sorglosen, abscheulichen Leuten?

Manchmal denke ich, dass ich es anders hätte angehen müssen. Ich hätte den Prozess umdrehen sollen. Eine Tablette, ein Schluck, anstatt mich erst zu betrinken. Aber im Grunde weiß ich, dass ich in nicht betrunkenem Zustand niemals dazu in der Lage gewesen wäre. Nachdem sich Hémon Zugang zum Apartment verschafft und ich sein Gesicht gesehen hatte, setzte mein Herz einen Schlag aus, ich war von oben bis unten wie elektrisiert. Es war keine körperliche Reaktion, es ging viel tiefer, ins Übersinnliche, und berührte mich an den neuralgischsten Punkten. Ich hatte nach Hilfe gerufen, und er war gekommen. So schnell er konnte. So wie sich ein Freund einer Freundin aus Loyalität verpflichtet fühlt. Hieß das am Ende, dass ich tatsächlich jemandem etwas bedeute? Die Vorstellung zog mir den Boden unter den Füßen weg, fast buchstäblich. Damit nahm er mir mein Waffenarsenal, und ich handelte nur aus einem vagen Prinzip heraus, die Kraft, mich ins Nirwana zu katapultieren, hatte ich nicht mehr in mir. Ich wollte dort auch nicht mehr hin. Ich wollte weiterleben – endlich.

Etwas in mir hat sich befreit, nicht durch Elektroschock, sondern durch ... eine seltsame Erleuchtung. Dass ich mich nämlich getäuscht habe, und das auf ganzer Linie. Ich habe zu sehr einem Mann nachgetrauert und mich nur daran orientiert. Aber das ist nicht schlimm. Ihm nachgetrauert zu haben und nun orientierungslos zu sein ... Wichtig ist, dass ich mich geirrt habe. Zu erkennen, dass man den Dingen ins Auge sehen muss. Da ich so viel Kraft darauf verwandt hatte, Türen hinter mir zu schließen und die Signale der Welt nicht zu erhören, habe ich vergessen, dass ich nicht allein bin. Dass ich jemand bin, nicht die faszinierendste Frau der Welt, aber doch jemand. Und nur das sollte zählen.

Freimachen

```
10:16 Hallo Camille,
Anaïs geht's nicht gut, ich habe sie
gestern gefunden, als sie kurz davor
war, «sich etwas anzutun», wie man immer
sagt (komischer Euphemismus). Sie hat
mich gebeten, sie in Ruhe zu lassen,
deshalb überlasse ich sie nun dir.
Tut mir leid.
10:18 Von Hémon (aus Limoges)
```

Ich war länger im Bett geblieben, mein Handy lag mit leerem Akku in der Nachttischschublade. Am Abend zuvor war ich spät nach Hause gekommen und nur noch ins Bett gefallen. Noch schläfrig hatte ich den Code eingetippt, und sobald ich wieder Empfang hatte, trudelten nacheinander eine Nachricht von Marc, eine Sprachnachricht von der Tagesmutter und die SMS von Hémon ein, außerdem war da der rote Punkt auf dem Icon mit dem Hörer: (5) verpasste Anrufe, einer von Hémon, vier weitere von Anaïs Nollet.

Angesichts der Klammern in Hémons Nachricht musste ich lächeln, obwohl mich die Gefühle übermannten. Ich hatte alles verpasst.

Was sollte ich jetzt tun? Sofort hinfahren und sie kurzerhand mitnehmen, sie packen und zur Rede stellen, sie einweisen lassen? Schon wieder bleibt alles an mir hängen, und ich muss eine Last schultern, die sonst niemand auf sich nehmen will – schnell schüttele ich den Kopf, das stimmt nicht, darum geht es hier nicht, ich war kurz übers Ziel hinausgeschossen. Anaïs ist keine allzu schwere Last für mich, und wenn Hémon mich informiert, dann tut er es, weil er keine Wahl hat. Es ist auch nicht seine Aufgabe.

Also habe ich überlegt – für mich allein, mit Marc und zum Schluss sogar mit Ninon. Sie verhält sich ungewöhnlich still und lauscht wie ein wachsames kleines Tier. Ich ringe um die richtigen Worte: «Nana ist sehr, sehr traurig. Was sollen wir nur machen, Ninon?»

Den Namen Anaïs kann sie noch nicht aussprechen, aber Nana kann sie sagen, und immer wenn sie in Anwesenheit ihrer Tante Nana sagt, streckt sie die Arme in ihre Richtung. Jedes Mal wenn ich dann das erstaunte und erfreute Gesicht meiner Schwester sehe, frage ich mich, ob sie dieses Kind womöglich genauso fabelhaft findet wie ich. Ich erwarte von meiner Tochter keine Antwort, hoffe aber insgeheim, dass sich, wenn ich die Frage in einfachen Worten laut ausspreche, auf wunderliche Weise eine klare Lösung auftut.

Doch dann fragt Ninon unschuldig: «Gib Küsschen?»

Ich habe alle Möglichkeiten abgewogen. Jetzt nach Limoges zu fahren, birgt das Risiko, alles noch schlimmer zu machen. Vollständig zu zerstören, was beim letzten Mal schon Risse bekommen hat, das wäre schmerzhaft und langwierig. Auf jeden Fall würde Anaïs versuchen, den Ernst der Lage zu leugnen – «Ach, es geht schon wieder.» Vielleicht braucht sie es, vielleicht muss sie sich selbst versichern, dass im Moment, heute, alles gut ist. Ich fühle mich unbeholfen und unterdrücke den Drang nach der großen, hollywoodreifen Geste, weil das rohe Ei, das ich in der Hand halte, zu fragil und wertvoll ist.

Küsschen geben. Das kann ich.

*

Ich bin zu spät dran, weshalb ich mir die Schuhe schlampig zubinde und fast über einen Schnürsenkel gestolpert wäre. Der Markt, Madame Conti, einfach weitermachen, als wäre nichts gewesen. Ich habe eine Hand auf der Türklinke, in der anderen den Schlüsselbund, als von draußen ein Klopfen ertönt. Ich fahre zusammen.

Eine unbekannte weibliche Stimme ruft: «Guten Tag! Die Post! Ich habe ein Paket für Madame Anaïs Nollet!»

Niemand hat meine Adresse, denke ich verdutzt. Ich öffne, und offenbar sieht man mir meine Überraschung an, denn die Postbotin in dunkelblauer Uniform lächelt verschwörerisch.

«Damit haben Sie nicht gerechnet, stimmt's? Ein heimlicher Verehrer vielleicht? Unterschreiben Sie bitte hier.»

Ich kichere verlegen, während ich den Beleg unterschreibe, dann schönen Tage noch, danke, Ihnen auch, auf Wiedersehen. Ich bin superneugierig, aber vor allem bin ich inzwischen richtig zu spät, und Madame Conti steht mit ihrem Wolltuch um die Schultern bereits auf dem Hof: Sie wartet auf mich. Ich stelle den Karton auf das Tischchen neben der Tür und schließe eilig ab.

Pfeifend laufe ich die Treppe hinunter. *Fake it until you make it.*

*

Marc hält mir eine sehr edle Tüte mit goldfarbenen Bändern als Henkel hin. «Ich glaube, die Hälfte des Preises ist für die Verpackung», kommentiert er verschwörerisch.

Lächelnd wickele ich aus dem farbigen Seidenpapier eine kleine Schachtel, die ebenfalls mit goldenem Band verziert und mit Waffelgebäck gefüllt ist. Es ist *too much*, aber genau das Richtige. Neben mir malt Ninon ein Bild, vielleicht das schönste, das ich von ihr je gesehen habe. Sie hat die Pastellstifte rausgeholt, bei denen ich immer leicht nervös werde, wenn sie sich damit einer weißen Wand nähert. Der Bogen Papier, auf dem sie ihr Talent auslebt, ist ziemlich groß, und wir werden ihn mehrfach falten müssen, damit er in den Karton passt. Die Waffeln kommen ganz nach unten, und darüber lege ich Schokolade, ein Päckchen Tee, ein Buch, eine Kerze und eine Badekugel. Ganz obendrauf kommt das grüne Kuvert, auf das ich in meiner schönsten Schrift den Vornamen meiner Schwester geschrieben habe.

Ninon zeichnet konzentriert die letzten Striche.

«Fertig!»

Ich lasse ihr von mir erklären, was sie gemalt hat: eine Sonne, einen Pilz, den Wald, die Katze, Wolken und ein großes rotes Herz – sie zeigt mit dem Finger auf einen roten Klecks, aber ich nicke zustimmend. Ein großes rotes Herz – perfekt.

Gemeinsam schließen wir wenig später den Karton, und Ninon setzt in ihrer Arglosigkeit einen dicken Kuss auf den Deckel. Ihr Vater sieht sie liebevoll an. Ich denke an Limoges, wo alles wohlbehalten ankommen muss, um die Dinge wieder ins Lot zu bringen.

*

Als ich zurückkomme, habe ich das Paket vergessen. Ich räume das Gemüse in den Kühlschrank (ich muss wieder anfangen, für mich zu kochen, meinte Madame Conti), stelle die Flasche Limonade auf den Wohnzimmertisch, die mich beim Einkaufen angelacht hat, und erst dann, als ich mich wieder aufrichte, erblicke ich es überrascht, obwohl es eigentlich nicht zu übersehen ist. Braun und anonym, abgesehen von einem kleinen Aufkleber vorne drauf, auf dem ich aber aus der Ferne nichts entziffern kann, wartet es auf dem Tischchen neben dem Eingang. Ich trete näher. Ein heimlicher Verehrer? Ich erschaudere. Axel? Woher weiß er, wo ich wohne? *Hémon?* Ich weiß selbst nicht, warum, aber die Vorstellung, dass er mir ein ... Geschenk schickt – sollte es sich um ein solches handeln –, erscheint mir absurder, zugleich aber auch aufdringlicher als ein Anruf.

Die Schrift auf dem Aufkleber ist winzig. Das Licht ist schummrig, ich kneife die Augen zusammen. Absender: Camille Nollet.

Erleichterung schwappt wie eine wohlig warme Welle durch mich hindurch. Ungeduldig reiße ich das Klebeband auf. Als Camille zum ersten Mal von zu Hause auszog, um für einige Jahre in einem Internat zu leben, wo ihr besonderes musikalisches Talent gefördert und zur Geltung gebracht wurde, haben mein Vater und ich ihr ebenfalls Pakete geschickt. Wir haben damals Dinge wie ihre Lieblingsschokocreme, eine DVD und Geigenharz hineingepackt. Meine Aufgabe war es immer, die Karte zu schreiben. Oft wurde es eher ein Brief, weil ich, anders als mein in sich gekehrter Vater, so mitteilsam war. Sobald es bei Camille angekommen war, rief sie jedes Mal begeistert an, immer um Punkt 20:30 Uhr, weil sie nur dann ihr Handy benutzen durfte. Dass sie die kostbaren Minuten dafür nutzte, ihre kleine Schwester anzurufen, hat mich damals sehr gefreut. Ich liebte ihre Stimme, wenn sie sagte, «Oh, là, là, wie toll, danke», ehe sie anfing, mir irgendetwas Aufregendes aus ihrem Alltag zu erzählen. Ihre Dankbarkeit war aufrichtig, und mit ihren Geschichten bezog sie mich auf ihre Art in ihr Leben ein, ließ mich daran teilhaben. Sie fragte mich nach meiner Meinung zum neuesten Streit in ihrem Ensemble, und gemeinsam machten wir uns Gedanken, warum sich der jeweilige Rivale oder Bewerber wohl so verhalten hatte, dabei wurde gelacht – viel gelacht. So war ich beinahe bei ihr, was schön war.

Als ich nun den Karton öffne, bin ich auch wieder beinahe bei ihr. Unterschiedlichste Gerüche dringen mir in die Nase, eindeutig ist nur der nach Baby.

*

Ich habe Ninon in den Tragegurt gesetzt und bin mit ihr, die Nase in ihrem Lockenkopf vergraben, zur Post gegangen. So albern es sein mochte, aber ich musste selbst und zu Fuß dorthin gehen, musste mir die Zeit nehmen. Ich spüre Ninons Gewicht, ich glaube, dass sie einschläft. Mein Herz pumpt wie verrückt, die Luft ist kalt, der Himmel blau, die Bäume kahl. Der Wind peitscht mir gegen die Wangen, doch der Kopf meiner Tochter ist durch eine Mütze geschützt und durch meine raue blasse Hand, die einen Schirm für sie bildet. Ich begegne Frauen, die ein kleines Kind in sich oder vor sich tragen, und auch welchen, die eines kleinen Schattens neben sich entbehren, jedoch sichtbar andere Lasten tragen. Ich begegne Männern mit Dreitagebärten, die vornübergebeugt an mir vorbeischlendern, die Hände warm in den Taschen vergraben. Keiner von ihnen schleift ein kleines Kind hinter sich her, das ihm den Arm lang zieht, bis die Schulter schmerzt, weil man womöglich vergisst, dass die Kleinen nicht so schnell gehen können wie Erwachsene. Keiner der Männer wird durch irgendetwas gebremst. Sicher ein Zufall.

Ich lächele einem Hund zu.

Als das Paket in den Händen der Postangestellten verschwindet, zieht sich mein Herz zusammen. Lass es genug sein – auch wenn es in Wahrheit so wenig ist.

*

Darin befindet sich ein x-mal geknickter Bogen Papier, der auseinandergefaltet fast den gesamten Wohnzimmertisch einnimmt. Es ist das erste Bild, das meine Nichte mir schenkt, wird mir bewusst. Unter diesem Schatz liegt das Kuvert, auf dem in großen runden Buchstaben mein Name steht. *Anaïs.* Das bin ich.

Liebe Schwester,
gern wäre ich jetzt näher bei Dir, aber ich bin mir nicht sicher – ist es das, was Du jetzt brauchst? Du hattest recht, ich weiß nicht, was gut für Dich ist. Ich versuche, mir in Erinnerung zu rufen, wann ich es zum letzten Mal wusste, leider fällt es mir nicht ein. Vielleicht – ich weiß es nicht – bin ich zu sehr damit beschäftigt zu erraten, was gut für Ninon ist. Das soll keine Entschuldigung sein, glaube ich, Du verstehst schon, nicht wahr? Ich sage es Dir klipp und klar: Ich bin da.

Wenn Du mich brauchst, bin ich da. Du musst es mir nur sagen.
Ich liebe Dich, und es tut mir leid.
Camille

Ich lache durch die Tränen hindurch, die nicht mehr aufhören wollen zu fließen.

Seine Mutter

Die Küche ruft und nimmt mich aus unzähligen und vor allem den allereinfachsten Gründen in Beschlag. Während meine Hände kneten, schneiden und mit der Pfanne hantieren, beginnt mein Geist, Netze zu spinnen, um die Teile meines Lebens wieder einzufangen, die sich in den Orbit verflüchtigt haben, nachdem mir die Sicherungen durchgebrannt waren. Als mich das Piepen des Ofens in die Realität zurückholt, bin ich ein bisschen betrübt, weil ich das Ganze nach wie vor nicht sinnvoll zusammenfügen kann – im Gegensatz zu dem, was ich jetzt aus dem Ofen ziehe. Damit habe ich eindeutig etwas geschaffen, das Sinn ergibt. Und dieser vervielfacht sich, sobald er im klingenden Rhythmus von Geschirr und Gesprächen, in größerer oder kleinerer Runde geteilt wird. Ich koche, um Ordnung in meine dunklen Winkel zu bringen, altes Zeug rauszuschmeißen und gründlich Staub zu wischen.

Wenn man Madame Conti dazuzählt, stehen sie zu viert um die Kochinsel und warten auf meine Anweisungen. Ich stürze mich voll hinein. Sinn zu schaffen, das ist alles, was wir noch tun können.

Fabienne, die von Madame Conti versaute Witze erzählt bekommt, ist besonders konzentriert dabei. Außerdem sind Monique und Sophie gekommen, denen ich schon ein- oder zweimal in der Bücherei begegnet bin, und erst ziemlich spät realisiere ich, nachdem ich schließlich aus meinen Gedanken aufgetaucht bin, dass die vierte Schülerin in diesem Kurs niemand anderes ist als Hémons Mutter. Mit ihrem hohen Dutt und der Perlenkette wirkt sie nicht so, als würde sie irgendetwas oder irgendjemanden brauchen, doch auch sie befolgt fast hingebungsvoll, was ich sage, wie die anderen Köchinnen auch.

Ich beobachte die glatten oder auch bereits faltigen Hände dieser Frauen, für die hier zu sein aus ganz unterschiedlichen Gründen wichtig ist. Die eine hofft, eine Produzentin zu verführen, die sie auf einem Konzert kennengelernt hat, die nächste will für wählerische Enkelkinder kochen, die dritte lebt allein und hat genug davon, uninspiriertes und geschmackloses Zeug zu essen.

Madame Roger-Lebrun beteiligt sich nicht an dem Gespräch. Dafür beobachtet sie mich aus den Augenwinkeln, sobald sie glaubt, dass ich ihr den Rücken zugekehrt habe. Ihre Anwesenheit wirkt fast bedrohlich auf mich, was durch die Zornesfalte, die sich zwischen ihren Augenbrauen bildet, wenn sich unsere Blicke über die Distanz kreuzen, nicht gerade entschärft wird.

Niemand ist von Natur aus unbegabt in der Küche. Schon gar nicht wir Frauen, da das Schicksal es so gewollt hat, dass wir seit Tausenden von Jahren an den Herd verbannt wurden. Und auch wenn sich mir bei der Vorstellung die Haare aufstellen, dass zahlreiche Stunden täglichen Kochens an ungehobelte Kerle und undankbare Kinder verschwendet werden, weiß ich doch, dass es ein wertvolles Geschenk ist, für Menschen zu kochen, die einem wichtig sind. Also krempeln wir die Ärmel hoch und lernen mithilfe einer Prise Salz oder von ein wenig

Crème fraîche, «Ich liebe dich» zu sagen, und das ist nicht das Schlechteste. Im Grunde ist es vielleicht das einzig Wahre.

Der Kurs geht zu Ende, und die Teilnehmerinnen verstauen, was sie zubereitet haben, mit rosigen Wangen und einem Lächeln auf den Lippen in gemusterten Plastikbehältern. Die Aromen in der Küche vermischen sich auf das Angenehmste, und ich spüre ein mir nicht unbekanntes diskretes, aber hartnäckiges Hungergefühl in meinem Bauch. In einer Pfanne befindet sich noch ein Rest karamellisiertes Gemüse und im Ofen einige Kartoffeln mit Knoblauch und Rosmarin. Während ich so lange lächele, bis mein Vorrat erschöpft ist, läuft mir bei dem Gedanken an das späte Mittagessen, das mich erwartet, das Wasser im Mund zusammen. Ich kann es kaum erwarten, es ganz für mich allein in Ruhe und im Schutz der makellos sauberen Küche zu genießen. Doch eine Dame des Quartetts hat es offenbar nicht besonders eilig, nach Hause zu kommen. Madame Roger-Lebrun bewegt sich langsam und scheint große Mühe zu haben, den Deckel ihrer Tupperdose zuzubekommen. Zögernd trete ich näher.

«Kann ich Ihnen helfen?»

Auf dieses Signal hat sie wohl nur gewartet. Entschlossen schiebt sie die Dose von sich weg und tippt mit ihren langen Fingernägeln rhythmisch auf die marmorne Arbeitsplatte, ehe sie mich mit ihren unerbittlichen blauen Augen so eindringlich ansieht, dass es nichts mit dem Inhalt ihrer Dose zu tun haben kann. Sie durchbohrt mich förmlich mit ihrem Blick. Ich fühle mich beobachtet und begutachtet, und es ist klar, dass ich jetzt besser nichts sagen sollte. Ich frage mich, ob Hémon wohl seinem Vater ähnelt, von seiner Mutter hat er die sanften Augen und das freundliche Wesen sicher nicht.

«Ich muss mit Ihnen reden, Mademoiselle, allerdings weiß ich nicht, wie ich es tun soll, ohne eine rote Linie zu überschreiten.»

Ich spüre einen Kloß im Hals. Was auch immer sie mir sagen will, es kann nichts Gutes sein. Ich bin schon dabei, die Arme vor der Brust zu verschränken, als ich es mir anders überlege, weil ich mir plötzlich nicht mehr sicher bin, ob mir das Bild gefällt, das ich damit vermittele. Ich hoffe, man sieht mir nicht an, wie weit ich die rote Linie bereits jetzt für überschritten halte.

«Es geht um Hémon.»

«Ja, das habe ich mir gedacht», antworte ich ungeduldig, sie soll endlich zum Punkt kommen.

«Sie haben sich gestritten ...»

Ich verdrehe die Augen.

«Machen Sie nicht so ein Gesicht!», ruft sie. «Ich habe ihn noch nie so erlebt!»

«Nein, noch nie?», hake ich spöttisch nach.

Ich weiß, dass sie lügt und dass sie sich in etwas einmischt, das sie nichts angeht. Ich bin über das Alter hinaus, in dem ich mich von den Eltern der Jungs anmotzen lasse, denen ich den Laufpass gegeben habe, und der professorale Ton, in dem Madame mit mir redet, trägt nicht dazu bei, das Gefühl loszuwerden, eine Reise ohne Rückfahrschein in die Jugend angetreten zu haben. Für meine geistreiche Bemerkung fange ich mir einen weiteren mörderischen Blick ein.

«Da Sie es ja offenbar genau wissen wollen – doch, ein Mal habe ich ihn schon so erlebt. Und auf eine Neuauflage kann ich wirklich verzichten.»

Auf einmal wird ihr Ton sanfter, fast flehend.

«Ihr Streit ... Ich muss gar nicht wissen, worum es ging.»

Das wäre ja auch noch schöner, denke ich bei mir und muss mich beherrschen, nicht erneut die Augen zu verdrehen. «Aber ich muss Ihnen eine Frage stellen ... Ist er reparabel?»

Unwillkürlich senke ich die Lider und verspüre plötzlich das dringende Bedürfnis, mir die Schläfen zu massieren. Wie viel lieber würde ich im Erdboden versinken, als auf diese Frage zu antworten. Ich bedeute Madame Roger-Lebrun, sich zu setzen (ist sie Roger oder Lebrun oder beides? Welcher Teil ist ihr eigener in dieser variablen Namensgeometrie?), und stelle einen Tee vor sie hin, den ich zehn Minuten zuvor vorbereitet habe. Er ist schon ein wenig abgekühlt, aber etwas Besseres habe ich gerade nicht, er riecht nach Zimt und Tannin.

«Um ehrlich zu sein, finde ich Sie ziemlich übergriffig», antworte ich in möglichst sachlichem Tonfall und zucke mit den Schultern. «Wir haben uns nicht gestritten. Mir liegt viel an Ihrem Sohn», beteuere ich und lächele schwach, «aber im Moment kann ich nicht mit ihm befreundet sein, das ist einfach so. Und der Rest geht Sie wirklich nichts an.»

Ich sehe in ihren Augen, dass sie meine schwache Antwort nicht überzeugt. Dabei habe ich die Wahrheit gesagt, was selten ist – eine hässliche Wahrheit, die nicht mehr Worte verdient hat, aber manchmal ist es mit der Wahrheit eben so, dass sie alles andere als edel und erhaben ist.

«Gut», sagt Hémons Mutter daraufhin und schnalzt ungeduldig mit der Zunge. «Sie mögen ihn, oder täusche ich mich?»

Eilig weiche ich ihrem Blick aus, während ich eine kaum hörbare Antwort murmele.

«Er mag Sie jedenfalls gern. Das sehe ich, und ich kenne meinen Sohn gut. Wir haben dieselben Bücher gelesen, wir reden dieselbe Sprache. Er sagt nichts, aber ich höre in jedem seiner Worte, mit denen er von Ihnen spricht, dass Sie ihm gerade das Herz brechen.»

Rums, der hat gesessen.

«Sie haben Ihre Gründe», fährt sie fort, «da kann ich mich nicht einmischen. Aber ich glaube, dass Sie ihn auch mögen, deshalb sollten Sie Ihre Gründe vielleicht noch mal überdenken. Ich weiß nicht, vielleicht sind sie ja gar nicht so gut, wie Sie glauben wollen.»

«Meine Gründe gehen nur mich etwas an, so ist es. Ich bin davon überzeugt, was ich tue, ist sowohl für Hémon als auch für mich das Beste. Ich schütze uns», antworte ich kühl.

Madame Roger-Lebrun beeindruckt das keineswegs, sie fängt sogar an, verbittert zu lachen. «Aber das Leben tut weh, Mademoiselle, so ist es einfach. Und während Sie sich hinter Ihrem Panzer verschanzen, geht das Leben weiter. Es wird nicht auf Sie warten und er auch nicht.»

Mit diesen Worten erhebt sie sich, streicht sich eine Strähne zurück, die sich aus ihrer Frisur gelöst hat, und verlässt den Raum, ohne mich noch eines Blickes zu würdigen. Und ich? Anstatt sie hinauszugeleiten, bleibe ich wie erstarrt von dieser Ohrfeige zurück und glaube fast zu spüren, dass meine Wange glüht.

Die Eingangstür schließt sich mit einem dumpfen Klicken, als ich auch schon Madame Contis vorsichtige Schritte näher kommen höre. Sie lässt sich in ihrem Schaukelstuhl nieder und summt leise vor sich hin. Das war's dann wohl mit der Ruhe für meine kleine Mahlzeit.

«Sie hat nicht ganz unrecht …»

Madame Contis raue Stimme scheint von sehr weit her zu kommen. Ich beschließe, sie zu ignorieren, und stelle die Gasflamme unter der Pfanne mit dem Gemüse an.

Nein, sie hat nicht unrecht. Aber darum geht es gar nicht. Egal, was andere sagen, ich weiß, dass auch ich recht habe. Nein, ich kann die zaghaft flatternden Schmetterlinge in meinem Bauch nicht leugnen. Doch das ist kein Grund, nicht mehr, ich habe den Fehler einmal gemacht und werde ihn nicht wiederholen.

«Ich mag es, wenn Dinge Sinn ergeben.»

Der Bruch

(der nächste Morgen)

Als ich aus der Dusche kam, war Hémon immer noch da. Er hatte Kaffee gekocht und Tassen hingestellt. Und er hatte sein zerknittertes Hemd ausgezogen, weshalb ich jetzt sah, dass er ein Unterhemd trug – wie süß. Wir aßen schweigend, es gab noch Brot vom Vortag und ein bisschen Butter. Ein surrealistisches Frühstück, das es nicht hätte geben dürfen. Ich wagte nicht, ihn direkt anzusehen, beobachtete ihn aber verstohlen aus den Augenwinkeln.

Schließlich war er es, der die drückende Stille durchbrach. «Willst du reden?»

«Och.»

Hémon nickte, ehe er seine Tasse wieder an den Mund führte, ohne noch einmal nachzuhaken. Was sollte man sagen, welche Worte waren angemessen, wenn man gar nicht mehr da sein sollte, um sie aussprechen zu können, man aber auch nicht wirklich sicher war, dass man wirklich nicht mehr existieren wollte? Viel wichtiger wäre mir gewesen, wieder klar denken zu können, in einen Dialog mit mir selbst einzutreten. Der Schmerz, der am Vortag übermächtig gewesen war, hatte nachgelassen und war vom Jucken einer Wunde ersetzt worden, die sich um Heilung bemüht. Geblieben war nur das verhedderte Knäuel in meinem Kopf, und mir fehlte eine Anleitung, wie man einen misslungenen Selbstmordversuch überlebt. Mehr war es eigentlich nicht, es war vor allem unangenehm.

Schließlich hielt Hémon es nicht mehr aus. Er hob den Kopf und sah mich mit funkelnden Augen an. Ich merkte, dass er etwas sagen wollte, und erwiderte seinen Blick, um ihn zu ermutigen – oder zu entmutigen, ich war mir selbst nicht sicher.

«Das ist eine ernste Sache, Anaïs», begann er schließlich und biss sich auf die Innenseite seiner Wange. «Ich würde dir gern helfen können, aber ...»

«... aber du kannst es nicht.»

Die Worte entwichen mir wie ein letzter Seufzer. Sie hatten das fade Aroma einer abgestandenen Plattitüde, von schalem Wasser, das nach Rost und Kalk schmeckt.

Zwischen uns war einiges passiert, nicht zuletzt hatten wir die ganze Nacht Seite an Seite verbracht. Er würde mich niemals im Stich lassen, aber ich sah die Angst in seinen Augen, vielleicht um mich, vor allem jedoch davor, mich alleine zu lassen, als befürchtete er, ich könnte es wieder versuchen, sobald er mir den Rücken zukehrt.

Insgeheim hoffte er wohl, sich getäuscht zu haben, dass ich nicht ganz so kaputt wäre, wie er vermutet hatte, und man möglicherweise alles vergessen könnte. Vielleicht hoffte er auch darauf, dass der Schaden leicht zu beheben, das Loch kleiner als eine Zwei-Euro-Münze wäre, ein kurzer Stopp bei Carglass, und alles ist wieder tipptopp.

Außerdem rechnete ich damit, dass es ihm unangenehm und er mir gegenüber befangen wäre, dass er davor zurückschrecken würde zu rekapitulieren, was für ein Spektakel ich aufgeführt hatte. Stattdessen erlebte ich, unglaublich, aber wahr, unendliche Zärtlichkeit. Wie sehr ich auch zitterte, er würde mich wärmen, gab er mir mit seinem ganzen Wesen zu verstehen, er würde da sein.

«Gut geschlafen?», fragte er unvermittelt, ohne den Blick von mir abzuwenden.

Erst in dem Moment wurde mir bewusst, dass ich die Nacht, nachdem die Tränen versiegt waren, mit der Wange an seiner Brust und seinem Atem im Ohr ohne Unterbrechung und traumlos geschlafen hatte. Einmal meinte ich, eine Hand in meinem zerzausten Haar zu spüren, die mich aber offensichtlich sofort wieder hatte einschlafen lassen. Es war lange her, seit Schlaf bei mir heilende Wirkung gehabt hatte. Albern zwinkernd, als hinge ein Schmetterlingsschwarm an meinen Lidern, musste ich mich räuspern, um antworten zu können.

«Erstaunlich gut. Und du?»

Bei dieser Frage geriet meine Stimme ins Trudeln. Der Abstand zwischen unseren Köpfen hatte sich verringert, ohne dass wir es gemerkt hatten, und ich nahm auf Hémons nackten Oberarmen am Rande meines Sichtfelds Sommersprossen wahr, die ich nur zu gern berührt hätte. Ich fragte mich, aus welcher Entfernung ich wohl vor seinen Augen verschwamm, wenn er keine Brille trug. Besagte Schultern wurden von einem lautlosen Lachen geschüttelt.

«Ich habe die ganze Nacht kein Auge zugetan.»

Ich fühlte mich schuldig, und als ich dann sein Lächeln sah, wusste ich nicht mehr, was ich sagen sollte, also schwieg ich, und er redete weiter, zog seinen wahrscheinlich letzten Trumpf.

«Du bist sehr anhänglich, wenn du schläfst. Du hast mich nicht eine Sekunde losgelassen.»

Seine Stimme war nicht mehr als ein heiseres Flüstern, das alles in mir zum Schmelzen brachte. Ich öffnete den Mund – ohne auch nur die geringste Ahnung zu haben, was ich darauf sagen sollte –, als uns ein Klingeln jäh unterbrach. Auf der Suche nach dem Ursprung des Geräuschs drehten wir beide den Kopf, und damit war unsere Verbindung unterbrochen. Hémon erhob sich und griff in seine Jacke, die über dem Sofa lag. Das Handy vibrierte in seinen Händen, und auch wenn er es zu bedauern schien und es ihm leidtat, nahm er den Anruf doch entgegen.

Höflich versuchte ich, dem Gespräch bewusst nicht zu folgen, das er ohne viel Elan führte, die Atempause nach der Spannung, die sich in der Küche aufgebaut hatte, tat mir gut. Ich trank meinen Kaffee in einem Zug leer, hob die Arme gen Himmel und streckte die Wirbelsäule, dass es hörbar knackte. Mit jedem dumpfen *Popp* brachte ich mehr Ordnung in meine Gedanken. Mir schwoll das Herz in der Brust und schien nicht mehr genug Platz zu finden, die Tränen stauten sich. Ich musste tief durchatmen, um sie noch zurückzuhalten, später würde ich Zeit zum Weinen haben, Weinen ist wichtig, sagte ich mir, um das hier zu überstehen. Dieses Minenfeld in mir, das noch niemand betreten hatte. Ich wusch meine Tasse in der Spüle ab, und als ich nach draußen blickte, lag Limoges noch immer unter einer weißen Decke, wie in einen zu großen dicken Mantel gehüllt. Es war, als wäre die Zeit stehen geblieben, um mich verschnaufen zu lassen.

Hémon hatte aufgelegt und stand plötzlich hinter mir. Wie er sich mir barfüßig genähert hatte, war mir entgangen, wie er nach seiner Tasse griff, die noch auf dem Tisch stand, nicht. Nachdem ich mir sorgfältig die Hände abgewischt hatte, fand ich den Mut, mich zu ihm umzudrehen, nicht aber, ihm in die Augen zu sehen. Ihn ahnen zu lassen, wie sehr mich meine eigenen Worte innerlich zerrissen, wäre zu viel verlangt.

«Du musst jetzt gehen.»

Meine Stimme vibrierte, alles in mir zog sich zusammen. Unentschlossen stand ich reglos vor ihm und hatte in dem Moment das Gefühl, nur halb so groß zu sein wie er, der nun vor meinen Augen seinen Kaffee bis zum Bodensatz austrank – und dann eine Grimasse zog.

«Meinst du das ernst?», fragte er mit einem tiefen Beben in der Stimme, das die Erde erzittern ließ und damit meinen gesamten Körper.

Langsam nickte ich und musste schlucken. Die Situation wurde unerträglich.

«Alles, was wir uns gemeinsam aufbauen könnten, wäre ...» Während ich lange nach den richtigen Worten suchte, sah er mich geduldig an, ich hätte ihn für seine Liebenswürdigkeit ohrfeigen können. «... es wäre, wie tausend Papierkraniche zu falten und davon auszugehen, dass sie an einem Regentag losfliegen würden. Es wäre zu zerbrechlich, es wäre dumm, das kann ich nicht von dir verlangen.»

Abschätzig, aber auch unendlich traurig hob er eine Augenbraue. Als hätte er bereits verstanden, als wäre alles unvermeidlich und unsinnig zugleich.

«Es tut mir leid ... und danke. Aber im Moment ... kann ich einfach nicht.»

Während ich den Satz noch beendete, war es um mich geschehen, es war einfach zu schmerzhaft. Ich spürte dieses Loch in mir und musste mich schleunigst wieder umdrehen, um alles zu verbergen und den Rest meiner Würde zu erhalten, mit dem sich allerdings niemand mehr hinter dem Ofen hervorlocken ließ.

Abermals trat Hémon hinter mich, und ich spürte seine Wärme in meinem Rücken, wie er die Arme um mich legte, so behutsam, dass es fast komisch war. Ich senkte die Lider, atmete ein, und im nächsten Moment war er nicht mehr da. Ein Rascheln, ein betretenes Husten, fast lautlos fiel die Tür ins Schloss und die Schritte waren verstummt.

HÄMON: «Wir haben noch viele andere vor uns, Antigone.»

Viel öfter als notwendig besuche ich Tiziana, die natürlich nicht dumm ist. Immer wieder finde ich Vorwände, um mich der ersten Etage im Hinterhof zu nähern. Beim Kommen und Gehen blicke ich zu ihren Fenstern, in der Hoffnung, sie zu sehen, auch wenn es nur ganz kurz wäre, ich leide mit jeder Faser, nicht zu ihr zu dürfen. Seit ich von ihr abgeschnitten bin und sie nicht mehr sehen kann, muss ich mir eingestehen: Ich liebe dieses Mädchen.

Ich weiß nicht, wie es geschehen ist und ob es vor oder nach dem verschütteten Kaffee war? Vor oder nach dem katastrophalen Kuss? Während des Kinobesuchs, bei dem sie sich die Hand vor den Mund geschlagen hat, um nicht zu weinen, während sie mich aus den Augenwinkeln beobachtete, aus Angst, ich würde sie dafür verurteilen, dass sie die auf Zelluloid gebannten Emotionen so lebhaft beeindruckten? Oder war es an jenem ersten Januarmorgen, an dem sie vor Kälte zitternd in meinen Armen lag und ich die Augen schloss, um diesen intimen Moment für immer in mein Gedächtnis einzugravieren? Das Fieber, das mich wach hält, lässt keinen Zweifel mehr zu – hatte ich überhaupt geschlafen seit dieser unwirklich anmutenden Nacht, in der ich sie an mich gedrückt hatte, um sie von ihrem Vorhaben abzuhalten und um wenigstens ein bisschen Lebenslust in ihr zu entfalten? Von ihrem erstickten Schluchzen, ihren großen glänzenden Augen und ihrem Geruch nach Salz und Whisky verfolgt, treibe ich Nacht für Nacht auf stürmischer See und höre das Klagen der Seelen der Verdammten. Nacht für Nacht fürchte ich, sie könnte eine von ihnen werden, doch dann wird es jedes Mal wieder Morgen, und wenn sich die Nacht verflüchtigt, kehrt die Hoffnung zurück. Die Hoffnung, sie wiederzusehen, dass sich alles findet, dass es endlich Frühling wird.

Ich habe meine Pflicht als tapferer Soldat nicht erfüllt. Was muss man für ein Mensch sein, wenn man auf dem Absatz kehrtmacht und jemanden in so einer Situation alleine lässt? Aber ich konnte nicht bleiben. Nicht nur, dass ich nicht länger willkommen war, ich habe auch gelernt, nicht so eitel zu sein zu glauben, jemanden retten zu können. Anaïs' Worte waren wie ein grausames Getöse in meinen Ohren, eine gnadenlose Flutwelle. Seit dem Morgengrauen wurde die monströse Realität zwischen uns immer spürbarer. Dass das Leben im Moment nicht groß genug war, um uns beide aufzunehmen.

Deshalb bin ich gegangen. Meine Kehle war wie zugeschnürt und meine Hände eiskalt in den kratzigen Taschen, mein Kopf benommen von Gedanken, die mit *möglicherweise*, *vielleicht* und *niemals* begannen. Mit dem letzten bisschen Verstand versuchte ich hinter der nächsten Straßenecke, Camille anzurufen. Ohne Erfolg. Hilflos schrieb ich eine unbefriedigende SMS und merkte, wie schwierig es war, zu erklären, was sich sechshundert Kilometer von ihr entfernt gerade zwischen zwei Menschen abspielte, die sich kaum kannten, sich aber wie zwei mangelhaft zueinander ausgerichtete Magnete gleichzeitig anzogen und abstießen. Ich wollte sie nicht allzu sehr beunruhigen, da zumindest dieses Mal alles gut gegangen war, verharmlosen wollte ich es allerdings auch nicht. Was geschehen war, war keine Kleinigkeit. Ich hoffte, dass sie mir diese Handvoll Worte, die der Situation nicht angemessen waren, nicht übel nahm. Als ich meine Rolle zu Ende gespielt hatte, verließ ich die Bühne, nach einer Zugabe wurde nicht verlangt. Der Schatten, die Nacht. Erzürnte Blicke meiner Umgebung, die nicht versteht, wohin ich gegangen bin und ob ich eines Tages zurückkehren werde.

Heute Abend bin ich wieder bei Tiziana. Sie begrüßt mich ein wenig kühl, woran ich mich langsam gewöhne und worunter ich auch nicht wirklich leide. Gleichwohl verrät mir ihre spitze Miene, dass sie mir insgeheim Vorwürfe macht. Während ich höfliche Banalitäten von mir gebe, schneidet sie mir erbarmungslos das Wort ab.

«Hémon, da gibt es etwas, das ich nicht verstehe ...»

Sie sagt immer «Hémonne», wie mit zwei «n» und «e» am Ende, was meinem ohnehin seltsamen Namen, den ich manchmal gar nicht für meinen eigenen halte, noch eine ganz andere Dimension verleiht.

«Warum gehst du nicht rauf zu der Kleinen? Ich weiß doch, dass du ihretwegen hier bist.»

Ich werde dunkelrot, und mein Herz schmerzt auf einmal fast unerträglich. Weder das eine noch das andere kann Tiziana sehen, was mich jedoch keineswegs beruhigt. Ich huste verlegen, und mir ist unbehaglich zumute.

«Ihr habt euch gestritten, stimmt's?», hakt sie beharrlich nach.

«Na ja, ich weiß nicht ... Hast du sie das auch gefragt?» Ich kann mich noch so sehr bemühen, beiläufig zu klingen, sie wird sich nicht täuschen lassen.

«Stell dir vor, wir reden nicht über dich! Ob du es glaubst oder nicht, aber du bist nicht der Mittelpunkt der Welt, Kleiner. Und? Worauf wartest du noch mit deiner Liebeserklärung?»

«Meiner Liebeserklärung?» Erschrocken, wie leicht ich zu durchschauen bin, versagt mir die Stimme.

«Wenn selbst ich sehe, dass du scharf auf sie bist ... dann wissen es alle», erwidert sie verärgert.

«Ich weiß nicht, *nonna*, es ist kompliziert», sage ich schulterzuckend. «Jedenfalls will sie mich nicht sehen.»

«Wie dumm von ihr.»

«Nein, sie ist nicht dumm, sie ist unglücklich. Das ist etwas anderes.»

Die alte Dame schnalzt mit der Zunge und schüttelt langsam den Kopf. «Dass man unglücklich ist, heißt nicht, dass man allein bleiben muss. Das ist lächerlich, falls es dich interessiert, wie ich darüber denke», widerspricht sie schulmeisterlich mit ihrer rauen Stimme. «Weißt du, der Mensch ist ein soziales Wesen. Das ist nicht von mir, sondern von Aristoteles.»

«Sie ist ja nicht allein ... Dich sieht sie dauernd, dann ist da ihre Schwester, und den Kochkurs gibt sie ja auch noch ...»

«Pfff, das ist doch etwas ganz anderes. Du bist noch zu jung, aber in meinem Alter weiß man solche Dinge. Was hätte ich all die Jahre gemacht, wie hätte ich all die Prüfungen bestanden, wenn ich meinen Mann nicht gehabt hätte, der mich unterstützt hat?»

Mit ihrer knochigen Hand greift sie nach meinem Arm und drückt ihn ein wenig zu fest.

«Aber letztlich ... ist es eure Sache», sagt sie und schnaubt leise mit geröteter Nase.

Dann klopft sie mir auf die Schulter und erhebt sich ohne sichtbare Mühe. Im Laufe der Jahre hatte ich verstanden, dass Tiziana viel Wert darauf legt, als eigenständig zu gelten. Wortlos schiebe ich eine Hand unter ihren Arm, um sie auf ihrem Weg zu begleiten. Erhobenen Hauptes wie eine Aristokratin, eine Rolle, die ihr auf den Leib geschrieben ist, schreitet sie in Richtung ihres Salons, ihres Reichs. Bevor sie sich in ihrem Lieblingssessel niederlässt, vor der Wand mit den vielen Fotos, die sie alle vor ihrem inneren Auge bewahrt, sagt sie zu mir: «Sei so gut und komm von nun an nur noch, wenn du wirklich Lust hast, mich zu sehen. Okay?»

Kaum verständlich murmele ich eine Entschuldigung und ziehe schuldbewusst ab.

So was in der Art

Camille ist wieder da. Aufrecht, die Hände auf den aneinandergepressten Knien gefaltet, sitzt sie in dem kleinen Café, in das sie mich geschleppt hat. Ich hatte es kaum erwarten können, sie wiederzusehen, ein vertrautes Gesicht zwischen all den unbekannten, die mein Leben durchkreuzen und meine Psyche ins Wanken bringen. Und jetzt, da sie da ist, meine große Schwester, blond und strahlend, bringt auch sie mich ins Wanken, und ich weiß nicht mehr, was ich zu ihr sagen soll.

Sie erwartet Erklärungen, weicht meinem Blick aber ebenfalls aus. Die Befangenheit, die sich während ihres letzten Besuchs abzuzeichnen begann, hat sich gewandelt. Wahrscheinlich ist es schwierig, einer Person gegenüberzutreten, die man liebt und die es beinahe nicht mehr gegeben hätte. Nimmt sie mir das sehr übel? Ich habe das Gefühl, mich entschuldigen zu müssen, stecke jedoch in der Rolle fest, die ich mir selbst auferlegt habe: alles hinter mir lassen, versuchen zu vergessen.

Sie öffnet den Mund, schließt ihn dann wieder und beginnt, mit einer Strähne ihres Haars zu spielen, das sie im Nacken inzwischen schräg angeschnitten trägt. Ich entdecke die Narbe, die sie sich vor sehr langer Zeit zugezogen hat. Sie war damals sicher nicht älter als zehn, und unsere Mutter hatte ihr verboten, die langen Haare abzuschneiden, doch stur, wie sie war, legte sie mit einem Cuttermesser selbst Hand an und schnitt sich dabei. Es blutete fürchterlich. Letztlich war der Schrecken größer als die Verletzung, einige Stiche genügten, aber zurück blieb eine silbrig schimmernde Linie, die sich seitdem auf ihrer glatten Haut abzeichnet.

«Es tut mir leid, dass ich nicht früher gekommen bin», stammelt sie, «die Tournee ...»

«Es ist sehr gut so, Camille, mach dir keinen Kopf.»

Ich weiß nicht, ob ich gewollt hätte, dass sie früher da gewesen wäre. Ich weiß auch nicht, wann ich verstanden habe, dass sie es verstanden hatte, oder ob sie es einfach irgendwann gewusst hatte oder ob es ihr gesagt worden war. Meine Dankbarkeit, sie heute hier bei mir zu haben, musste erst langsam reifen, bis ich von selbst bereit war, die Zugbrücke vor meiner festungsartigen Einsamkeit hinunterzulassen. Wichtig war auch, dass wir beide den Schein wahren konnten, der uns weiter glauben ließ, sie wäre wegen meines Geburtstags gekommen. Weil es fast nie wieder einen gegeben hätte.

Und dennoch weiß ich, dass sie Bescheid weiß und wir beide die Hosen runterlassen müssen, auch wenn's schwerfällt. Wir gehen schon so lange getrennte Wege, wie kann ich da sein, wie ich wirklich bin? Und ich bin nicht scharf darauf, das schwarze Loch in mir wieder aufzureißen, das nur auf ein winziges Steinchen in meinem Getriebe wartet, um mich stolpern und abstürzen zu lassen.

Der Kaffee ist kalt und nicht sehr gut, trotz des hohen Preises und der gewollt trendigen Atmosphäre, die die hellen Holzmöbel im Zusammenspiel mit den Törtchen auf dem Tresen herstellen sollen, deren Glasur so glatt und glänzend ist, als wäre es Schminke. Hinter Camille redet eine Frau über die Ex-Freundin ihres Freundes, der diese offenbar wiedertreffen will. «Nee, eifersüchtig bin ich nicht, aber ... irgendwie ist mir unwohl, ich weiß auch nicht ...» Ihr rotes Haar ist zu einem festen Knoten aufgerollt, und ich nehme plötzlich nur noch sie wahr und nicht einmal mehr meine eigenen Gedanken. Die Versuchung ist zu groß, ihrem endlosen Gefasel zu lauschen, um selbst nichts sagen zu müssen. Ich schüttele den Kopf, um ihre nasale, aber nicht komplett unangenehme Stimme aus dem Ohr zu bekommen.

«Gut, wir versuchen jetzt etwas, okay?», sage ich, nachdem ich tief Luft geholt und all meinen Mut zusammengenommen habe.

Camille greift nach ihrer Tasse, um etwas zum Festhalten zu haben. Sie nickt, nippt an ihrem Kaffee und zieht eine Grimasse.

«Du wirst mich fragen, was los ist, und ich werde dir antworten, ja? Wir werden jetzt nämlich sicher nicht zwei Tage rumeiern und uns gegenseitig mit Samthandschuhen anfassen, verdammt.»

Camille lächelt schweigend, was einige Fältchen in ihren Augenwinkeln mobilisiert. Ganz leichte Krähenfüße, die den Abstand zwischen uns noch ein wenig vergrößern, ihr aber gleichzeitig eine sanftere Miene verleihen. Sie scheint viel zu lachen. Nach einer Weile nickt sie abermals und beginnt abwesend, ihren Ehering am Finger zu drehen.

«Gut, also was ist los?», sagt sie schließlich leise.

Ich schüttele entschieden den Kopf. So kann es nicht funktionieren.

«Nein. Du musst mir Fragen stellen, dann kommt es leichter über meine Lippen. Ich brauche spezifische Fragen, sonst schaffe ich es nicht.»

Sie spielt mit den Fingern in ihrem Haar, an ihrem Kettenanhänger, am Ehering und mit dem Zuckerspender, ehe sie beide Hände flach auf den Tisch legt.

«O.k., warum hast du das getan?»

Ihr Blick bewegt sich langsam von der weißen Porzellantasse zu mir, wo er haften bleibt, so entschlossen, dass es mich fast umhaut. Warum ich es getan habe? Ja, warum eigentlich? Vergeblich versuche ich, den anklagenden und zugleich flehenden Blick loszuwerden, ich kann es ihr nicht antun, auch sie zu meiden. Deshalb überlege ich nicht lange, fange an und vergesse recht schnell, dass sie da ist, ich konzentriere mich nur noch auf meine Stimme.

«Zu dem Zeitpunkt erschien es mir vollkommen logisch. Das einzig Wahre. Nichts erwartete mich noch, ich stand mit dem Rücken zur Wand. Aber *warum* genau, das kann ich gar nicht sagen. Als ich hier ankam, war ich wie narkotisiert, und an *jenem* Abend hatte ich das Gefühl, endlich aufgewacht zu sein. Die ganze Zeit habe ich gewusst, dass mir etwas fehlte, aber erst in dem Moment *spürte* ich das Loch in mir wirklich. Und ... das Problem war nicht die Trennung oder dass ich arbeitslos bin, das Problem lag woanders, aber ich hatte keine Lust, danach zu suchen. Es war einfacher so, verstehst du? Es ging mir zu schlecht, ich wollte einfach nur, dass es aufhört.»

Mein Mund ist trocken, und ich sehe alles verschwommen, weil meine Augen tränennass sind. Camilles Finger schließen sich um meine, drücken sie, und ich höre sie weit entfernt schniefen. Die Rothaarige hinter ihr dreht sich um und sieht uns skeptisch an – glaube ich zumindest. Im Moment bin ich mir bei gar nichts mehr sicher, was mir nur recht ist. Für den Moment jedenfalls.

«Wie konntest du mir so was antun?», murmelt Camille und klingt plötzlich richtig wütend. «Warum hast du nichts gesagt?», fragt sie weiter und durchbohrt mich mit ihrem gekränkten Blick. «Warum hast du nichts gesagt und mich stattdessen über meine albernen Problemchen lamentieren lassen?»

«Es war nicht der richtige Ort und der richtige Moment. Deine Problemchen kamen mir ganz gelegen. So hast du bei mir nicht so genau hingesehen.»

Camille schluckt und gibt einen verbitterten Laut von sich.

«Ich wollte nur in Ruhe gelassen werden», fahre ich leise fort. «Ich wollte nicht darüber nachdenken, was los war. Und ich wollte dich nicht verletzen oder dass du dir Sorgen machst.»

Ich habe das Gefühl zu ersticken, ich muss raus hier, um meine Schwester nicht mehr ansehen zu müssen, der die Betroffenheit ins Gesicht geschrieben steht. Wir schweigen beide, und ich nutze die Gelegenheit, um zu bezahlen und mir meinen Schal fester um den Hals zu wickeln.

«Komm, gehen wir», fordere ich sie auf und bin bereits auf dem Weg nach draußen in die nach wie vor winterliche Kälte. Bis zum Frühling wird es noch dauern.

Wir wandern durch die Straßen, ohne etwas um uns herum zu sehen, weil wir zu sehr mit uns selbst beschäftigt sind. Ich spüre, dass die Trägheit, die mich seit Jahren lähmte, nur eins will: davonfliegen. Ich versuche mit Händen und Füßen, sie davon abzuhalten, weil ich nichts anderes kenne. Wie wäre das Leben ohne sie? Wäre es wirklich schöner? Eine panische Angst davor, glücklich zu sein, schnürt mir die Kehle zu.

Auch Camille ist in Gedanken versunken, als wir das Tor der «Jardins de l'Évêché» erreichen, so weit bin ich seit meiner Ankunft hier noch nie gegangen. Zu traurig, zu kalt, es gab viele gute Gründe, um mich nicht weiter vom Altbekannten zu entfernen als nötig. Der Park hinter der Kathedrale ist groß und prächtig. Hier laut zu sprechen, kommt mir ungehörig vor.

Camille schiebt ihre Hand in meine, und als sich unsere Finger verbinden, denke ich zum ersten Mal seit Langem an Ninon – die Kleine, die den lieben langen Tag nichts weiter zu tun hat, als immer wieder laut zu lachen, und die noch nicht weiß, was sie erwartet.

«Du musst es mir ab jetzt sagen, okay?», verlangt Camille mit dünner Stimme. «Ich werde mir Sorgen machen, ja, aber damit komme ich schon zurecht. Du musst es mir sagen, du musst mir vertrauen. Wenn es dir schlecht geht, will ich es wissen. Bevor es zu spät ist.»

Ihr Schweigen ist so rissig, dass die Luft mit dem Ungesagten erfüllt ist, unwillkürlich presse ich die Zähne aufeinander. In mir ist kein Platz für die erdrückenden Schuldgefühle, Camille im Dunkeln gelassen zu haben.

«Wärst du gegangen, ohne etwas zu sagen?», fragt sie dann, fast ungläubig. «Ohne an mich zu denken? An Mama und Papa, an die Kleine, an Marc? Was hätte ich ohne dich gemacht?»

«Ich habe an gar nichts gedacht. Glaub mir, dafür habe ich am nächsten Tag auch mit einer ordentlichen Migräne bezahlt.»

Sie geht nicht auf meine Selbstironie ein. Unsere Hände sind feucht, und der Wind peitscht durch die kahlen Bäume hindurch gegen unsere Wangen.

«Denk an uns, Anaïs. Du musst nicht alle auf Abstand halten.»

«Aber ich kann es nicht mehr wirklich anders», antworte ich, und mein Hals ist wie zugeschnürt, weil ich an Hémons Herzschlag denken muss, der an meinem Ohr schlug.

Camille bleibt stehen, stellt sich vor mich und drückt mich wortlos an sich. Ich lasse die Welle des Unbehagens über mich ergehen, während der ich sie zu gern zurückgestoßen hätte, was ich üblicherweise in so einer Situation auch tat. Doch dieses Mal widerstehe ich und halte es aus. So schwer ist es gar nicht, oha, und es tut sogar gut. Camille legt eine Hand auf meinen Rücken, wie früher, als ich noch klein war.

«Vertraust du mir?», flüstert sie mir ins Ohr.

«Du weißt genau, dass ich das tue. Ich würde dir mein Leben anvertrauen.»

«Dein Leben, ich weiß nicht, das wäre ganz schön viel auf einmal», erwidert sie lächelnd. «Fang mit deinem Kummer an, okay?»

Wie glücklich ich mich schätzen kann. In dem Moment schwöre ich mir, nie mehr mein Wahnsinnsglück zu vergessen, eine Schwester zu haben, die ihre Rolle sehr ernst nimmt. Ich sage nichts, aber ich schwöre mir: Ich muss mich zusammenreißen, damit Camille – so wie ich – eine Schwester hat und nicht nur einen Klotz am Bein. Dass sie auf mich zählen kann.

Mein Hals kratzt, und die kalte Luft brennt mir auf den Wangen, ich schließe die Augen so fest, dass ich Sternchen sehe. Wieder droht mich der Schwindel mit sich zu reißen, wie auch an *jenem* Abend, und ich werde den Boden unter den Füßen verlieren, wenn mich niemand hält. Ein unkontrollierbares Schluchzen steigt in mir auf, das sich auf Camilles weiche Schulter ergießt. Sie wiegt mich vor und zurück, und ich fühle nichts als meine Angst, meinen Schmerz und mein Unglück, die wild in mir toben und mir die Rippen sprengen, die mich beengen. Einfach verschwinden. Für immer und ewig fort sein.

«Ich bin da, kleine Schwester. Alles wird gut. Wein dich aus, ich bin da, um dich aufzufangen.»

Ihre Stimme dringt durch den Sturm zu mir. Vielleicht ist es die Musik, vielleicht der Rhythmus, die mich alle Klippen umschiffen und wieder festen Boden unter den Füßen spüren lassen.

(Wieder-)Geburt

(Kommunion)

Camille ist entschlossen, nicht eine Sekunde dieses Wochenendes zu verschwenden, nachdem der Bann einmal gebrochen ist. Sie stellt mir alle Fragen, die ihr in den Sinn kommen, von: «Wer war eigentlich der Erste, den du geküsst hast?» bis zu: «Was ist noch mal dein Lieblingsessen?». Wir reden mehr als je zuvor, bis irgendwann meine eigene Stimme fremd in meinen Ohren klingt. Unser Lachen ebenfalls, das sich wie Seifenblasen immer weiter aufbläht, um schließlich lautlos zu zerplatzen.

Es ist fast zwei Uhr morgens, und wir sind beim zweiten Liter Schlaftee, als mich Camille plötzlich fragt: «Aber eins würde ich nun doch noch gern wissen ... Warum eigentlich Limoges?»

Ich komme mir blöd vor und geniere mich, ein Geheimnis zu lüften, das ich mit ins Grab nehmen sollte. So offen die Atmosphäre zwischen uns auch geworden ist – zum Beispiel habe ich gebeichtet, ihr mit sechs nachts, als sie schlief, eine Haarsträhne abgeschnitten zu haben, um sie zu verhexen –, das zu gestehen, geht zu weit.

Ich erzähle ihr von dem Tattoo, das sie noch nicht kennt und jetzt neugierig aus allen Blickwinkeln betrachtet. Mit hochgezogenem T-Shirt stehe ich mitten im Wohnzimmer, in dem es ein wenig kühl ist, während sie sich vor mir verrenkt, um die Züge der Daphne besser sehen zu können. Camille will wissen, ob ich Angst gehabt habe und ob es wehtut, von Tausenden von Nadeln auf einmal gestochen zu werden. Als sie meine Geschichte hört, klingt sie fast bewundernd, als wäre es das Verrückteste, das ihr je zu Ohren gekommen ist. Die vielen Dinge, die sie selbst zu einer so unglaublichen Person machen, scheint sie in dem Moment vollkommen vergessen zu haben.

Dann ist der Augenblick gekommen, in dem ich ihr den Satz sage, der seit dem Tag, an dem ich meine Haut gravieren ließ, Wort für Wort in meinen Kopf graviert ist: «Limoges ist eine Stadt zum Sterben.»

Camille fängt laut an zu lachen. Ich habe diesen Satz nie lustig gefunden. Vielleicht weil ich nicht sicher war, ob Yvain ihn wirklich scherzhaft gemeint hatte.

Zum ersten Mal seit Langem spüre ich die Daphne an meiner Seite. Es ist ein gutes Zeichen, sage ich mir, diese physische Nähe zwischen mir und meiner ersten verrückten Entscheidung wieder wahrzunehmen. Ich senke den Blick, sie ist noch da, mit den Beinen fest verwurzelt, und plötzlich habe ich das Gefühl, selbst Daphne gewesen zu sein. Sie war eine erste Verbildlichung meiner damaligen Situation – ohne es zu wollen, von der Aufmerksamkeit eines Mannes abhängig zu sein, der nicht zu mir passte. Liebevoll fahre ich mit dem Finger über die nach wie vor sehr dunkle Zeichnung. Manchmal dauert es lange, bis man sich von einem Fluch gelöst hat.

Als ihre Neugier befriedigt ist, setzt sich Camille auf den Boden und murmelt, ohne mich anzusehen: «Warum bist du gegangen?»

«Um weit weg zu sein, um zu vergessen. Dass es Leute gibt, an denen ich mich festhalten kann.»

Camille streckt sich auf dem Teppich aus und scheint über meine Worte nachzudenken. Ihr blondes Haar liegt wie ein Heiligenschein um ihr Gesicht, das in den schwarz-goldenen Himmel gerichtet ist.

«He! Morgen wirst du sechsundzwanzig», sagt sie nach langem Schweigen verträumt und verzückt zugleich.

«Das ist schon morgen?»

«Du bist sechsundzwanzig Jahre alt! Schon!», betont Camille lächelnd. Und dann sagt sie plötzlich: «Komm, wir lassen uns tätowieren. Alle beide, um das zu feiern?»

Sie hat sich begeistert aufgerichtet und sieht mich mit verrenktem Oberkörper an, als wolle sie sagen: «Meine Idee ist genial, wage es bloß nicht, mir zu widersprechen.»

Es war so ungefähr das Letzte, womit ich gerechnet hätte. Ein Tattoo. Wir beide. Als ich in ihr strahlendes Gesicht blicke, glaube ich zu erkennen, dass sie die Vorstellung, den inneren Punk freizulassen, den sie so lange unter Verschluss gehalten hat, genauso anziehend wie aufregend findet. Ich nicke, ohne noch etwas zu sagen. Lachend wirft sie sich mir an den Hals, denn Camille lacht oft und gern. Ich hätte merken müssen, dass sie in den letzten Monaten deutlich weniger gelacht hat. Doch ich war zu sehr damit beschäftigt, Nabelschau zu betreiben. Ich hoffe, dass mir verziehen wird, wenn irgendjemand mal irgendwo den Punktestand prüft.

Morgen werde ich sechsundzwanzig. Und ich werde mich zusammen mit Camille tätowieren lassen.

Die Nacht verbrachten wir damit, über mögliche Tattoomotive nachzudenken. Eine Schwester zu haben, ist schon allein etwas, das man nicht einfach ausradieren kann. Aber die andere auf diese Weise in Haut und Herz eingraviert zu haben, ist noch einmal etwas ganz anderes, weil es eine freie Entscheidung ist – eine Entscheidung, die uns verändern wird.

Als ein golden schimmernder Streifen am dunklen Horizont erschien, hatten wir beide die Erleuchtung, die uns selbst verblüffte. Die Idee war noch unausgegoren, aber sie lag auf der Hand. Und sie setzte etwas fort. Wir lagen nebeneinander auf dem Boden, und als sich unsere Hände fanden, bildeten unsere Arme ein V, so wie zwei Adern zu einer Vene werden und zwei Flüsse zu einem Strom zusammenfließen, wie zwei Äste desselben Baums. Wir sahen unser Leben wie einen langen Satz mit schlechter Zeichensetzung vorüberziehen, bei dem man nicht wirklich weiß, wann Atempausen einzulegen sind, in dem die Worte durcheinandergeraten und sich die Zeilen in einer ausgeklügelten Kakofonie, einer künstlerischen Unschärfe überlappen. Unsere Tätowierungen würden dieses Bild aufgreifen. Als wir schließlich aneinandergeschmiegt auf dem Teppich einschliefen, wärmten wir uns gegenseitig.

Wir stellen uns darauf ein, ganz Limoges ablaufen zu müssen, um einen Tätowierer zu finden, der so kurzfristig Zeit für uns hat. Ich komme mir auf einmal sehr klein vor. Camille weist mich lächelnd darauf hin, dass es heute an mir wäre, die Führung zu übernehmen. Aber es ist, als käme mein erstes Tattoo aus einer anderen Welt, aus einem anderen Leben, und all mein Mut, den ich damals hatte, scheint verpufft zu sein. Als wäre ich ein anderer Mensch gewesen.

Zu unserem großen Erstaunen haben wir gleich bei der ersten Adresse auf unserer Liste Glück. Clémentine ist eine sehr kleine Frau, die selbst von oben bis unten tätowiert ist, in der Unterlippe trägt sie einen Ring, und ihr langes Haar ist in den unglaublichsten Lila- und Rosatönen gefärbt. Sie ist umwerfend schön, und ich hätte nie für möglich gehalten, dass es ein so perfektes Gesicht geben kann. Mit ihrem Minirock, der Blumenstrumpfhose und dem durchscheinenden Top, das sie unter einem karierten Hemd trägt, ist sie jemand, bei dem ich Komplexe kriegen könnte. Die Weiblichkeit anderer bereitet mir manchmal Probleme und verunsichert mich dann so sehr, dass sie mich lähmt. Wie soll man sich nicht plump und albern vorkommen, wenn Schönheiten wie diese Clémentine frei herumlaufen?

Glücklicherweise ist sie so offen und freundlich, wie man es sich nur wünschen kann. Das leere Studio lässt uns genug Zeit und Raum, um ihr zu erklären, weshalb wir gekommen sind. Zunächst sind Camille und ich zögerlich und rechnen jeden Moment damit, weggeschickt zu werden, weil wir herumstammeln und es uns schwerfällt, die richtigen Worte zu finden, die unser Anliegen weniger belanglos und unser Projekt weniger klein erscheinen lassen. Clémentine hört jedoch geduldig zu, und als ihr klar wird, dass das, worum wir sie bitten, nicht mehr als fünf Minuten ihrer Zeit in Anspruch nehmen wird, während es für uns wahrscheinlich das Leben verändert, nickt sie zustimmend. Ich glaube, sie hat ein drittes Auge, das geübt darin ist zu entschlüsseln, was sich hinter den bisweilen unklar vorgebrachten Wünschen der Kunden verbirgt.

Ich erlebe nun erneut, was mich in dem Keller unter dem Kopfsteinpflaster von Tours so tief beeindruckt hat. Den Geruch des Desinfektionsmittels, das dunkle Lila der Schablone auf der Haut, das leise Surren der Tattoomaschine. Camille hält jeden einzelnen Schritt fotografisch fest, und ich beobachte sie, um herauszufinden, ob sie wirklich will, was sie gerade im Begriff ist zu tun. Sie lächelt mich an, und es ist nicht zu übersehen, wie stolz sie ist. Sie setzt sich als Erste auf den Stuhl, es ist ihre Feuertaufe, sie zittert ein wenig, wird mir aber später sagen, dass es sich wie vor einem Auftritt angefühlt hat, wie in dem Bruchteil einer Sekunde, bevor sich der Vorhang hebt. Adrenalin, das antreibt und Flügel verleiht. In der Mulde ihres linken Handgelenks hebt sich ein ganzes Netz bläulicher Adern unter ihrer Haut ab, die sich einerseits in die Hand fortsetzen und andererseits die Innenseite ihres Arms hinaufziehen, wo sie nach und nach immer dünner werden, bis sie verschwinden. Noch nie ist mir aufgefallen, wie zart und anmutig ihr Handgelenk ist, wie sie es auf ihre ganz eigene Art beugt, um es zu dehnen. Ich sehe die Violine in dieser Geste, die Teil ihrer Identität geworden ist. Eine schöne dunkle Violine, die Camille zum Singen bringen kann und Menschen zum Tanzen. Ich beobachte die Tätowiererin mit ihren schwarzen Handschuhen, wie sie in einem Gegenschwung zu den Adern eine sich öffnende und eine sich schließende Klammer tätowiert – der unendliche und doch so geringe Abstand zwischen ihnen fasziniert mich. Dazwischen gibt es so viel zu sagen, liegen so viele Möglichkeiten. Eine ganze Welt öffnet sich in diesem nicht vollständig geschlossenen Raum.

Clémentine reinigt, verbindet und verklebt Camille, die mit offenem Mund auf ihr für immer gezeichnetes Handgelenk starrt. Sie hebt den Blick und murmelt: «Was habe ich getan?»

Die Tätowiererin dreht sich erschrocken zu Camille um, doch meine Schwester beruhigt sie mit ihrem seligen Gesichtsausdruck sofort wieder. Viele ihrer Geheimnisse stecken zwischen diesen Klammern, einige, die sie letzte Nacht im Dunkeln mit mir geteilt hat, und andere, die sie für sich behielt. Sie lächelt mich verstohlen an und ruft dann frech: «Du bist dran!»

Ich bin nervöser, als ich gedacht hätte.

Dieses Mal bin ich nicht in der Lage mit anzusehen, wie die Nadeln unter meine Haut stechen, und obwohl ich noch kürzer als Camille den ausgestreckten Arm unter Clémentines Stirnlampe halten muss, fühle ich mich wie lebendig gehäutet. Der Schmerz brennt, als würde mein Handgelenk mit sehr feinem Schleifpapier behandelt werden, aber nicht lange. Wie ein Echo hallt er bis in den letzten Winkel meines Körpers nach, aber dann ist er so schnell wieder verschwunden, wie er gekommen ist, und was bleibt, ist ein kohlrabenschwarzes Semikolon zwischen zwei meiner eigenen bläulichen Adern. Eine Erinnerung daran, dass ich beschlossen habe, meine Geschichte fortzusetzen, anstatt sie für immer zu beenden.

Ich betrachte es eingehend und rechne damit, dass es jeden Moment verschwindet. Doch es bleibt, spöttisch und genauso permanent, wie ich es wollte. Während Clémentine ihr Material zusammenräumt, will Camille unsere verrückte Tat unbedingt in einem kitschigen Foto festhalten, dessen Geheimnis nur sie allein kennt. Sie schickt es sofort an ihren Mann und schreibt überschwänglich dazu: «Du kommst nie drauf, was ich gerade getan habe!»

Clémentine wirft mir unter ihren unglaublich langen Wimpern einen Seitenblick zu, den ich nur schwer lesen kann. Mitgefühl, Mitleid? Empathie, Neugier? Ich beschließe, mich nicht darum zu scheren, was mir weniger schwerfällt als gedacht. Schwungvoll wirft sie die Handschuhe weg, die mit einem leisen Klatschen im Mülleimer landen. Plötzlich nehme ich die Musik wieder wahr, die leise im Hintergrund spielt, die Kunden, die vorn ins Geschäft kommen und wieder gehen, und die Welt, die sich weiterdreht.

Als wir das Studio verlassen, küsst mich Camille schmatzend auf meine glühende Wange. Sie bedankt sich und fragt mich, wie es mir geht.

«Und dir?»

«Ich hab zuerst gefragt!», erwidert sie hartnäckig.

«Ich glaube, es geht. Also im Moment nicht wahnsinnig super, aber im Grunde schon, verstehst du?»

«Das verstehe ich.»

Untergehakt machen wir uns in stiller Übereinkunft auf den Rückweg. Jeweils eins unserer Handgelenke ist mit Zellophan umwickelt, aus dem Lymphe und Blut sickern wie Tränen, die wir nicht zu weinen gewagt hätten.

ANTIGONE: «Ja, ich liebe Hämon.»

Den Schal über die Nase gezogen, denke ich an morgen, an all die neuen Tage dieses zusätzlichen Jahrs, das mich erwartet. Gerade will ich Camille fragen, was es mit ihr macht, bis in alle Ewigkeit gezeichnet zu sein, doch als ich den Mund öffne, sehe ich, wie sie neben mir erstarrt. Eilig versucht sie, mich noch in eine kleine Gasse umzuleiten, die ganz und gar nicht auf unserem Weg liegt, doch es ist zu spät.

Ich habe ihn gesehen.

Er geht nur wenige Meter von mir entfernt, nah genug, um seine Gesichtszüge zu erkennen, aber zu weit entfernt, um die holzige Note seines Parfums wahrzunehmen. Ich hatte ganz vergessen, wie er aussieht. Das dachte ich jedenfalls, das wollte ich mich glauben machen. Wie gut ich mich doch belügen kann. Je mehr Zeit vergeht, desto besser täusche ich mich selber. Nein, in Wahrheit habe ich nichts vergessen, weder seinen etwas verlorenen Blick noch die Form seiner Brille und noch viel weniger, wie sich seine Lippen anfühlen. Es trifft mich mit der Wucht eines Fernzugs bei Höchstgeschwindigkeit.

Ich hätte darauf gefasst sein müssen. Limoges ist eine kleine Stadt, da ist es fast erstaunlich, dass es nicht schon früher geschehen ist. In einem Moment, der sich zieht wie ein Gummiband, der mir die Kehle zuschnürt und aus einem heiteren Himmel eine Ewigkeit macht, treffen sich unsere Blicke. Auch er hat mich nicht vergessen, das sehe ich an seinen Augen, die plötzlich wie angeknipst zu leuchten beginnen. Und ich sehe es in seinem Körper, der wie vom Blitz getroffen zusammenfährt und sich dann aufrichtet.

Ich sehe ihn, und er sieht mich, und für das bloße Auge unsichtbar, beginnen eine Milliarde Teilchen zwischen ihm und mir zu fließen. Es kommt mir vollkommen natürlich vor, wie sie den Abstand überwinden, nachdem sie so lange zurückgehalten wurden, es ist, als wäre ein Damm gebrochen. Es ist ein Strom, der nicht hätte unterbrochen werden dürfen, ein Band, das nie gerissen, aber so stark gespannt ist, dass unsere Zähne knirschen, wir die Fäuste ballen und unsere Herzen schmerzen.

Mein Körper strebt zu ihm, auch wenn mein Kopf Nein sagt und nur wegwill. Ich drehe ihn zur Seite, und unser Blickkontakt reißt ab. Camille beobachtet mich aufmerksam aus den Augenwinkeln. Wir biegen in die Gasse ein, und Hémon verschwindet aus meinem Sichtfeld, seine von meiner Feigheit betretene Miene hat sich in meine Netzhaut eingraviert, und ich sehe überall ihren Schatten, der mich auf Schritt und Tritt verfolgt. Ich bin fix und fertig und fühle mich wie ein alter Pullover, der Masche für Masche aufgeribbelt wird. Es fällt mir schwer, auch nur einen Fuß vor den anderen zu setzen, meine Beine sind wie Strohhalme.

Sobald wir wieder bei mir im Warmen sind, geht Camille erbarmungslos auf mich los: «Was ist dein Problem?»

Ich reagiere nicht, die vermasselte und verpasste Begegnung hat mich so mitgenommen, dass sie mir den Atem raubt.

«Wie viele Leute sollen dich denn noch anflehen, damit du endlich verstehst?»

«Wovon redest du eigentlich?»

«Von dir, verdammt, und von deiner blöden Angewohnheit, deinen Sturkopf in den Sand zu stecken!»

Camille wirft mir einen giftigen Blick zu, der mich sofort ganz klein werden lässt.

«Nur weil du die Augen schließt, geht doch nicht das Licht aus. Du sagst, dass du alleine bist und es dir schlecht geht, aber das liegt daran, dass du dich verkriechst und alle abweist. Letztlich bist du gar nicht allein, sieh dich doch mal um!»

Camille schreitet auf und ab, sie ist stinksauer. Fassungslos folge ich ihr mit dem Blick von der Sofaecke aus, in die ich mich verkrümelt habe.

«Dass du mich wegschickst, okay, ich bin schließlich nur deine Schwester. Dass du Luftveränderung brauchst, verstehe ich auch. Aber womit entschuldigst du dich jetzt, da du hier Leute hast, die mit offenen Armen auf dich warten? Womit entschuldigst du, dass du immer noch Trübsal bläst?»

Sie setzt sich auf den Tisch vor dem Sofa und beugt sich so weit vor, dass ich mich bedrängt fühle, während sie mich aus ihren großen dunkelblauen Augen ansieht, die nichts Gutes verheißen. Ich ringe noch immer nach Atem.

«Und weißt du, was mich fertigmacht? Ich würde dir gern sagen, dass du ganz allein enden wirst, wenn du so weitermachst, und auch nichts anderes verdient hast, aber das stimmt nicht. Du wirst nie ganz allein sein, denn ich werde dich niemals allein lassen. Du kannst dein faules Spiel also treiben, solange du willst.»

«Super, vielen Dank», antworte ich spöttisch, weil mir nichts Besseres einfällt.

«Du lässt Hémon ziehen», wettert Camille weiter, ohne zu bemerken, dass ich aufgestanden bin, «und Tiziana weist du auch ab? Du willst dich nie mehr mit jemandem anfreunden, willst nie mehr einen Partner haben, ist das dein Plan? Ich habe dich gesehen, ich habe gesehen, wie du dir selbst und allen Beteiligten was vorgemacht hast, wie du dich mit deinem Blick nach ihm verzehrt hast.»

«Aber das ist nicht das Problem, Camille!», fauche ich.

«Ach nein? Na, dann erklär mir mal, was dein Problem ist!», entgegnet sie und springt auf.

Wie zwei Löwinnen, die ihr Revier verteidigen, bewegen wir uns unendlich langsam um den Tisch herum. Ich muss daran denken, wie es sich anfühlte, wenn Hémon seinen Arm um mich legte, und wie Tiziana Conti mit ihrer rauen Stimme sagte: «Ich hätte Sie hier sicher nicht sich selbst überlassen!» Ich zünde mir eine Zigarette an, die ich rauche, ohne etwas zu schmecken.

«Wie soll man andere Menschen lieben, wenn man nicht einmal weiß, wie man sich selbst lieben soll? Sag du es mir, du weißt doch sonst immer alles. Ist es gerecht und normal zu wissen, dass man die Leute leiden lassen wird und es einem egal ist? Findest du das fair?»

Camille schweigt gerade lange genug, dass ich glaube, ins Schwarze getroffen zu haben. In Wahrheit habe ich sie wohl eher zur Verzweiflung gebracht und gleichzeitig gerührt.

«Du musst eins verstehen», antwortet sie ruhiger und mit glänzenden Augen. «Bei mir hat es auch gedauert, bis ich es verstanden habe, wenn dir das hilft ... Hörst du mir zu? Es ist nicht an dir zu entscheiden, ob du den anderen eine Last bist. Die Menschen, die dich lieben, lieben dich einfach – ob mit oder ohne deine Macken. Die anderen, denen es nicht gelingt, werden sich zurückziehen. Das tut weh, das stimmt, aber so ist das Leben, und du wirst es überleben. Du wirst es überleben, weil die, die dir den Rücken zukehren, nicht in der Überzahl sind. Axel, diese Dumpfbacke, hast du schließlich auch überlebt.»

Ich ziehe eine Grimasse.

«Tiziana vergöttert dich. Und Hémon wartet mit offenen Armen auf dich. Glaubst du nicht, dass er intelligent genug ist, selbst zu wissen, ob er es will oder nicht?»

Am nächsten Morgen begegnen wir uns noch immer mit einer gewissen Befangenheit, die aber nicht vergleichbar ist mit der aufgeheizten klebrigen Atmosphäre, die uns beim letzten Mal daran hinderte, natürlich miteinander umzugehen. Während Camille ihre Siebensachen packt, um zu Marc und Ninon, ihrer über alles geliebten Familie, zurückzukehren, frage ich mich, wie ich wohl zurechtkomme, wenn ich wieder allein bin. Eine Vorstellung, die mir – da hat sie recht – nicht mehr sonderlich behagt. Immer wieder gehen mir unsere Gespräche durch den Kopf, wie die Körner in einer Sanduhr, die immer wieder gedreht wird. Camille beäugt mich, sie versucht, sich zu beruhigen, sich zu versichern, dass ich nicht mehr Gefahr laufe, mir etwas anzutun. Ich spüre in den Knochen, dass ich keine Kraft mehr habe, zu laufen und mein eigenes Grab zu schaufeln. Ich muss mich lediglich mit dem Fuß vom Boden des Schwimmbads abstoßen, um wieder aufzutauchen. Fast hätte ich mich von Chlor und Erschöpfung überwältigen lassen, aber dann fand ich doch genug Elan und fasste einen Plan. Ich will Frieden schließen.

Nachdem ich genau heute fünfundzwanzig Jahre überlebt habe, verschwende ich keine Zeit mehr damit, mich zu fragen, wie wohl das nächste Vierteljahrhundert verlaufen wird. Bei einem Stück Apfelkuchen und einer heißen Schokolade mit Zimt erkundigt sich Camille, was ich nun vorhabe. Mir wird bewusst, dass ich es nicht weiß, dass ich verlorener bin denn je. Doch immerhin weiß ich inzwischen ungefähr, was ich nicht will: nach Hause zurückkehren und wieder als Verkäuferin arbeiten.

«Das ist schon mal ein guter Anfang», sagt sie, und wieder bilden sich die kleinen Fältchen in den Augenwinkeln.

Sie meint, ich solle mir Zeit nehmen, zumindest ein wenig, denn eine Weile wartet das Leben, aber nicht ewig. Sie fragt mich, ob ich sie besuchen kommen würde, zeigt mir Fotos von Ninon, die so groß geworden ist, dass ich blinzeln muss und mir das Salz von Tränen in der Kehle brennt.

Ich sage Ja, Ja zu allem. Zu viele Jahre habe ich damit verbracht, Nein zu sagen, ohne überhaupt nachzudenken, und auf einmal ist es so viel einfacher, Ja zu sagen. Ja, ich werde kommen, ich werde da sein, ja zu den Geburtstagen, meinetwegen auch zur Taufe und an Weihnachten ebenfalls, warum nicht? Ich kann die Verwandte sein, die hin und wieder mit dem Zug aus der Ferne anreist. Als Camille gehen muss, um ihren Zug nicht zu verpassen, brauche ich sie nicht zum Bahnhof zu begleiten. Ich küsse sie lediglich auf beide Wangen, wofür ich mich auf die Zehenspitzen stellen muss. Sie lächelt. Tränenreiche Abschiede und bange Gefühle zwischen Leben und Tod haben wir hinter uns gelassen. Sie fährt, aber umso schöner ist es, wenn wir uns wiedersehen. Bevor sich die Tür hinter ihr schließt und sie in den ersten Frühlingstag in diesem März hinaustritt, sagt sie zu mir: «Ich liebe dich, kleine Schwester.»

Noch kann ich nicht mit ähnlichen Worten darauf antworten, aber als ich die Liebe in ihrem Blick sehe, bringe ich die Stimme zum Schweigen, die mir ins Ohr flüstert, dass ich diese unerschütterliche große Schwester nicht verdient habe. Für heute belasse ich es dabei zu nicken und merke, wie die Emotionen in mir hochsteigen und meine Augen feucht werden. Sie lächelt so strahlend, dass ich ihre weißen Zähne sehen kann, die leicht schief stehen, und dann geht sie.

Als es in meiner Tasche vibriert, bin ich mir sicher, dass Camille mir zum Abschied noch irgendeine spaßige Nachricht geschickt hat. Das blaue Licht blendet mich in dem bereits dämmrigen Licht, als ich das Handy heraushole und aufs Display schaue. Zwei Menschen haben mir geschrieben.

Camille:

`17:43 Hémon hat mir Bescheid gegeben. Nimm's ihm nicht übel, es war gut so.`
`17:43 Und mach bitte eine Therapie.`

Mein Verdacht hat sich also bestätigt, was ich allerdings nicht sehr schlimm finde. Vor einigen Tagen oder Wochen wäre diese Information vielleicht von Bedeutung gewesen. Jetzt nicht mehr.

Ich öffne den anderen Chat:

`17:43 Ich hoffe, du hast einen schönen Geburtstag.`

Ich drücke auf Antworten, aber mein Finger verrutscht, oder mein Verstand hat einen Kurzschluss erlitten, jedenfalls habe ich offenbar einen Anruf auf den Weg gebracht und kann nicht schnell genug auflegen, bevor ein «Hallo?» am anderen Ende der Leitung zu hören ist. Keine andere Stimme versetzt mich in einen vergleichbaren Zustand.

«Oh, ähm, Hémon ... hallo», stammele ich.

«Wie geht es dir, Anaïs?», erkundigt er sich und klingt, als hätten wir erst gestern einen Kaffee miteinander getrunken. Ein wenig zurückhaltender vielleicht, als wäre der Kaffee ein bisschen bitter, die Begegnung ein wenig traurig gewesen.

«Ich würde dich gern sehen», platzt es aus mir heraus und lässt sich nicht mehr einfangen. Allerdings ist es so wahr, dass es filmreif ist, zu lügen hat keinen Zweck mehr, Pech für das noch nicht wieder zusammengesetzte Mosaik, das ich bin, Pech für den Schaden, den ich diesem Mann theoretisch zufügen könnte, den ich so wenig kenne, aber so gern lieben möchte. Die Worte, schlicht und schön, riechen nach frisch gestärktem Baumwollhemd, Pfefferminz und zerknitterten Laken. Mitten in sein Schweigen knüpfe ich ein Netz aus Zuversicht, mit dem ich durchhalten müsste, selbst wenn er zwischen gestern und heute, oder auch schon davor, beschlossen haben sollte, sich nicht auf diesen Seiltanz einzulassen, dass es schlauer wäre, sich zurückzuziehen, die Sache sein zu lassen, ehe wir sie begonnen haben.

«Komm.»

Furchen

«Komm.»

Eine Silbe, eine Einladung, ein Versprechen. Komm mit mir, wohin du willst, weit weg von hier, ans Ende der Welt, komm in mein Herz, in mein Leben, ich bitte dich darum. Mit einer einzigen leise gehauchten Silbe gewinnt dieser farblose Sonntag eine ganze Palette an neuen Horizonten. Zu sagen, dass ich mir von dem Tag nichts erwartet hätte, wäre übertrieben, ich erwartete viel, aber das wohl nicht.

Ich weiß nicht, ob ich die Hoffnung schon völlig aufgegeben hatte. In dem notwendigen Bemühen, mich nicht mehr von Gefühlen überwältigen zu lassen, die unmöglich zu kontrollieren sind, habe ich eine Mauer zwischen ihr und mir errichtet, die Farbe ihrer Augen und den Klang ihrer Stimme in eine Ecke verbannt, wo sie mich nicht tangieren konnten. Nicht so stark jedenfalls. Gestern aber kamen wir uns überraschend, wie bei einem improvisierten Tanz, mitten in der Stadt sehr nah, und plötzlich war alles wieder da.

Als wäre sie unter meiner Haut, als wartete ich nur auf sie, und alles andere – oder fast alles andere – hätte keine Bedeutung. Ich hatte nicht damit gerechnet und spürte es im Bauch, in den Lungen und allen lebenswichtigen Organen, es ist, wie zwei Leben auf einmal zu leben. Ich, zerstreuter Französischlehrer, der mit lustlosen Schülern *Der Cid* bespricht, bin gleichzeitig der schmachtende Verehrer, der bereit ist, sich unter ihrem Balkon die Beine in den Bauch zu stehen. Meine Mutter hatte recht, es fehlt nicht viel, und ich würde mich selbst zu Grabe tragen, wenn es Anaïs endlich glücklich machen würde. *Lebt ich so lange nur, beschimpft zu sein?* Ich beende meine Tiraden mit einem Fragezeichen, nach wie vor mit Hoffnung in der Stimme, dass wir zueinanderfinden, um uns nie mehr loszulassen.

Als Anaïs an meine Tür klopft, stehe ich am Herd, und der Geruch von Olivenöl und Kreuzkümmel hängt in der Luft. Unglücklicherweise ist meine Brille beschlagen, mein Haar durch den Dampf aus dem Topf platt gedrückt, und ich habe die einzige Schürze, die ich besitze, umgebunden, auf der dick und fett «Grillkönig» steht. Als ihr Blick treffsicher auf den Schriftzug fällt, lächelt sie amüsiert, ehe sie selbigen hebt und meinen sucht. Kaum zu glauben, dass es fast das letzte Mal gewesen wäre, als wir uns so nahe gewesen waren. Kaum zu glauben, dass es uns gelungen ist, die Chemie zu missachten, die nicht nur ich wahrnehme, davon bin ich überzeugt, als ich sie ansehe.

Nachdem wir uns einen Moment lang reglos gemustert haben, trete ich zur Seite, damit sie eintreten kann.

«Was willst du trinken?»

«Eine Cola oder einen Saft, wenn du hast.»

Ich reiche ihr ein gefülltes Glas, sie bedankt sich und begibt sich damit auf eine Tour durch mein Wohnzimmer. Jede einzelne Fläche, auf der sich Krimskrams und vor allem Bücher stapeln, betrachtet sie eingehend, Fragmente einer Existenz, die mir auf einmal unvollständig erscheint – ohne sie auf den gerahmten Fotos. Ich sehe sie wieder vor mir, wie sie sich in der Hitze der Silvesternacht mitten in meinem Wohnzimmer von der hämmernden Musik mitreißen ließ. Da war sie bereits am richtigen Platz. Ich beobachte, wie sie mit hochgezogenen Schultern alles betrachtet. Die Knochen, die sich unter ihrem beigen Pullover abzeichnen, teilen ihren Rücken in zwei Hälften. Ihr Haar ist zu einem lockeren Knoten gebunden, aus dem sich einige Strähnen gelöst haben, und es juckt mich in den Fingern, sie wieder zurückzustreichen, damit ich einen Vorwand habe, sie zu berühren.

Ich habe Fragen, und ich habe Antworten, aber die Stille zu unterbrechen und damit die langsame Runde, in der sie sich, wie einer Choreografie folgend, durch den Raum bewegt, erscheint mir nicht sinnvoll. Ihre bewusst ausgeführten Gesten wirken so andächtig, wie ich es nie zuvor erlebt habe, und ich hätte sie auf Anhieb niemals mit Anaïs Nollet in Verbindung gebracht. Es ist eine zaghafte Entspannung, die nun am Leben gehalten und bestärkt werden muss, wie ein kleines Lagerfeuer zu Beginn einer Sommernacht.

Mehrere schrille Pieptöne meines Ofens durchschneiden die fast feierliche Atmosphäre. Anaïs fährt zusammen, und ich beeile mich, den Ofen abzustellen, ehe ich daraus hervorhole, was ich, lange bevor sie gekommen ist, hineingeschoben habe. Als ich mich umdrehe, nachdem ich die heiße Keramikform sicher auf dem Küchentresen platziert habe, steht sie vor mir. Mit aufrichtigem Ernst wie ein alter Gelehrter oder ein kleines Kind sieht sie mich an, und aus irgendeinem Grund fange ich an zu zittern. Schnell, ich muss etwas sagen, um den Bann aufzuheben, in dem wir feststecken.

«Bleibst du zum Essen?»

Anaïs nickt, ohne den Blick abzuwenden, ihr Körper, der meinem so nah ist, strahlt eine Gluthitze aus, und dann legt sie entschlossen – nein, ich träume nicht – die Arme um meinen Hals, unsere wie elektrisierten Körper suchen und finden sich. Nein, ich träume nicht, versichere ich mir noch einmal, als sich unsere Lippen berühren und wir uns unendlich langsam zu küssen beginnen. In ihrem Atem nehme ich eine noch kurz zuvor gerauchte Zigarette wahr. Ich sehe sie vor mir, wie sie, die Hände in den Ärmeln ihres Oversize-Pullis verborgen, daran zieht, als ginge es um ihr Leben. Unsere Lippen lösen sich voneinander und behutsam legt sie die Hände um mein Gesicht, auf meine Wangen, und unsere Blicke bleiben aneinander hängen. Die Zeit steht still, es ist ein Tanz auf der Rasierklinge, jeden Moment rechne ich damit, die kleinste Störung könnte die Magie zerstören, die uns hier vereint. Unendlich behutsam ziehe ich sie zu mir heran, vergrabe die Nase in der Kuhle zwischen ihrer Schulter und ihrem Hals und atme alles ein: Seife, Tabak und Kaffee, ich spüre, was ich vor Monaten bei unserer ersten Begegnung bereits geahnt habe: die Resonanz, die Unbeholfenheit, der Verzicht, die Zärtlichkeit. Und ich spüre ein wildes Verlangen nach ihr, das ich unterdrücke, wie man eine Flut eindämmt, weil der Moment zu kostbar ist, um ihn dafür zu vergeuden.

Sie lehnt sich gerade weit genug zurück, dass ihre Worte nicht von meinem Körper geschluckt werden.

«Ich werde gesund werden. Ich werde nicht immer so bleiben. Du musst mir sagen, dass ich nicht deshalb hier bin, weil ich so kaputt bin. Ich will nicht, dass du mein Retter bist.»

Ich lächele irgendwo zwischen ihrem Ohr und ihrem Nacken, sie riecht auch noch nach Lavendelshampoo und Kaminfeuer. Um ihr zu antworten, schiebe ich uns ein kleines bisschen auseinander und sehe ihr direkt in die Augen. Vielleicht sind es die zwanzig Zentimeter, die uns trennen und die

Kälte zwischen uns fahren lassen, vielleicht ist es auch die Kraft meines Blickes, jedenfalls zittert sie leicht – sie fürchtet sich, aber sie ist entschlossen. Anaïs zeigt Mut.

«Ich will, dass du gesund wirst. Ich werde da sein, auch noch, wenn es vorbei ist. Versprochen.»

Das Lächeln des jeweils anderen lässt uns ruhiger werden.

«Außerdem würde ich einen ziemlich schlechten Retter abgeben. Weißt du eigentlich schon, dass ich nicht schwimmen kann?»

Anaïs lacht so glockenhell, dass alles um uns herum zu leuchten beginnt.

«Wie, du kannst nicht schwimmen? Wie kann man denn nicht schwimmen können?»

Ab dem Moment verläuft die Zeit wieder normal, die Minuten dauern wieder sechzig Sekunden und nicht das Dreifache, und die Aussicht auf ein Abendessen drängt sich wieder in unser Bewusstsein. Wir bewegen uns in dem begrenzten Raum meiner kleinen Küche und wissen nicht, wie wir miteinander umgehen sollen, welche Gesten sind noch zu intim und bei welchen läuft uns ein wohliger Schauer über den Rücken. Es ist schön und erregend zugleich, es ist intensiv, süß und genau das, was ich mir erhofft hatte – und noch so viel mehr.

Vor einigen Tagen sagte meine Mutter: «Ich verstehe echt nicht, was du hast, Hémon. Du kennst das Mädchen doch kaum.» Dieser bittere Satz, der mir nicht mehr aus dem Kopf ging, führte dazu, dass ich mich zu fragen begann, ob man sich wirklich kennen musste, um sich zu lieben, ob meine Traurigkeit weniger gerechtfertigt war, weil sie sich nicht mit Jahren, sondern nur mit Tagen beziffern ließ. War es Anaïs, die mir gefiel, oder war ich verliebt in die Idee zu lieben? War es überhaupt möglich zu lieben, ohne zu kämpfen, zuzulassen, dass sie uns voneinander entfernt, zu gehen, ohne dass das letzte Lied gesungen, jeder Gott angebetet war? Ich haderte mit mir, so schnell aufgegeben zu haben. War Respekt oder war Feigheit im Spiel?

Auf der anderen Seite des Tisches sitzt Anaïs ein wenig aufrechter, als ich sie in Erinnerung habe. Mit einer Hand zerknüllt sie den Saum der Tischdecke, die Worte drängeln sich in der Luft zwischen uns, und unsere Sätze vermengen sich mehrfach, unser Lachen geht ineinander auf. Sie kommentiert die vielen Bücher, die sich auf dem Boden und in den Regalen stapeln, bemerkt, dass ich keine Vorhänge vor den Fenstern habe, und erhebt sich, um nach den Vinylplatten Ausschau zu halten, nachdem sie den Plattenspieler entdeckt hat. Angesichts einiger LPs mit alten französischen Chansons klatscht sie begeistert in die Hände, überlässt es dann aber mir, die Platte aus der schwarz-weißen Hülle zu nehmen und sie aufzulegen. Die ersten Akkorde erklingen und laden die Luft elektrisch auf.

Während Anaïs lauscht, strecke ich die Hand nach ihr aus, und wir beginnen einen unbeholfenen Tanz, der mich vor Euphorie lähmt. Wir bewegen uns langsam, sind voll aufeinander fokussiert, sie und ich in einem eindringlichen, lautlosen Dialog.

I dreamt about you every night this week. How many secrets can you keep?

Die Schatten in deinen Augen ließen dein Gesicht hohl erscheinen, sie lasteten auf deinen Schultern und jeder deiner Gesten, so gern hätte ich sie verstanden, mich ihnen einzeln angenommen. Ich wäre ein schlechter Retter, wie gesagt, doch das hindert mich keineswegs, dich im Traum zu befreien, dein Märchenprinz zu sein.

'cause there's this tune I found that makes me feel like you somehow, when I play it on repeat ...

Wie oft habe ich diese Worte gehört, während ich mir bewusst jedes Detail, jede Erinnerung an dein Gesicht einprägte.

Do I wanna know, if the feeling flows both ways?

Wäre es nicht schrecklich gewesen, wenn ich mir alles nur eingebildet und Wunsch für Wahrheit genommen hätte, wenn die Anziehung unerwidert bliebe? Wäre es nicht töricht, sich an die Fragmente einer Lüge, einer Illusion, eines süßen Wahns zu klammern?

«*Been wondering if your heart's still open and if so I wanna know what time it shuts*», flüstert sie mir plötzlich mit fast brüchiger Stimme ins Ohr.

Das Schlucken fällt mir schwer, so fest schnürt sich mir die Kehle zu, als sie mit den Fingern durch mein Haar fährt, mir so tief in die Augen schaut, dass mir die Luft wegbleibt – und ich unter ihrem stahlharten Blick dahinschmelze.

Crawling back to you ...

Ineinander verstrickt

Schüchtern, wie ich bin, zögere ich und bin verlegen. Es prickelt auf meiner Haut, unsere Körper rufen und erhören einander wie in einem wiegenden Walzer, der mir den Kopf verdreht. Noch sind wir zwei Elemente in einer Umgebung, die verschwimmt. Wie lange, frage ich mich? Ich fürchte mich davor, die Bühne zu betreten, zu beginnen, Lampenfieber ist das richtige Wort. Ich weiß nicht mehr wirklich, wie es geht, sich zum ersten Mal zu lieben.

Unser Atem geht schnell, und unsere Münder suchen, erahnen sich im Halbdunkel, das uns beide umschließt. Wir kollidieren in Zeitlupe – gerade noch waren wir zwei, um schon im nächsten Moment, bemerkenswert beherrscht, eine Einheit, um eine nur schwer in Schach zu haltende Energie zu werden, auf der Suche nach Sinn und Kontakt. Deine Fingerspitzen auf meiner Haut schließen uns kurz, die Lichter erlöschen. Auf allen Ebenen. Alle Sicherungen sind durchgebrannt.

Wir schütteln und erschüttern uns, gelangen bis ans Ende der Metaphysik, dringen zum Kern der Sache vor, dringen ineinander, um nie mehr auseinanderzudriften. Mein Körper schreit vor Hunger, mein geschundener Körper blutet, leidet und zittert, hält so viel Gewalt nicht mehr aus. Er fleht um Zärtlichkeit, ein wenig Wärme. In deinen Armen kann er nicht verloren gehen, da bist nur du zu sehen.

In der Dunkelheit ist deine Haut durchsichtig und phosphoresziert, meine Fingerspitzen verbinden deine Schönheitsflecken zu Sternbildern. Dich heimlich anzusehen, mehr nicht zu wagen, aus Angst, die Leidenschaft könne dich verjagen, die du in meinen Augen sehen kannst. Meine Lungen, jede Lücke, will ich mit dir füllen, meine Lider sind nun fest geschlossen, ich zeichne deinen ausgestreckten Körper aus dem Gedächtnis nach, will auswendig um dich kreisen und jeden Tag aufs Neue preisen, was der liebe Gott erschuf.

Drück mich fester an dich, dreh mich um, präg dich tiefer ein, besiegele, was Wahrheit und was Lüge ist, misch alles, was ich bin und du bist. Ich wollte vergessen, jetzt will ich genießen – jeden Moment, der vor meinen Augen geschieht, unter meiner Haut nur langsam verglüht, mich dürstet nach dir, und so darf es sein. Wer sich wiederfinden kann, darf sich ineinander verlieren. Ich gebe mich den Folgen hin, was offenkundig ist, ergibt für mich einen Sinn, ich hab so lange auf dich gewartet.

Deine heisere Stimme vermengt sich mit den Bässen, die von den Wänden schallen, ich liebe dich in ihrem Rhythmus. Deine Fingernägel ziehen Furchen in meinen Rücken und verankern mich bei Sturm in dir, ich liebe dich im weiten Meer. *Das Gewicht unserer miteinander verschlungenen Körper, deiner verirrten Seele, die mich am Boden hält, ich liebe dich immer mehr.* Ich schmecke dich mit gieriger Zunge, Salz und Wasser, Honig, Luft und Sonne, ich liebe dich, um zu lachen, *ich liebe dich in Wonne*, ich liebe es, dich zu entfachen, *ich liebe dich und komme.*

Die Tür

(nachher)

Hand in Hand und mit klopfenden Herzen drücken wir die Tür auf und treten in einen Gang mit sterilen weißen Wänden. Uns beiden ist mulmig zumute, und mein Kopf ist voll von den Ratschlägen, Ermutigungen, aber auch von Warnungen, die ich gehört oder in den Blicken erahnt habe und, gut geschützt unter meinem Stigma, in meine Sprache übersetzte. Am Empfang begrüßt uns eine nicht mehr ganz junge Frau mit einem teilnahmsvollen Lächeln. Ich frage mich, woher sie weiß, dass es um mich geht und nicht um ihn oder um uns beide. Sieht man mir das an?

«Anaïs Nollet, ich habe um drei Uhr einen Termin.»

Meine Stimme versagt, vielleicht kann ich noch zurück? Ich drehe den Kopf zu meinem Rettungsweg, der mich lächelnd ansieht. *Du schaffst das.*

«Setzen Sie sich bitte ins Wartezimmer zu Ihrer Rechten.»

Ich umklammere alles, was ich bei mir habe, als ginge ich auf meine letzte Reise. Mantel, Tasche, Schal, Hémon. Alles presse ich an mich. Das Wartezimmer ist abgesehen von einem alten Mann mit blassem Teint und zitternden Schultern leer. Seine Haltung verrät seine Angst, meine zieht mir ebenfalls den Magen zusammen. Nach einem geflüsterten «Guten

Tag», das ohne Antwort bleibt, hole ich tief Luft und setze mich. Nervös wische ich mir die feuchten Hände an meiner Jeans ab, Hémon greift nach einer davon und schiebt seine Finger zwischen meine. *Du schaffst das.*

Ich weiß mein Handy in meiner Tasche, auf dem Camilles Worte sind, wenn ich merken sollte, dass ich sie brauche. Ihre Stimme hallt noch tief in mir nach, sie klang so stolz auf mich, dass mir die Tränen in die Augen stiegen und ich durch die Nase sprechen musste, um sie zu unterdrücken. Ich war noch einmal in den Park zurückgekehrt, in dem wir gemeinsam geredet hatten, und habe sie angerufen – zitternd, weil ich es gewagt hatte, keine Wahl mehr hatte. Die an den Bäumen und am Boden sprießenden Knospen schienen mich verwundert anzusehen. Innerhalb weniger Tagen war es auf einmal Frühling geworden, und überall in der Stadt leuchtete es grün, und die Menschen waren fröhlich. *Du schaffst das.*

Hémon und ich hatten beschlossen, die Sache langsam anzugehen und erst einmal für uns selbst ein Gleichgewicht zu finden, uns aneinander zu gewöhnen, an die Macken und die Qualitäten des jeweils anderen, ans leise Wachwerden, das nach kaltem Tabak und unter der Dusche rezitierten Shakespeare-Monologen riecht. Kurz gesagt, nach Leben. Dennoch brauchte Madame Conti keine zehn Minuten, um zu spüren, was sich vor ihrer Nase abspielte. Sie lächelte mich strahlend an, ehe sie uns mit gerührtem Timbre in der Stimme darauf hinwies, dass wir ganz schön blöd gewesen seien, nicht schon früher auf sie gehört zu haben. Die Liebe.

Dann bekreuzigte sie sich unauffällig und umfasste das Medaillon, das sie immer um den faltigen Hals trug, während ihre Lippen stumm den Namen ihres verstorbenen Mannes formten. Verlegen senkte ich den Blick. Hémon küsste sie auf die Wange und flüsterte ihr etwas auf Italienisch ins Ohr, worauf sie ihm mit Tränen in den Augen in ihrer klangvollen Muttersprache antwortete, was ich nicht verstand. Hémon hat es später für mich übersetzt: *Pass auf sie auf.*

Die Tür geht auf, und eine Frau mit sehr dunklem und sehr krausem Haar erscheint und sagt einen Namen. Daraufhin erhebt sich der zitternde Mann und wird von dem Sonnenlicht geschluckt, das aus dem Raum hinter der Ärztin dringt. Die Tür wird geschlossen, das Wartezimmer wieder in ein leicht schummeriges Licht getaucht, und meine Gedanken können sich nun frei im Raum ausbreiten, wie Ballons blasen sie sich auf und steigen mir zu Kopf. Hémon summt leise und falsch die Melodie der Hintergrundmusik mit, die aus einem diskret in einer Ecke angebrachten Deckenlautsprecher kommt. Die Fensterscheiben, die zur Straße hinausgehen, sind zum Glück aus Milchglas, sodass von draußen niemand eine Chance hat, Patienten zu erkennen. Wer tickt nicht mehr ganz richtig, angefangen beim Gemüsehändler bis zur Schuldirektorin, wer von den Nachbarn braucht ein Rezept für bunte Pillen, um nicht dem Wahnsinn zu verfallen?

Mein Puls rast, die Frequenz erhöht sich, lange geht es nicht mehr gut, mein Herz wird zerbersten, und ich werde als das fragile Püppchen gelten, deren Pumpe wegen einer geschlossenen Tür schlappgemacht hat. Hémons tonlos schnurrendes *Hmm, hmm, hmm* neben mir beruhigt mich. Wenn ich den Kopf drehe, weiß ich, dass sein Lächeln mich auffangen und verhindern wird, dass ich falle, flüchte, aufgebe.

In der Nacht hatte ich kein Auge zugetan und bin im ersten Morgengrauen aufgestanden. Auf Zehenspitzen tastete ich mich im Slalom zwischen unseren auf dem Boden verteilten Kleidungsstücken hindurch und fand den Weg in seine farbenfrohe Küche. Nachdem ich einen Kaffee intus hatte, schlich ich mich fröstelnd barfüßig auf den Balkon, wo ich panisch eine Zigarette nach der anderen rauchte. In blauen Qualm gehüllt, spürte ich auf einmal, wie er von hinten seine langen Arme um mich schlang, sein Körper war noch warm vom Schlaf – und der Decke über seinen Schultern. Er legte seine Wange an meine und küsste mich. Lautlos, nur dass er da war, zählte. Wir atmeten den Duft von Kaffee und kalter Luft ein. Manchmal bedeutet Liebe, zu zweit allein zu sein, habe ich gelernt.

Ich musste nicht einmal fragen, hätte es allerdings auch nie gewagt. Als ich das Telefonat beendet hatte und mir noch Datum und Uhrzeit des Termins notierte, schaute Hémon in seinen Kalender, schob seine Brille hoch und wartete dann, bis ich fertig geschrieben hatte, um sich meinen Stift zu leihen. Dabei beäugte er spöttisch den krankenhausblauen Post-it-Block, den ich als Terminplaner verwendete, und prompt erwartete mich am nächsten Tag ein sorgfältig verpacktes Päckchen auf dem Wohnzimmertisch unter dem Glasdach meines kleinen Apartments, das ich bald für immer verlassen werde. Ein wunderschöner Taschenkalender mit einem Gummiband und einem krankenhausblauen Post-it darauf, auf dem in seiner elegant geneigten Schrift des exzentrischen Lehrers stand: «Es ist an der Zeit, Pläne zu schmieden.»

Wenn ich sagen würde, ich hätte noch nie geweint, wäre es gelogen.

Das Schweigen, das unsere Gesten an diesem Morgen umgab, als ich meine Sneakers schnürte und er seinen Schal umlegte, enthielt alles, was wir uns nicht zu sagen brauchten oder uns in langen Gesprächen, die manchmal bis in die frühen Morgenstunden dauerten, bereits gesagt hatten. All die Fragen, auf die weder er noch ich eine Antwort wussten, stellten sich dieses Mal nicht. Außerdem war da diese seltsame Gewissheit, die sich so wenig abschütteln ließ wie guter Milchreis von einem Löffel, dass dieser Termin uns grundlegend verändern würde. Auch ihn, der auf der anderen Seite der Tür bleiben und geduldig warten würde, bis ich aufhöre zu lahmen – monate-, vielleicht jahrelang, wenn er so mutig ist.

Die Tür öffnet sich erneut, und ich hätte nicht sagen können, wie viel Zeit vergangen war, seit das Sonnenlicht den blassen Mann geschluckt hatte.

«Madame Nollet?»

Ich zucke zusammen, weil mich noch nie jemand *Madame* genannt hat. Auch wenn ich es nicht wirklich höre, nehme ich doch wahr, wie Hémon ein Kichern zu unterdrücken versucht. Ich erhebe mich, meine Knie sind weich wie Marshmallows und meine Hände einmal mehr schwitzig-feucht. Unterstützt durch seinen ermutigenden Blick – *Du schaffst das* –, gehe ich auf die Ärztin zu, die mir ihre Hand entgegenstreckt. Eine trockene, entschlossene und wohlwollende Hand. Ihr Lächeln entspannt mich, ich betrete den Raum, und Hémon verschwindet hinter der Tür. Mir bleibt keine Zeit, um mich umzudrehen, mich ein letztes Mal an ihm festzuhalten.

Für das helle Licht ist ein Glasdach verantwortlich, durch das die Sonne an diesem Frühlingsmorgen unendlich strahlend, klar und schön hereinscheint. Die Ärztin, die keinen weißen Kittel trägt, deutet auf einen Sessel. Er ist bequem, dennoch schlage ich nervös die Beine übereinander, nur um sie im nächsten Moment wieder nebeneinanderzustellen. Sie setzt sich mir gegenüber auf die andere Seite des Schreibtisches voller Akten, Stifte und Familienfotos von kraushaarigen Kindern mit grünlich blauen Augen. Abermals lächelt sie mich an und faltet die Hände auf dem Tisch, ehe sie mit ihrer warmen Stimme fragt: «Und? Was führt Sie zu mir?»

Ich atme tief durch – einmal und noch einmal.

Und dann gibt es kein Zurück mehr, ich hebe ab.

Referenzen und Danksagungen

Die Liedzeilen im Kapitel «Furchen» stammen aus *Do I Wanna Know* vom Album *AM* der Arctic Monkeys. Während des Schreibens und Überarbeitens dieses Buches habe ich in Dauerschleife gehört: *Five Minutes* von Her; *Partis pour rester* von Francis Cabrel (sowie alle anderen seiner Songs); *Les filles de l'aurore* von William Sheller; alles von Clara Luciani, Pomme, Brigitte, Juliette Armanet, Camille; die Original-Soundtracks von *Dirty Dancing* und *The Broken Circle*; Johnny Cash, Lou Reed und Norah Jones.

Natürlich finden sich in diesem Buch Elemente meiner persönlichen Popkultur wieder, und es ist mir wichtig anzuerkennen, was den Künstlerinnen und Künstlern vor mir gebührt. Deshalb verneige ich mich an dieser Stelle vor Céline Dion, Victor Hugo, Jean Anouilh, Anna Gavalda, *Star Wars*, Diglee, *Le Soldat Rose* und vor Camille und Brigitte (noch einmal!) für die Worte, die nun auch meine bereichern.

Ich danke:

Julie Finidori, fantastische Agentin und so viel mehr, dass sie eine Heimat für diesen Text gefunden hat, dass sie so geschickt mit den Unsicherheiten einer jungen Autorin umgegangen ist, die immer wieder in Panik verfiel, und dass sie mich durch das Schreibabenteuer begleitet hat.

Éléonore Delair, unübertreffliche Lektorin, für ihr genaues Auge, ihre stets stichhaltigen Argumente, für ihre Geduld und den Originaltitel des Buches *Aux endroits brisés*.

Éline, die die Geschichte las, während ich sie im Oktober 2017 schrieb, und dafür sorgte, dass ich an keiner Stelle gewagt habe aufzugeben.

Anaïs, die darüber hinaus noch jede neue Fassung mit unermüdlicher Begeisterung ertrug. Sie ist mir eine wunderbare Freundin.

Charlotte Faraday, die erste Literaturexpertin, die diesen Text zu Gesicht bekam und die mir Selbstvertrauen gab, dass er das Potenzial hat, eines Tages zu einem richtigen Buch zu werden.

Guillain le Vilain, Lianenzeichner und Chilischotensäer, der mich in einem Keller tätowierte und den Satz zu mir sagte: «Limoges ist eine Stadt zum Sterben», womit er, ohne es zu ahnen, den Samen für eine Idee setzte. Alles andere ist Fiktion.

Claudine Tritant, Französischlehrerin, die mir in der siebten Klasse nach einem Aufsatz, den wir als Hausaufgabe verfassen sollten, riet, dem Schreiben treu zu bleiben. Ich bin eine brave Schülerin, und nun sieht man, wohin das führt.

Martin Winckler, dem ich bei einer Signierstunde zitternd gestand, Schriftstellerin werden zu wollen, und der mich daraufhin ermutigte, die Geschichten von morgen zu schreiben.

Meiner Familie, die meine gauklerische Tätigkeit uneingeschränkt unterstützt – insbesondere meinem Papa und meiner Patentante, die diesen Roman gelesen haben, als er nicht mehr als ein notdürftig zusammengebundener Papierstapel war.

Meiner aus lauter talentierten Personen bestehenden Online-Schreibgruppe, die mich beraten und sich mein Gejammer während der Endredaktion angehört hat.

Laetitia, Buchtauschfreundin, mit der ich so gut über Fiktion und Politik und über politische Fiktion diskutieren kann.

Mathieu, dem ich zu verdanken habe, dass ich mir Männer vorstellen kann, die man lieben möchte.

Eleven, Kater, Muse und Philosoph: Wenn die Worte mal nicht fließen, erinnert mich sein gelassener Stoizismus daran, dass ein kleines Schläfchen zwischendurch immer eine gute Idee ist.

Die Geschichte ist in einer früheren Fassung und unter einem anderen Titel bereits im März 2020 kostenfrei auf meinem Blog veröffentlicht worden, ich danke also auch all jenen, die sie damals gelesen haben. Sollte jemand von euch darunter sein, hoffe ich, dass euch die endgültige Fassung ebenfalls gefällt.

Pauline Harmange
Ich hasse Männer

Das feministische Skandalbuch aus Frankreich, das fast der Zensur zum Opfer gefallen wäre - ein Debattenbeitrag über Sexismus und das Patriarchat, Pflichtlektüre für alle Frauen.

112 Seiten

Pauline Harmange hasst Männer – und zwar alle bis auf ihren Ehemann. In ihrem kurzen, pointierten Essay appelliert sie offenherzig, provokativ und nicht ohne Witz an alle Frauen, sich nicht mehr darum zu scheren, was sie in einer männerdominierten Umwelt vorfinden. Dabei ist ihr Buch keineswegs ein Aufruf zur Gewalt, sondern eine Aufforderung zum Umdenken: Frauen sollten das Recht haben, Männern misstrauisch zu begegnen. Denn dieser Perspektivwechsel kann ein emanzipatorischer und freudvoller Umgang mit einer Welt sein, die noch immer von Ungleichheiten in den Geschlechterbeziehungen geprägt ist, eine Möglichkeit der Befreiung in ein selbstbestimmteres Leben, in dem mehr Raum für weibliche Solidarität und mehr Verschwesterung sein sollte.

Weitere Informationen finden Sie unter **rowohlt.de**

Hervé Le Tellier
Kein Wort mehr über Liebe

304 Seiten

Es ist Sommer in Paris, ein Jahrhundertsommer, in dem sich die Leben von sechs Menschen kreuzen: zwei Frauen, ihre Ehemänner – und ihre Liebhaber. Es sind Menschen mitten im Leben, in geordneten Bahnen, mit Familie. Alle sind auf ihre Weise liebenswert, aber nicht alle wissen zu lieben. Schnell entflammen die Herzen, entstehen süße Illusionen, doch bald kommen erste Zweifel auf. Was ist jeder bereit, für die neue Liebe aufs Spiel zu setzen? Jede Begegnung, jedes Rendezvous könnte das Ende bedeuten. Oder einen Neuanfang ...

Eine charmante, kluge und zugleich sehr unterhaltende Komödie. Ein Buch für alle, die gerne über Liebe sprechen.

Weitere Informationen finden Sie unter **rowohlt.de**

Die Rowohlt Verlage haben sich zu einer nachhaltigen Buchproduktion verpflichtet. Gemeinsam mit unseren Partnern und Lieferanten setzen wir uns für eine klimaneutrale Buchproduktion ein, die den Erwerb von Klimazertifikaten zur Kompensation des CO_2-Ausstoßes einschließt.
www.klimaneutralerverlag.de

FSC
www.fsc.org
MIX
Papier aus verantwortungsvollen Quellen
FSC® C014496